DER MORGENKRISTALL[4]
FINLEY MOUNTAIN

ENNEALOGIE DES KREISES
FINLEY
MOUNTAIN

FINLEY MOUNTAIN

~ *INTERVENTION* ~

FANTASY

BOOKS ON DEMAND GMBH

Covergestaltung: Finley Mountain
Lektorat: Ingrid Schaar
Herstellung und Verlag: BoD - Books on Demand, Norderstedt
Printed in Germany

ISBN 978-3-7412-0487-6

HANDLUNGEN UND PERSONEN SIND FREI ERFUNDEN.
JEDE ÄHNLICHKEIT IST REIN ZUFÄLLIG UND UNBEABSICHTIGT.

Prolog

Jacky kläfft wie besessen. Das Ding in der Manteltasche seines Herrchens verheißt nichts Gutes. Der Mischling verspürt dessen gefahrengeladenes Potential. Instinktiv warnt er sein Herrchen davor. Doch dieser, ein Obdachloser und vom Leben auf der Straße geprägt, liegt erschöpft auf sein Lager. Hohes Fieber hat den Mann fest im Griff. Halluzinationen plagen ihn. Kaum dass er unterscheiden kann zwischen Real und Fiction.

Aus seinen Poren quillt ekliger, kalter, stinkender Schweiß. Wenigstens ist er nicht dem kalten, mit Feuchtigkeit geschwängerten Wind ausgesetzt. Ein stillgelegter Tunnel bietet ihnen Schutz. Jedoch wird ihn hier niemand finden, wenn er diesen Kampf verlieren sollte.

Die Abstände zwischen den heftigen Fieberschüben werden kürzer. Jacky zerrt aufgeregt am zerschlissenen, muffig riechenden Hemdsärmel. Außer einem klagenden Stöhnen erfolgt keinerlei Reaktion, die dem Hund zeigt, dass seine Bemühungen Früchte tragen.

Außer sich geht Jacky zu einem tiefen, gefährlichen Knurren über. Sein Herrchen muss hier raus! Heraus schleifen kann er ihn nicht; Herrchen ist zu schwer und Jacky zu klein dafür.

Der Mischling lässt vom Hemdsärmel ab, leckt sich über die Nase und Lefzen. Er stellt die Ohren auf. Mit schräger Kopfhaltung mustert er die Manteltasche. Das Kleidungsstück hängt an einem verrosteten Nagel und für ihn viel zu hoch. Nur die Unterseite des Mantels kann er erreichen. Doch das erfordert einige Mühe, wie sich sogleich herausstellt.

Mehrmals springt Jacky empor. Doch eine Haaresbreite fehlt! Hechelnd setzt er sich, starrt auf die Ausbeulung, als hypnotisiere er sie. Sein feines Gehör nimmt unbekannte Tonschwingungen auf. Überhaupt liegt in der Luft eine merkwürdige Vibration.

In diesem Augenblick stößt Jackys Herrchen unverständliche Wortfetzen heraus. Der Mischling springt zu ihm, leckt einige Male über dessen Wange. Eigentlich freut sich Herrchen darüber! Doch jetzt scheint er die Zuwendung nicht einmal zu bemerken!

Jacky läßt die Rute hängen, winselt. Herrchen zeigt keine Regung, die darauf schließen lässt, ihm ginge es besser. Erneut fährt die nass-raue Zunge des treuen Gefährten über das Gesicht des Herrchens. Nichts!

Jacky bellt schrill. Der alte Tunnel schluckt die Geräusche. Aus dem Instinkt heraus weiß Jacky, dass das hier herrschende Klima nicht gut ist bei Krankheit.

Noch einmal schnuppert der Mischling an Herrchen, wirft der Ausbeulung der Manteltasche einen knurrenden Blick zu. Dann huscht er hinaus, um Hilfe zu holen …

* * *

Der Raum ist lichtdurchflutet. Kein Accessoire schmückt ihn. Er wirkt dadurch sehr steril und ungemütlich. Nicht einmal ein Fenster gibt es. Das Licht, dass den klinischen Raum erhellt, stammt nicht von einer Lampe. Stattdessen leuchten die Wände.

Als er mühsam die Lider öffnet, erblickt er nur grelles Weiß. Wo ist er? Ein Hospital! Aber weshalb? Soweit er sich erinnert, lag er im vergessenen Tunnel, der auf der Rückseite eingestürzt war. Er weiß noch, dass es ihm schwindelig wurde und er sich ausruhen wollte. Morgen würde alles wieder gut sein. Wie so oft in der Vergangenheit. Von der Gesellschaft Vergessene ergeht es immer so. Im Stillen als Abschaum betrachtet, machen die Menschen einen großen Bogen um seinesgleichen. Doch das hatte auch eine gute Seite: Er blieb ungestört. Wer mit ihm nichts zu tun haben wollte, soll es einfach bleiben lassen. Er ist auf solche Leute nicht angewiesen. Da ist ihm deren Müll schon lieber. Von dem kann er leben!

Doch da war doch noch etwas, was ihm gerade nicht einfallen will. Jemand begleitet ihn, oder besser gesagt, lebt sein Leben. Nur wer ist das doch gleich nochmal?

Schon schlimm, wenn man sich so gar nicht besinnen kann. Scheiß Alkohol! Oder ist es etwas anderes?

Ihm ist kalt. Bitterkalt! Gewohnter Weise greift er nach einem Kleidungsstück, das ihm gewöhnlich als Decke dient. Erschrocken muss er feststellen, dass er nicht imstande ist, sich zu bewegen. Panik ergreift ihn!

Es fühlt sich an, als ist er mit dem Material verbunden, auf dem er liegt. Ihm gelingt nicht einmal, den Kopf auch nur um einen Millimeter zu bewegen! Schweiß entsteht auf der Stirn. Kalter, klebriger Angstschweiß! Verflucht nochmal! Was geht hier vor?!

Panikattacken befallen ihn schubweise. Kurzatmig zerrt er an etwas, was offensichtlich da ist, aber auch nicht. Unterdessen läuft ihm eine Schweißperle langsam Richtung Augenhöhle. Das kitzelnde Gefühl ist ätzend, zumal wenn man nicht entgegenwirken kann! Zwanghaft schließt er die Augen. Wenn er sie geschlossen lässt, hat er eine Chance, dass der Tropfen körpereigener Salzflüssigkeit nicht direkt ins Auge geht. Die Schweißperle arbeitet sich voran. Unentwegt und erschreckend langsam! Wenn das nur nicht so kitzeln würde!

Unter ›normalen‹ Umständen wäre es Sekundensache; wegwischen und fertig! Jetzt ein unsägliches Martyrium, was schon an Folter erinnert! Jedenfalls für ihm, dem jede noch so leichte Berührung auf der Haut unangenehm ist! Daran konnte er sich noch nie gewöhnen. Auch nicht, als sein Leben noch ›normal‹ verlief; jedenfalls so, wie es die Gesellschaft von einem erwartet. Doch was ist schon ›normal‹? Das, was einem vertraut ist! Reine Gewöhnungssache. Und das hier ist eindeutig ›unnormal‹!

In der Gosse zu leben hat natürlich auch seine Vorzüge. Er liebt das Alleinsein, die unmittelbare Nähe zur Natur. Früher hatte er große Mühe, seine Bude auf Vordermann zu bringen. Immer im Hinterkopf, es könnte Besuch kommen, putzte er widerwillig die Räume. Und all das Zeug was da rumstand! Staubfänger, die ausschließlich der Zierde dienen sollten, verdreckten im ständigen Zigarettenqualm und Staubgemisch. Das ›Gästezimmer‹ hatte er bereits umfunktioniert als Abstellkammer. Später, bei der Zwangsräumung, der er sich vorsorglich entzog, nannten sie es ›Müll‹. Seine Rede! Allerdings war das Zimmer bis knapp unter die Decke zugemüllt, und in Bodennähe lebten im künstlich erschaffenem Biotop krabbelnde Untermieter. Ihn hat das nie gestört, denn er ließ sie in Ruhe und sie ihn.

Dies alles gehörte der Vergangenheit an. Gut so! Wenn da nur nicht diese *beschissene* Schweißperle wär! Und erneut versucht er mit angespannten Muskeln der hilflos ausgelieferten Bewegungslosigkeit zu entkommen. Was er verhindern wollte, geschieht reflexartig. Im erneuten panischen Anfall reißt er die Augen weit auf. So rinnt die Schweißperle ungehindert in genau diesen Augenblick auf die Netzhaut, was eine unangenehme Reizung zur Folge hat. Schreiend windet er sich, ohne auch nur einen Millimeter seine Lage zu ändern.

Nach endlos währenden Kampf, denn nichts anderes ist es, wird der Mann ruhiger. Sein Auge tränt. Allmählich schwindet der Schmerz, der vom salzigen Tropfen ausgelöst worden ist. Vielleicht hat er sich auch daran gewöhnt. Egal! Geschwächt vom Zerren und der enormen Anspannung, verschwimmt sein Blickfeld in einem alles verschlingenden Nebel.

Im Schlaf geht der Geist meist verschlungene Wege. Ereignisse des vergangenen Tages fließen ebenso mit ein, wie all die anderen Dinge, die irgendwann einmal aufgenommen wurden. Es entsteht ein Mix von wirklichem und unwirklichem. Manche meinen auch, dass Schlüsselereignisse aus früheren Leben mit einfließen. Wie dem auch sei, träumt er dummes, wirres Zeug, an das er sich wahrscheinlich nie erinnern wird.

Er wird mit einem fahlen, dumpfen Gefühl erwachen. Doch auch das ist ihm nicht neu. Damit weiß er inzwischen auch umzugehen. Nämlich effektiv. Es ist so einfach! Einfach ignorieren und in den Tag leben. Der tägliche Überlebenskampf hilft dabei ungemein. Man kommt nicht auf unnötige Gedanken, die vielleicht philosophisch wertvoll, dennoch nicht zwingend den Hunger und den Durst stillen. Zum Lebensunterhalt gehört eben ein bisschen mehr als leere Worte. Und ein Mann der Worte war er noch nie.

So treibt der Geist ungehindert während der Schlafphase sein Unwesen und lässt den Gedanken freien Lauf.

Seit zwei Stunden jagt ein Traum den Nächsten. Bei genauerer Betrachtung sind es keine abgeschlossenen Handlungsstränge, eher zusammenhanglose Fetzen. Gerade eben erlebt er eine schmerzhafte Erfahrung, die in der Realität ebenfalls schmerzbehaftet und tödlich endet. Ein gesichtsloser Mann erhebt einen Revolver gegen ihn. Den Typ kennt er nicht, jedenfalls kommt ihm dessen Gestalt und Bewegungen nicht bekannt vor. Ohne dass ihm Zeit zum Begreifen bleibt, geht der Schluß los. Im nächsten Moment durchschlägt die Kugel das Brustbein, reißt ein überdimensioniertes Loch hinein. Dann wird ihm schwarz vor Augen.

Wellen schlagen gegen seine Beine. Die Sonne wärmt die Haut. In weiter Ferne zieht ein Schwarm Vögel vorbei. Er kann einzelne Tiere nicht erkennen; zu weit sind sie entfernt. Und doch weiß er, dass es Wildgänse sind. Das Bild ist ihm vertraut. Schenkt ihm Kraft und Energie. Die friedliche Idylle steht im krassen Gegensatz zu der Szene vorher. Aber das spielt jetzt keine Rolle mehr.

Hinter seinem Rücken kommt jemand näher. Er muss sich nicht umdrehen, er kennt die Person. Vertraute Nähe wirkt beruhigend, auch wenn sie stumm bleibt. Plötzlich spürt er ungebändigte Lust. Erregt schaut er ihr in die Augen. Dass heißt, er blickt dorthin, wo normalerweise Augen sind. Was er sieht macht ihn Angst und Bang. Statt Augen und das vertraute Gesicht, ist dort nur ein verwaschener, unförmiger Fleck …

Der Schmerz im Auge ist verflogen. Zurück bleibt ein leicht verklebtes Lid. An seiner Lage dagegen hat sich nichts geändert. Noch immer ist er unfähig auch nur die winzigste Bewegung zu machen.

Das Licht aus den Wänden erscheint blasser. Oder aber seine Augen haben sich daran gewöhnt. Im Moment verspürt er innerliche Ruhe. Augenscheinlich hat er sich in sein Schicksal ergeben.

Da geht ein Stück der Wand am Fußende auf. Durch das helle Licht, das durch die Öffnung scheint, wird er geblendet. Dann geschieht etwas, was er, aufgrund der Unbeweglichkeit, mehr erahnt als sieht. Ein menschenähnlicher Körper wird in Form einer dunklen Silhouette sichtbar. Zuerst traut er nicht dem, was da auf ihn zukommt. Auch kann er nicht sagen, was es ist, geschweige denn, ob es sich um eine Frau oder einen Mann handelt.

Sein Blutdruck steigt. Die Atemfrequenz wird vor Angst erhöht. Schweiß bildet sich am ganzen Körper.

Das ›Silhouetten-Wesen‹ kommt näher. Es wirkt gespenstisch unnatürlich. Um der Gestalt flimmerte ein zarter Energie-Kranz, der es noch unwirklicher erscheinen lässt.

Er droht zu hyperventilieren! Es ist wie ein dämonischer Alptraum, dem man nicht entrinnen kann, und egal was man anstellt, ist es unmöglich aufzuwachen. Seine vor Entsetzen geweiteten Augen starren auf das verschwommen wirkende Wesen.

Zu allem Überfluss bewegt sich die Unterlage, mit der er auf merkwürdiger Weise verbunden scheint, aus der Waagerechten in einem Fünfundvierziggradwinkel. Er ist ausgeliefert! Hilflos wehrt er sich! Jede einzelne Faser seines in der Bewegung gehemmten Körpers droht vor Anspannung zu zerreißen.

Die Bewegungen des Wesen sind flüssig. Und sie kommt ungemein rasch näher …

Auf einmal hebt sie den rechten Arm leicht an. Der beginnt gleichzeitig zu glühen. Daraufhin spürt er eine Berührung auf der Haut. Leicht und zart, fast liebevoll. Er spannt die Muskeln weiter an. Will schreien! Jedoch verlässt sein Mund kein einziger Ton.

Stattdessen lässt das Wesen die Hand wieder sinken, und die Unterlage stellt sich vollends auf. Sekunden vergehen. Elend lange Sekunden, in denen er nicht weiß, was gleich passieren wird.

Hinter dem flimmernden Wesen tritt ein weiteres in sein Blickfeld. Ebenso in Gestalt und Art, wie das Erste. Sein Herz klopft immer schneller im Takt unendlicher Angstattacken. Auch das zweite Wesen hebt den Arm in gleicher Weise. Diesmal spürt er Wärme, die sein Inneres erfasst und ihn ruhiger werden lässt. Was soll das denn werden?

Unvermittelt ertönt in seinem Kopf ein zartes Stimmengewirr. Er öffnet den Mund um etwas zu sagen, jedoch kann er die eigene Stimme nicht hören! Erneut greift die Angst nach ihn, wenn auch weniger mächtig als vorher.

Ein drittes und viertes Wesen betreten den Raum. Jedes vollzieht die selbe Handlung wie die beiden Ersten. Für ihn ein furchtbares Seelen-Martyrium.

Inzwischen ist der Raum voll von diesen Wesen. Er kommt sich vor wie ein Affe in einem Zoo, den die Besucher begaffen und bestaunen; nur die Gitter fehlen. Mehr passiert im Grunde genommen nicht. Dennoch wird das Gefühl immer stärker, dass es nicht beim bestaunen bleibt! Irgendetwas sucht in seinem Kopf! Dabei scheint das Stimmengewirr eine gewichtige Rolle zu spielen. Manchmal schwirren verständliche Wortfetzen mit, doch er ist unfähig, sich zu konzentrieren. Die Anwesenden versetzen ihn in Angst!

Plötzlich treten die Wesen zur Seite und bilden eine Gasse, in der ein weiteres Wesen, das die anderen in der Größe weit überragt, sich ihm nähert. Auch dessen Kontur umhüllt eine flimmernd-blitzende, linienartige Struktur. In Comics werden die Ränder der einzelnen Figuren schwarz nachgezogen. Dieser Vergleich kommt ihn soeben in den Sinn, als eine engelszarten Stimme in seinem Kopf ertönt. Zuerst glaubt er, er drehe nun endgültig durch. Doch dies liegt daran, dass die Stimme nicht verständlich spricht. Eine Weile wiederholt die Stimme das Prozedere (ein anderer Ausdruck fällt ihn nicht ein). Ein weiterer Vergleich drängt sich ihm auf, der ihn an ein uraltes Radio erinnert, bei dem die Senderwahl schwierig ist. Man regelt und regelt, doch der gewünschte Sender will sich nicht richtig einstellen lassen. Entweder trifft man die Frequent nicht genau, weil die Technik dies nicht zulässt, oder es rauscht und schwankt.

Abgelenkt von diesen aufkommenden Gedanken, überwiegt die Neugier auf das Kommende die sich abschwächende Angst. Dennoch ist er gefangen in diesen Alptraum.

›Wer bist du!‹, erklingt erneut die zarte, unwirkliche Stimme. ›Wie nennst du dich!‹

Er ist baff! Klar und deutlich formten sich aus dem Nichts diese Worte in seinem Hirn. Er will sie abschütteln, jedoch wird ihm schlagartig bewußt, dass er noch immer bewegungsunfähig ist.

›Dir geschieht nichts, Mensch!‹

Wieder reißt er ungläubig die Augen weit auf. Was zum Teufel …

›Was ist das, Teufel!‹ Dies soll vermutlich eine Frage sein, hört sich allerdings eher wie eine Aufforderung an. Er öffnet den Mund, um eine dementsprechende Antwort zu geben, doch seine Stimme versagt.

›Du brauchst nur zu denken, was du sagen willst!‹

›Denken? Ich soll denken? *Was bilden die sich ein?!*‹

›Ja! Denke deine Gedanken, Mensch! Wir alle können dann deine und unsere Gedanken teilen!‹

Wiederum schnappt er nach Luft. Das ist absurd! Er muss einer Täuschung unterliegen. Die Angst! Natürlich! Die Angst gaukelt ihm etwas vor! So muss es sein …

Eins

Sieben Monate sind seitdem vergangen, was Waylon als »Vorleben« bezeichnen würde, wenn er sich denn daran erinnern würde. Für ihn geht das Leben seinen gewohnten Gang. Hin und wieder ereilt ihn ein *Déjà-vu* welches allerdings leicht abgetan wird. Manchmal träumt er seltsame Dinge, in denen er alt und schwach ist. Spielt auch keine Rolle. Jedenfalls nicht für ihn. »Was man nicht weiß, macht einem nicht heiß!« Außerdem liegen zwischen dem reellem Heute und dem was geschah, mindestens dreißig Jahre, die zudem noch in der Zukunft liegen. Und ein Jeder weiß, dass man sich nicht an Dinge erinnern kann, die noch nicht stattfanden! Das was noch kommt steht vielleicht in den Sternen! Also was soll er sich mit diesen komischen Träumen abgeben? Sich verrückt machen lassen? Dafür ist ihm die Zeit zu kostbar und auch zu schade! So ist nicht existent, was doch passiert ist.

Durch seine Rückkehr zum Morgenkristall setzt für Waylon die Zeit noch einmal dort ein, in der er die Weichen neu stellen kann, wenn er denn genau diese Entscheidung trifft.

Es begann mit dem Fund eines Kristalls. Kurz darauf wacht er auf, statt in der vertrauten Umgebung seines Schlafzimmers, auf einer Grasfläche, nahe eines Ozeans. Ist das ein Traum? Wie kommt er hierher? Bald wurde Waylon klar, dass er nicht so ohne weiteres zurück kann. In einem Baumhaus richtete er sich ein. Kein einziger Bewohner lief ihm über den Weg. Offensichtlich ist die Insel, wofür er das Fleckchen Erde hält, unbewohnt. Doch da machte er weitere Entdeckungen.

Im angrenzenden Dschungel stieß er auf die Überreste einer Pyramide, deren Tor sich mit dem gefundenen Kristall sich öffnen ließ. In einer unscheinbaren Glaskapsel wurde ihm eine längst vergangene Welt offenbart. Erst viel später wird Waylon bewußt, dass er in einer Zeitmaschine saß. Unbemerkt verfolgte ein Mohrenmaki den Gestrandeten. Später kommt es im »Appartement« zur ersten Begegnung beider. In einiger Entfernung lag ein Felsvorsprung. Auch dort verbargen sich mysteriöse Dinge. Wie sich später herausstellte, gehörten die unterirdischen Gänge zu einem weit verzweigten Höhlensystem, das wiederum vor langer Zeit den Arimeanern als Stützpunkt gedient hatte. Waylon erfuhr von der Zeitirritation, die das universale Gleichgewicht empfindlich zu stören begann.

Auf der Suche nach Antworten erfährt er von einer weitreichenden Verquickung seitens der alten Dame und Nachbarin Elionor Pepper. Die Geschehnisse überschlagen sich. Eine jahrtausendealte ›Sternenbruderschaft‹ tritt auf die Bildfläche, ebenso die Wächter. Und dann gibt es noch den Gewahrer. Der soll auf Erden für den Einhalt des Kodexes sorgen. So tritt Mrs Pepper mehr und mehr in den Vordergrund, denn sie ist die Nachfahrin eines Gewahrers. Ihre langwierigen Nachforschungen trugen endlich Früchte. Nachdem sie ihre Erkenntnisse mit Waylon ausgetauscht hatte, wollten sie gemeinsam das Rätsel lösen.

Dann wurde Sophie entführt. Die Spur führte wieder zu dem geheimnisvollen Ort, an dem Waylon damals erwachte. Dort lernten sie die Wächter kennen. Da die ›Sternenbruderschaft‹ mittlerweile in Gefahr geriet, taucht wenig später eine bewaffnete Vorhut der arimeanischen Streitmacht auf, und ein Kampf schien unmittelbar bevorzustehen. In letzter Minute gelang es Waylon mithilfe der Glaskapsel dem Untergang zu entkommen.

Obwohl sich Karoline und Waylon nach der Scheidung vorsichtig annäherten, entschloss sich Karoline eigene Wege zu gehen. Plötzlich wurde sie zum Ziel, fühlte sich bedroht. Einmal konnte sie den Verfolgern entkommen. Doch dann schlug das Schicksal hart zu. Ein Fremder mit asiatischer Herkunft bringt sie in seiner Gewalt.

Im an der Wohnsiedlung angrenzenden Wald suchte Sophie, Elionor Peppers Adoptivtochter, ihren alten Lieblingsplatz aus Kindheitstagen auf. Ungewollt wurde sie Zeuge, als ein Gleiter aus dem Nichts auftaucht und ein älterer Waylon aussteigt.

Alte Fotos von Karolines zweiten Mann brachten Licht ins Dunkle. Somit schloß sich der Kreis. Waylon wußte plötzlich, was zu tun war. Wo einst der riesige Asteroid fast alles Leben auslöschte, lag die Antwort auf alle Fragen. Im Inneren des Morgenkristalls entschied sich schließlich der weitere Verlauf seiner Existenz …

All dies bleibt Waylon natürlich verborgen. Und doch zeigt ihm sein Unterbewusstsein, in Form winziger Erinnerungsschnipsel, manchmal die Tür in diese Welt aus der er kam. Allerdings – mal ganz ehrlich: Wer denkt schon tief gehender über ein Déjà-vu nach?!

Mit dem Leben ist Waylon zufrieden. Die Beziehung mit Karoline gipfelte vor zwei Monaten in einer Hochzeit. Viele wurden nicht eingeladen; nur die engsten Familienmitglieder und Freunde.

Auch im Job geht es voran. Seine Überstundenwilligkeit zahlt sich endlich aus. Zweihundert Pfund Sterling im Monat mehr! Genau im richtigen Moment. Die Tilgung fürs Haus ist somit gesichert. Mit sechsundzwanzig Jahren hat Waylon einiges erreicht, im Gegensatz zu manch anderen seiner Altersstufe. Er hat also vieles richtig gemacht. Sogar über Nachwuchs denken beide schon nach. Ja, das Leben ist schön und schön ist es zu leben!

Die Wochenenden gehören ausschließlich Karoline und Waylon. Bisher hat es noch niemand geschafft, das beginnende Familienidyll zu durchbrechen. Und die Zeichen stehen gut, dass dies auch so bleibt.

Es ist Juli. Der Sommer ist für englische Verhältnisse ungewöhnlich trocken. Ende des Monats will das frisch verheiratete Paar die Hochzeitsreise endlich antreten. Es soll nach Venedig gehen, in die Lagunenstadt der Liebe. Ganz klassisch und traditionell. Die Siebzigerjahre im zwanzigsten Jahrhundert bieten für Gutverdiener alle Möglichkeiten, die die Welt zu bieten hat. Ein neues Lebensgefühl wird real: Reisen, wohin einem es zieht. Die Grenzen sind durchlässiger geworden. Jedenfalls was die westliche Welt betrifft. Die interessantesten und vielversprechenden Ziele liegen eh außerhalb des »Eisernen Vorhangs«.

Waylon ist ebenfalls der Meinung, dass Venedig sich vorzüglich als Hochzeitsreise eignet. Ein verzücktes Städtchen im Flair mittelalterlicher Romantik. Mit all seinen Kanälen, alten Gemäuern und natürlich den Menschen. Durch Karoline entdeckt er mehr und mehr seine romantische Ader. Auch besinnt er sich auf sein altes Interesse an alte Architektur. In der Jugend sog er regelrecht alles auf, was mit alten Gemäuern zu tun hat. Leider war die Familie nie so gut betucht, als dass sie sich viele Reisen gönnen konnten. Allerdings nutzte er die wenigen für ausgiebige Untersuchungen. Mit Block und Bleistift bewaffnet entstanden so viele Skizzen. Nicht gerade ausgereift in der Strichführung, aber ansehenswert allemal.

Eines hat es in einem Rahmen sogar an die Wand des Treppenaufgangs an die Wand geschafft. Es zeigt ein futuristisches Gebilde, das Waylon den »geflügelten Turm« nennt. Es ist die einzige Skizze die aus seiner Fantasie stammt.

Umgeben ist der »Turm« von atmosphärischer Finsternis.

So jedenfalls nennt es Waylon. Inmitten eines heftigen Sturmes bewegt sich eine Gestalt und kämpft dagegen an. Die Gestalt ist in Wirklichkeit nur ein unförmiger Strich; doch in gebührendem Abstand wirkt sie realistisch.

Alles in allem eine Zeichnung aus der Jugend, die wenigstens für Waylon nichts besonderes darstellt. Karoline hingegen gefällt sein »Strich«, wie sie sich professionell auszudrücken pflegt. Sie würde gern sehen, dass er mehr aus diesen jugendlichen Hobby macht. Karoline sieht darin die schlummernde Fähigkeit eines Künstlers. Jedoch will er davon nichts wissen. Er tut es stets ab als missraten. Dennoch lässt er es hängen, allein seiner Frau wegen.

Ausgerechnet heute fällt ihm das Bild besonders auf. Insbesondere der »geflügelte Turm«. Dabei handelt es sich nicht einmal um einen richtigen »Turm«. Es ähnelt einfach einer übergroßen, fensterlosen Säule und wird nach oben hin spitzer. Wären da nicht die sieben Flügel eingezeichnet, könnte man meinen, einen alten Obelisken vor sich zu haben. Ganz oben an der Spitze liegt der Mittelpunkt der Flügel, die fast den Boden berühren.

Ohne weiter darüber nachzudenken geht er auf den Speicher, auf dem sorgfältig geordnet, all das in Kisten aufbewahrt wird, die sein bisheriges Leben beinhalten. Die Pappkartons sind nicht beschriftet. Er wird eine Weile brauchen, um zu finden, was er sucht.

Karoline steht atemlos im Speicher. Ihre Augen sind geweitet. Nicht wegen dem Treppensteigen, eher weil sie den gesamten Boden in einer befremdlichen Unordnung vorfindet. Überall stehen geöffnete Kisten, liegen Papiere herum. Und mittendrin Waylon. Sie ringt um Fassung.

»Was ist denn hier passiert?!«

Er ist so sehr vertieft, dass er sie nicht einmal bemerkt. Ihr bleibt nichts weiter übrig, als die Frage zu wiederholen; selbstverständlich mit erhobener Stimme und nachdrücklicher.

Waylon zuckt zusammen. Dabei entgleitet ihm ein Stapel loser Blätter.

»Hast du mich erschreckt«, stößt er hervor.

»Was machst du denn? Diese Unordnung!

Betreten senkt er den Kopf.

»Ich suche meine alten Zeichnungen«, versucht er zu erklären. Erst jetzt erblickt er, was er angerichtet hat.

Karoline hockt sich neben ihn.

»Ich helfe dir. – Suchst du etwas bestimmtes?« Ihre Stimme gesenkt vermittelt sie Waylon Verständnis.

»Das Bild an der Treppe brachte mich darauf.«

Sie lächelt ihn an.

»Willst du doch weiter zeichnen? Du weißt, das ich dieses Bild liebe.«

Er atmet hörbar ein. »Ich weiß nicht. Mein Talent reicht dafür nicht.«

»Finde ich doch! Nimm doch mal dieses hier!« In ihrer Hand hält sie eine Skizze mit einem stark verkrüppelten Baum, unter dem ein zerfallener Schuppen steht.

»Das ist im Garten meines Großvaters gewesen«, erinnert er sich. »Ich glaube, da war ich sieben oder acht.«

»Also für einen Achtjährigen eine sehr respektierliche Darstellung.«

Waylon lacht.

»Du erkennst, dass es ein Baum sein soll?«

Karoline streckt mit dem Blatt in der Hand den Arm aus und wiegt mit dem Kopf.

»Irgendwie schon«, argumentiert sie. Doch ihr gelingt nicht ganz, überzeugend zu klingen.

»Sieht eher wie ein Strauch aus. Die Proportion stimmt nicht. Und der Schuppen ist einfach nur eine unförmige Fläche, die alles sein kann.«

»Ein Meister fällt nicht vom Himmel, Way. Kuck dir das

mal an.«

Wie eine Trophäe hält sie ein anderes Bild hoch.

»Das war in Wales.«

»Du hast die Burg gut getroffen.«

Er schaut genauer hin. Stellenweise zeichnete er sehr detailliert. Einzelne Steine sind erkennbar. Doch der Strich bleibt nicht konsequent. Deshalb wirkt die Skizze unruhig und kindlich dilettantisch.

»Ich bin nicht gerade stolz darauf, Karo. Mach dich nur lustig …«

»Ich mach mich nicht lustig, Way! Ich erkenne nur mehr darin, als du vermutlich jemals zugeben wirst.«

Plötzlich hält sie inne. Eine fleckige Aktenmappe kommt zum Vorschein.

»Hier, ist das vielleicht …«

Auch Waylon verharrt mitten in der Bewegung. Er schaut auf die Mappe, die mit Ölpapier umwickelt ist. Sein Herz schlägt schneller. Ja, das müsste das Gesuchte sein!

Ehrfürchtig überreicht ihn Karoline das Bündel fast schon feierlich, in der Hoffnung, er würde es sogleich und ohne Umschweife vor ihren Augen öffnen. Nur er reagiert eher apathisch, beinahe ängstlich.

»Nun mach schon«, ermuntert sie Waylon flüsternd. »Ich mach mich auch nicht lustig.«

Zögernd nimmt er das Bündel an sich, hält es abwägend in Händen.

»Lass uns erst ein wenig aufräumen. Ich denke, hier ist nicht der passende Ort dafür.«

Zwei

Joshua Brown geht den Weg mit schnellen Schritten entlang. Immer wieder sieht er sich um. Er wirkt abgekämpft, um nicht zu sagen, gehetzt. Schweißüberströmt und schwer atmend rennt er mehr, als das er geht. Sein Haar ist vom Schweiß nass. Dadurch wirkt er ungepflegt. Nach einigen Metern wendet er sich um, um einen flüchtigen Blick auf dem Weg hinter ihm zu werfen.

Sie scheinen seine Spur noch nicht wieder aufgenommen zu haben. Jedenfalls hofft er es. Denn seit einigen Tagen fühlt er sich bedroht und verfolgt. Joshua hat noch keinen von denen gesehen. Aber er *fühlt* ihre Anwesenheit! Sie sind da! Und sie haben es auf ihn abgesehen!

Seit ein paar Tagen geistern diese Leute herum. Ganz sicher ist er sich allerdings nicht. Wie gesagt: Es ist ein Gefühl! Aber eines, was sehr dominant ist und den Tagesablauf empfindlich beeinflusst. Er traut keinem Menschen. Man kann ja nie wissen. Das ist schon immer so, doch in letzter Zeit verstärkt sich diese Vorsicht.

Auf beiden Seiten des Weges erstrecken sich weite Wiesen. Früher wurden sie bewirtschaftet und Kühe weideten. Heute hingegen sind sie verwildert. Vermutlich fand sich kein Nachfolger des Bauern, oder es lohnt sich nicht mehr. Reich werden kann man mit diesem Land sowieso nicht. Diese Zeiten sind ein für alle Mal vorbei. Stattdessen wird importiert, und zwar mit steigender Tendenz.

Joshua interessiert allerdings die Befindlichkeiten hiesiger Bauern im Moment überhaupt nicht. Viel mehr beschäftigt ihn die Tatsache, dass es hier absolut keine Deckung gibt. Weder Sträucher noch sonstige dichteren Gewächse gibt es. Somit ist er den vermeintlichen Verfolgern schutzlos ausgeliefert.

Wieder schaut er zurück. Was ist das? Ein Schatten huscht ins verfilzte Gras. Mit erhöhtem Blutdruck bleibt er kurz stehen. Angestrengt starrt er auf die Stelle, an der etwas verschwindet. Jedoch bleibt es ruhig. Wenn es ein Mensch gewesen ist, müsste er ihn jetzt sehen können. Sicherlich nur ein Tier.

Und wirklich bewegt sich etwas ruckartig im Gras. Ihm droht das Herz stehen zu bleiben. Joshuas Blick mündet in einem Tunnel. Fixiert auf die Bewegung eines Grasbüschels, wird alles andere ausgeblendet; ähnlich, als schaue man durch ein Fernglas. Er starrt so konzentriert, dass ihm die Augen bald vor Anstrengung brennen.

Er wird ruhiger. Puls und Herzschlag werden normal. Nur der Blick ist noch immer stur auf die besagte Stelle gerichtet. Da nach geraumer Zeit nichts weiter passiert, senkt er entkräftet sein Haupt. Der Nacken- und Schulterbereich wird entspannt, sodass allmählich das leichte Ziehen nachlässt.

Was macht er eigentlich? Diese Frage hämmert in seinem Kopf.

Nur Sekunden später ist Joshua im Laufschritt wieder unterwegs. Die Gefahr im Nacken spürend, will er nicht nur ihr entfliehen. Nur dies wird er sich selbst niemals eingestehen …

Nach einer Stunde gelangt Joshua an einem verlassenen Haus an. Fenster und Türen sind von außen mit Brettern zugenagelt. Einige der Fensterscheiben sind trotzdem gesplittert. Er schaut sich hektisch um, geht einmal um das Gemäuer herum. Dabei entdeckt er auch eine Hintertür, die vom Weg her nicht einsehbar ist. Die Bretter sind stark verwittert, die Nägel mit Rost überzogen. Mit ein wenig Geschick ist ein Eindringen relativ einfach. Die Frage ist nur, wie weit bleibt es unbemerkt.

Er empfindet ein uneingeschränktes Verlangen nach größtmöglicher Sicherheit. Doch die gibt's nicht, das weiß Joshua nur zu genau. Überall und jederzeit stehen sie vor, neben oder hinter einem. Unmöglich Ihnen zu entkommen!

Seine handwerklich begabten Hände lösen im Nu das unterste Brett. Forschend suchen seine Augen die Gegend ab, ebenso konzentriert lauscht das Gehör. Erst, nachdem die Augen brennen und er absolut nichts weiter als Bäume und Büsche sieht, die sich im Wind leise wiegen, macht er weiter.

Schnell sind vier morsche Bretter gelöst. Joshua vergewissert sich wiederholt unbeobachtet zu sein, dann probiert er die Tür zu öffnen. Wie nicht anders zu erwarten, ist diese natürlich verschlossen. Er rüttelt. Staub, Dreck und loser Putz rieseln herab. Das ganze Türblatt mitsamt der Zarge ist ausgetrocknet und sitzt locker in der Mauer.

Kurzentschlossen tritt er gegen die Tür. Der herabströmende Putz ist ein gutes Zeichen. Jeder weitere Fußtritt und gleichzeitiges Rütteln lassen die Zarge mehr an Halt verlieren. Ein lautes Krachen durchbricht die ansonsten friedvolle Stille, die nur durch Joshua gestört wird. Die Tür samt Zarge ist aus der Verankerung gerissen und kippt zu Boden. Einige Holzsplitter werden zur Seite geschleudert.

Klopfenden Herzens schaut er sich um. Wenn sie sich in der Nähe versteckt halten und ihn beobachten, dann wäre dieses Versteck keinen Pfifferling mehr wert. Doch alles ist wie vorher. Schnell huscht er hinein, hebt die Tür an und stellt sie provisorisch an den Rahmen.

Der Puls hämmert im Hals. Aufgewirbelter Staub behindert das Atmen. Er hustet. Die stickige Luft reizt die Lungen. Feine Partikel lassen seine Augen tränen. Es dauert eine Weile, bis sich Joshua daran gewöhnt hat. Die Luft ist trocken, riecht abgestanden und irgendwie nach verwesten Tierkadavern. Durch die Spalten, die die unsymmetrisch angebrachten Bretter verursachen, entstehen breitgefächerte Lichtpyramiden, die wie hauchdünne Schwerter die stauberfüllte Luft durchschneiden.

Im Halbdunkel erkennt Joshua grob den im Zerfall befindlichen Raum. Sehr vertrauenserweckend ist er nicht! Überall hängt Putz herunter, der auf seltsame Weise der Erdanziehung trotzt. Schräg gegenüber ist eine Tür. Sie steht offen. Ein riesiges Spinnennetz mit unzähligen Resten von Insekten und Dreck versperrt den Weg. Es umspannt mindestens zwei Drittel des Durchgangs. Joshua tritt näher heran. Es liegt eine Weile zurück, dass ein Achtbeiner hier auf Jagd ging. Achtlos wischt er das Netz beiseite. Dahinter kommt ein Loch zum Vorschein.

Wegen der Dunkelheit kann er keine Details vom jetzigen Standpunkt aus erkennen. Rechts daneben schweben ähnliche Lichtpyramiden schwerelos im Raum, wie im anderen Zimmer. Eine Kleinigkeit jedoch macht Joshua stutzig. Er kommt nicht sofort darauf, was anders ist. Aber eine Minute später schießt es ihm durch den Kopf. Die »Pyramiden-Schwerter« bewegen sich!

Verwirrt reibt er sich die Augen. Doch egal aus welchem Blickwinkel er sie betrachtet, vollführen die Pyramiden aus Licht einen langsamen, eigentümlichen »Tanz«. Joshua nennt es im Stillen »Tanz«, da ein gewisser Takt erkennbar ist. Hinzu flimmern winzige Lichtpartikel im gleichen Rhythmus.

In diesem Raum herrscht eine völlig andere Atmosphäre. Die Luft ist sauber, ebenso sind die Wände intakt. Außerdem riecht es würzig. Er hat zwar noch keine Ahnung nach was, genießt aber den Geruch. Beinahe hat er etwas animalisch betörendes. Joshua fühlt sich mit jeder weiteren Sekunde wohler, die er in dem Raum bleibt. Es ist ein Ort, der Geborgenheit ausstrahlt.

Klar grenzt sich auf dem Boden eine Art Luke ab. Er betrachtet sie genauer und probiert sie zu öffnen. Ohne ein geeignetes Hilfsmittel allerdings ein Ding der Unmöglichkeit.

»Dann eben später«, beschließt Joshua.

Er wendet sich wieder dem ersten Raum zu. Sofort fällt ihm die Veränderung in der Luft auf, und der feine Staub umwirbelt seinen Körper. Rechts von ihm, gegenüber der Hintertür, kommt ein weiterer, aber türloser Durchgang ins Blickfeld. Er wendet sich diesem zu und tritt in einem schmalen, langen Flur ein. Auch hier hängt Putz von den Wänden. Am Ende führt eine ebenso schmale wie steile Holztreppe in den ersten Stock. Bei jeden Schritt knarren beunruhigend die morschen Bretter unter seinem Gewicht.

Auf der Hälfte der Treppe hält er inne. Joshua bekommt ein Gefühl des »Nicht-Alleinseins«! Ein bedrückendes Gefühl, welches sich regelrecht aufstülpt. Voll konzentriert lauscht er. Alles ruhig und einem verlassenen Haus würdig, findet Joshua. Zögernd setzt er den Fuß auf die nächste Stufe. Langsam verlagert er das Gewicht und zieht den Anderen nach. Das jetzige Knacken durchfährt ihn wie ein elektrischer Schlag. Schwer atmend bleibt er stehen. Lauscht.

Mit den Gefühlen ist das so eine Sache. Achtet man allzu sehr auf den Bauch, handelt man meist unlogisch, was manchmal auch von Vorteil sein kann. Das genaue Gegenteil geschieht, wenn hauptsächlich der Kopf entscheidet. Das Geheimnis liegt im ausgewogenen Handeln. In dieser Situation, die Joshua verständlicherweise stark unter Stress setzt, ist ein logisch intuitives Abwägen unumgänglich, wenn gar unmöglich.

Für das Weitergehen spricht, dass das verlassene Gebäude der geeignete Unterschlupf schlechthin ist. Dagegen, dass sie bereits hier sind. Die letztere Variante missfällt ihm sichtlich und bereitet Joshua heftig Magenschmerzen. Doch dann wäre eine Flucht ohnehin sinnlos! Also – egal wie es ausgehen sollte – kann er nichts verlieren.

Zwei tiefe Atemzüge später geht er vorsichtig, aber dennoch zügig hinauf. Oben angekommen, blickt Joshua in ein grinsendes Gesicht mit stechenden Augen.

Drei

Das Papier ist vergilbt, auf dem die Bilder gezeichnet worden sind. Einzelne Blätter sind mehrmals geknickt und an den Falzen eingerissen. Fein säuberlich aufgereiht liegen Waylons künstlerische Versuche auf den Küchentisch. Genau wie er gehofft hatte, ähneln die Skizzen der, die im Treppenaufgang eingerahmt einen Platz fand.

»Manche sind aber düster …« Karoline überkommt ein beklemmendes Gefühl. So hat sie sich Waylons Zeichnungen nicht vorgestellt. Er muss damals in einer depressiven Phase gewesen sein. Irgendwie ist eine tiefe Traurigkeit zu spüren. »Du hast einiges aufgearbeitet.«

»Du bist eine gute Beobachterin«, lächelt Waylon etwas verlegen. Ihm ist sichtlich unwohl.

»Was Schlimmes?«

Energisch schüttelt er den Kopf. Etwas zu energisch, wie Karoline findet.

»Ich hatte einige Alpträume …«

»Magst du sie mir erzählen?«

»Viel gibt es da nicht. Ich kämpfte gegen einen heftigen Sturm, und kam niemals voran. Das ist alles.«

Sie kennt ihn zu genau, als dass sie sich damit zufrieden gibt. Da war mehr! Jedoch will Karoline jetzt nicht weiter bohren. Sie wird warten, bis er von selbst erzählt.

»Was suchst du eigentlich genau?«

»Kann ich dir nicht sagen.«

»Du sagtest, dass das Bild dich darauf brachte. Auf was?«

Unentschlossen scheint Waylon nach Worten zu suchen.

»Der ›Turm‹ erinnert mich an etwas. Ich dachte, die alten Zeichnungen brächten mich weiter. Aber es sieht nicht danach aus.«

Da kommt Karoline eine Idee. »Wart mal«, murmelt sie, steht auf und geht hinaus. Eine Minute später kommt sie mit dem »geflügelten Turm« in der Hand zurück.

»Vielleicht hilft dir der direkte Vergleich.«

Abwechselnd wandern die Blicke vom »Turm« zu den anderen Zeichnungen und wieder zurück. Eins nach dem anderen wird inspiziert, verglichen, anhand der Stiftführung analysiert. Das Ganze verläuft still und konzentriert. Da sie nicht weiterkommen, beginnt Waylon die Skizzen vom Tisch zu entfernen, die überhaupt nicht passen. Übrig bleiben fünf.

Zuerst will Karoline ein Weiteres wegnehmen, hält sich allerdings zurück.

»Was denkst du darüber?«

Waylon steht auf und betrachtet die Auswahl aus größerer Entfernung.

»Ich scheine sie in einem gewissen Zeitraum erstellt zu haben«, beginnt er nachdenklich. »Nur ich kann mich nicht daran erinnern! Es ist, als habe ich sie nicht gemalt …«

»Aber wer dann? Und wie kommst du dazu? – Woraus schließt du das eigentlich?«

Er deutet auf das Signum. Sein Zeichen besteht auf dem »geflügelten Turm« aus einem geschwungenem »W« und ein im Verhältnis dazu starren »L«. Die Initialen seines Namens. Auf den restlichen Blättern dagegen ist es genau umgekehrt. Dort prangt ein starres »W« und ein viel zu geschwungenes »L«.

»Vielleicht hat dir das besser gefallen oder du probiertest einfach aus?«

Wieder schüttelt Waylon energisch den Kopf. Anstatt zu antworten nimmt er die beiseite gelegten Zeichnungen erneut in die Hand und legt sie der erstaunten Karoline hin, die leise pfeift.

»Das ist ja ein Ding«, flüstert sie. »Wär mir niemals aufgefallen …«

»Also: An dieses Kürzel kann ich mich sehr gut erinnern«, fasst Waylon zusammen und zeigt auf besagte Stelle. »Ich weiß noch genau, wie der ›Turm‹ entstand! Die anderen hier«, er deutet auf die fünf übrigen, »sagen mir rein gar nichts.«

Karoline legt ihren Mann die Hand auf den Arm.

»Das nimmt dich sehr mit, oder?«

»Es beschäftigt mich, ja. Aber erst seit heute. Keine Ahnung weshalb!«

»Ich mach uns erstmal einen Kaffee.«

Auf zwei der Skizzen aus Waylons jugendlicher Hand ist der »Turm« vertreten. Natürlich ähneln sie sich nur auf dem ersten Blick. Ihre Darstellung schwankt zwischen klein und dick bis sehr dünn und lang. Auch die Flügel skizzierte Waylon damals mit wenig Treue zur Wirklichkeit. *Falls* Waylon wirklich diese Seiten gezeichnet haben sollte!

»Wie bist du überhaupt darauf gekommen, deinen ›Turm‹ auf Papier zu bringen?« Ihre Stimme ist gedämpft und feinfühlig.

»Da war mehrmals dieser Traum. Überall hatte ich dieses Ding vor Augen. Im Traum musste ich dorthin. Warum weiß ich nicht. Ich hatte vermutlich keine Wahl. Doch ich kam dort nie an. Die Luft war so … zäh …«

»Und wo beziehungsweise wie endete der Traum?«

»Immer gleich. Ich stemmte mich mit aller Kraft gegen den unsichtbaren Wiederstand. Davon bin ich dann aufgewacht.«

»Hast du immer das Selbe geträumt?«

»Ja und das brannte sich bei mir ein … Über die Jahre habe ich es dann wohl vergessen.«

»Oder verdrängt.«

»Du hast Recht. Wie immer.«

Karoline lächelt.

»Hattest du später nochmal davon geträumt?«

»Nein, nein. Nur damals. Und wenn ich daran denke, war der Traum ziemlich … real. Ich konnte den Luftwiderstand deutlich spüren. Und das Atmen fiel mir sehr schwer.«

»Er hat dich mächtig beeindruckt.«

Diesmal nickt Waylon.

»Kein Wunder, dass du es auf diese Weise verarbeitet hast.«

»Was aber noch immer nicht klärt, woher diese anderen Skizzen kommen.«

Sie stehen wieder (oder immer noch) am Anfang.

»Wer wußte damals, dass du zeichnest?«

Waylon überlegt.

»Alle in der Verwandtschaft.«

»Freunde?«

»Ich skizzierte meist zuhause, in meinem Kämmerlein.«

»Hm«, macht Karoline.

»Was ist?«

»Wenn niemand davon wußte, dann hat einer in deiner nächsten Umgebung diese Zeichnungen erstellt. Und zwar, jemand der dich gut kennt. – Es sei denn, du hast sie selbst geschaffen und weggeworfen …«

»Es stimmt, ich habe viele weggeschmissen. Allerdings zerriss ich sie vorher oder zerknüllte sie wenigstens.«

Die vorliegenden Blätter zeigen zwar Gebrauchsspuren, aber geknickt sind sie nicht!

»Also bleibt nur jemand aus der Familie übrig.«

Er runzelt die Stirn.

»Aber warum? Das ergibt doch keinen Sinn …«

»Auf den ersten Blick nicht. Wir müssen tiefer graben.«

Waylon bläst die Wangen wie ein Frosch auf.

»Du meinst, das bringt was?«

»Na willst du es wissen oder nicht?!«

»Schon …«

»Also! Und außerdem, Darling, beschäftigt dich das Ganze mehr, als du dir eingestehst!«

Ein dunkler Schatten überfliegt Waylons Gesicht. Bis jetzt wußte er nicht, wie durchschaubar er ist. Beängstigend!

Manche Probleme lassen sich nicht sofort lösen. Egal wie sie angegangen werden, benötigen sie Zeit. So ist es für Waylon nicht einfach, die Gedanken auf etwas anderes zu lenken. Erst am Nachmittag gelingt es Karoline ihm einen Spaziergang schmackhaft zu machen. Schweigsam gehen sie Arm in Arm.

Unweit der Häusersiedlung gibt es Natur pur. Deswegen haben sich beide für die Gegend entschieden. Sie kommen ursprünglich vom Lande, lieben wilde Tiere und Pflanzen. Karoline beobachtete von Kindesbeinen an gerne kleinere Tierarten. Für ein Mädchen ziemlich ungewöhnlich, zumal es sich um das breite Spektrum der Insekten handelte. Sie fasziniert es mit anzuschauen und zu verfolgen, wie Netze entstehen oder mit welcher Leidenschaft Abertausende ihren »Staat« hegen, pflegen und verteidigen.

Es gab eine Zeit, in der Karoline Biologie studieren wollte. Leider reichte das Geld nicht aus, um dies zu finanzieren. Darum blieb das einstige Hobby auf der Strecke.

Ein Grund mehr in dieses Viertel zu ziehen.

»Ist es hier nicht wunderschön, Way?«

»Friedvolle Stille, kein Stadtlärm. Ja es ist schön, Darling.«

»Du bereust es also nicht?«

»Was soll ich denn bereuen? Das wir geheiratet haben?«

Ein Forscher Blick trifft ihn.

»Das war das Beste was mir passieren konnte!«

Er hält dem Blick stand.

»Dein Glück, Mr Latham!«

Sie schmunzelt. Inzwischen haben sie das Wohngebiet verlassen und wandern einen naturbelassenen Pfad entlang, der die prächtig gedeihende Wiese durchschneidet. Unzählige Schmetterlinge flattern von Blüte zu Blüte. Von irgendwoher summt es. Schaut man genauer hin, erkennt man Wildbienen bei ihrem emsigen Treiben. Unermüdlich sammeln die kleinen tapferen Gesellen für ihre Waben. Nehmen dabei ungewollt Pollen auf und befruchten so die nächste Blüte.

Verzückt wendet sich Karoline einer umschwirrten Blume zu.

»Na ihr Fleißigen! Habt alle Hände voll zu tun, was!?«

Unbeirrt dieser Ansprache setzen die Tierchen ihre Bestimmung fort.

Waylon läßt seine Frau gewähren. Er schaut dagegen in den Himmel dem Flug eines Habichts zu. Der hat ganz offensichtlich ein Opfer anvisiert. Seine Kreise werden enger. Dann stürzt er regelrecht herab und landet Nähe des Waldes inmitten hüfthohen Grases.

So sehr er sich auch reckt und streckt gelingt ihm nicht mehr zu sehen. Enttäuscht sieht er in die Richtung, um wenigstens den Start des Greifvogels mitzuerleben. Vielleicht erfährt Waylon so, was das Tier geschlagen hat.

Die Luft beginnt zu vibrieren. Knatternde Geräusche eines Motors zerreißen die idyllische Stille. Noch ist nichts zu sehen, obwohl der Lärm eindeutig näher kommt. Auch Karoline hebt verstört den Kopf, schaut sich suchend um. Ihre fragenden Augen erreichen Waylons ebenso fragenden Blick.

Ein Schwarm Vögel erhebt sich flüchtend in die Lüfte. Offenbar wittern sie die nahende Gefahr. Ein starker Luftzug zerzaust ihnen die Frisuren. Fast verliert Waylon den festen Stand. Und dann schwillt der Lärm zu einem ohrenbetäubenden Radau an.

In zwanzig Meter Entfernung steht ein schwarzer Hubschrauber in der Luft. Woher er kommt bleibt unklar.

»Keine Bewegung, Sir!«, ertönt die unmissverständliche Aufforderung. »Flucht und Gegenwehr sind sinnlos!«

Vier

»Zum letzten Mal: Was haben Sie dort zu suchen gehabt!?«

»Wir waren spazieren, Mister!«

»Sie glauben wohl, sie können mich verarschen oder was?«

»Meine Frau und ich wohnen ganz in der Nähe! Mein Gott! Da ist doch nichts verbotenes daran!«

»Was verboten ist oder nicht, das entscheide immer noch ich!«

Der Typ in der Militäruniform hat vor Wut ein feuerrotes Gesicht. Waylon glaubt nicht, was hier gerade passiert. Kurz nachdem der Hubschrauber aufgetaucht war, kam ein Jeep angerauscht. Zwei Männer stürmten mit gezogenen Waffen auf sie ein. Unsanft wurden sie zu Boden gestoßen und ihnen die Handschellen angelegt. Dann trat der Typ an ihn heran. Zog Waylon brutal hoch.

»Also: Was suchten Sie dort!«

»Wir gingen spazieren!« Will der Kerl nicht kapieren?

Der Typ stemmt die Hände auf den Tisch und baut sich bedrohend vor Waylon auf.

»Wir haben Zeit«, sagt er in einem gefährlich klingenden Tonfall. »Es wurden schon ganz andere gebrochen ...« Jetzt lächelt er höhnisch.

»Hören Sie mir doch bitte zu!« Waylon spricht langsam und betont jedes Wort gleichermaßen. »Wir sind erst seit kurzem verheiratet, Mister. Und wohnen auch noch nicht lange da. Wir haben einfach die Gegend erkunden wollen ...«

»So, so«, macht er abschätzig im gleichfalls ruhigen Ton. »Da haben wir es ja. Auskundschaften! So kommen wir doch der Sache schon mal näher!«

Waylon versteht nicht. Dementsprechend macht er ein ungläubiges Gesicht. Doch zu einer Frage kommt er nicht. Denn der Major zischt mehr, als er sagt: »Ich will dir mal sagen, was du da wolltest. Das Mädchen ist nur ein Alibi. Irgendwo aufgelesen. Du wolltest in das Haus eindringen. Du wolltest unsere Arbeit untergraben. Aber nicht mit mir!«

Geplättet kann Waylon darauf nichts erwidern. Was er gerade zu hören bekam, klang nicht nur unerhört – es war es auch und unverschämt dazu!

»Also, gib's zu und du kannst gehen.«

Mit stechendem Blick versucht er Waylon siegessicher zu durchbohren. Was er damit erreicht, lässt auch nicht lange auf sich warten. Waylon sitzt wie ein geprügelter Knabe auf heißen Kohlen. Blass im Gesicht, kann der Major regelrecht dessen Angst riechen. So wähnt er sich selbstgerecht auf der richtigen Spur. Untermauert wird dies noch durch Waylons Schweigen, welches völlig missdeutet wird. Nur das dieses Schweigen kein Schuldeingeständnis ist; vielmehr kann Waylon die ihn zur Last gelegten Vorwürfe nicht entkräften. In seinem Kopf herrscht gähnende Leere.

»Hat es dir die Sprache verschlagen?«

Der Kloß im Hals lässt Waylon schweigen.

Der Major lacht.

»Du kannst dich jetzt ausruhen, Kleiner. In einer Stunde will ich alles wissen. Und zwar die Wahrheit!«

Die Zelle misst etwa zwei Quadratmeter. Komfortabel wäre vielleicht die Pritsche, wenn eine Matratze da wäre. Aber da spart das Militär.

So richtig glauben kann es Waylon immer noch nicht. Abstruse Situation! Es deutete doch nichts daraufhin, dass sie sich in einem Militärbereich bewegten. Keine Tafel wies darauf hin! Und doch sitzt er jetzt hier drin.

Er bekommt das Gefühl nicht los, dass es sich gar nicht um das Militär handelt. Jedenfalls nicht nach dem Richtigen. Wer also steckt dahinter? Das MI5? Die CIA? KGB?

In Waylon steigt Unruhe auf. Den Russen ist einiges zuzutrauen. Viel dringt nicht an die Öffentlichkeit. Ein Land fest in den Händen der Kommunisten. Von Freiheit und Demokratie halten die nicht viel. Die könnten dahinter stecken …

Aber auch die CIA ist nicht ohne. Wenn etwas auf der Welt geschieht, was den Interessen der USA widerspricht, werden sie tätig. Nichts verwerfliches, schließlich hat jedes Land seinen Geheimdienst. Nur sind einige Fälle durchgesickert, die aufhorchen ließen. Vertrauen kann man also niemanden. Solange aber nicht klar ist, warum dies initiiert wurde, solange wird kein Außenstehender durchblicken. Was also tun?

»Karoline«, murmelt er erschrocken. Wo ist sie? Wie geht es ihr?

Wütend und voller Sorgen geht er auf und ab.

›Diese Schweine!‹, denkt er.

Ohne weiter zu überlegen tritt Waylon an die Tür. Wild hämmert er dagegen.

»Ruhe«, ertönt sofort eine gestrenge Stimme in Militärmanier.

Unbeirrt trommelt Waylon weiter.

»Ruhe! Verdammt nochmal! Ich schlag dir die Schnauze ein!«

Gleich darauf wird ein Schlüssel ins Schloß gesteckt. In der Tür erscheint ein massiger ›Bulle‹.

»Was soll denn die Scheiße!?«

»Wo ist meine Frau?«, fragt Waylon sich zur Ruhe zwingend.

»Die kleine Schlampe?«

Der ›Bulle‹ grinst unverschämt.

»Wo ist sie?«

Der ›Bulle‹ hört auf zu grinsen.

»Die Kleine ist beim Alten. Und nun gib Ruhe!«

Der Wärter will die Tür wieder schließen, da schießt Waylon vor, bekommt den Kerl am Kragen zu fassen, zieht ihn in die Zelle. Verdattert stürzt der Wärter beinahe.

»Was soll das«, stottert er.

Waylon drückt den ›Bulle‹n mit aller Gewalt gegen die Wand.

»Du sagst mir jetzt, wo meine Frau ist!«

Der massige Kerl schluckt.

»Sie ist beim Major …«

»Und wo ist der?«

»Im Büro.«

Trotz der umfänglichen Leibesfülle besitzt die Wache kein ausgeprägtes Selbstbewusstsein. Innerhalb von Sekunden kommt Waylon eine Idee.

»Sag mal – der Alte, der macht sich doch gern lustig über dich?«

Der ›Bulle‹ nickt zaghaft.

»Ein fieser Kerl«, regt sich Waylon raunend auf, verringert gleichzeitig die Stärke seines Griffs, mit dem er den Wärter im Zaun hält. »Er machte vorhin so eine Andeutung. Na, du weißt schon.« Sein Ton klingt verschwörerisch und vertraulich, mit einem Hauch von verstehendem Mitleid.

Wieder nickt der ›Bulle‹.

»Hilf mir, meine Frau aus seinen Fängen zu holen. Sie braucht dich! Sie ist doch so schwach …«

Der ›Bulle‹ hat eine Träne im Auge. Offenbar leidet er sehr unter seiner Fettsucht. Um dies zu kaschieren stellt er im Lauf seines Lebens von vornherein barsch und unmissverständlich klar, was er von einem hält. Intuitiv traf Waylon genau den wunden Punkt. Jetzt, wo er ihn gefunden hat, legt er nach.

»Du willst doch nicht, dass Karoline etwas geschieht – o- der?«

»N – nein«, stammelt der mäßige Typ. »Natürlich nicht.«

»Siehst du, ist doch gar nicht so schwer.«

Wieder nickt der ›Bulle‹.

»Also – hör zu …«

* * *

Sie zittert am ganzen Leib. Bis vor einer Stunde war die Welt noch in Ordnung. Nun ist plötzlich alles ganz anders. Schlimmer kann ein Albtraum nicht sein. Karoline sitzt in sich gekehrt auf dem Stuhl. Der Mann, der sie befragt, gibt sich alle Mühe, ihr Vertrauen zu wecken. Was sie auch antwortet, gefällt ihm absolut nicht. Er sagt dies natürlich nicht offen, aber sie kann es in seinen Augen lesen.

Es ist ein gefährliches Spiel. Gefährlich für Karoline, gefährlich für Waylon. Die beiden schwächsten Glieder einer Kette, deren wahrer Charakter vermutlich nur die Wenigsten kennen. Schlagartig wird ihr das bewußt. Welche Rolle ihr dabei zugedacht wurde, offenbart sich ihr noch nicht. Im Moment werden sämtliche Überlegungen durch den Major verhindert.

In Karolines Adern will das Blut gefrieren. Der Major strahlt eine Kälte aus, die einfach unerträglich ist. Seine eisigen Blicke verraten, dass er sadistisch veranlagt ist. Am liebsten würde dieser Kerl sie wahrscheinlich foltern, um genau das zu hören, was er hören will! Diese arrogante Art macht ihr unheimlich Angst. Deshalb fällt es Karoline ziemlich schwer, nach außen hin ruhig zu bleiben. Nur keine Schwäche zeigen!

»Sagen Sie doch die Wahrheit, Ma'am. Wie ihr Begleiter es auch schon getan hat.« Er hat sichtlich Mühe, sie nicht doch anzuschreien.

In diesen Moment geht die Tür auf. Ein kleiner Dicker kommt herein, macht stramm eine Meldung, und bittet den Herrn Major um ein kurzes Vier-Augen-Gespräch. Diesen passt das gar nicht ins Konzept, fügt sich aber zähneknirschend. Vor der Gefangenen will er den Schein wahren, den er glaubt, mühevoll aufgebaut zu haben.

Auf dem Flur zischt der Major seinen Untergebenen herrisch an.

»Sir, der andere Gefangene ist verschwunden.«

»Was?«

»Der andere … Gefangene ist … verschwunden.«

»Ich hab es kapiert! Aber wie …«

»Keine Ahnung, Sir. Er ist einfach weg …«

»Was heißt weg?!«

Der ›Bulle‹ schaut verlegen auf den Boden.

»Das kann doch nicht dein Ernst sein!«

Schweigen.

Ein Grund, warum der Major nicht explodiert, ist Karolines Anwesenheit. Allerdings hat er nunmehr einen tiefroten Kopf, der ein wenig ins lila geht. Sein Schnaufen ähnelt einer alten Dampflock. Was er jetzt braucht ist ein Ventil, um den Druck abzulassen.

Der ganze schöne Plan steht auf dem Spiel. Doch im Moment kann er in der jetzigen Verfassung die Vernehmung nicht so ohne weiteres fortsetzen. Stattdessen erfasst sein Schraubstock-Griff den Oberarm dieses Versagers.

»Das hat Konsequenzen, Kerl! Aber zuerst müssen wir diesen Schmarotzer wieder habhaft werden. Und dafür wirst du sorgen!«

Die Zelle, in der Waylon untergebracht worden war, ist tatsächlich leer. Der ›Bulle‹ weicht den blitzenden Augen des Majors bewußt aus. Am liebsten würde er im Erdboden versinken und für immer verschwunden bleiben. Solchen Menschen geht er besser aus dem Weg. Aber seit seiner Versetzung in die Spezialeinheit des Majors ist er dessen rabiaten, unmenschlichen Charakter ausgeliefert.

»Du elender Hurensohn!«

Willkürlich schlug der Major auf den ›Bullen‹ ein. Der wiederum hat dem Ausraster nichts anderes entgegenzusetzen, als den Kopf einzuziehen und abwehrend beide Arme zu heben. Nichts in seinem Gesicht deutet darauf, was er gerade denkt.

»Das wirst du mir büßen ...«

Der Major schnaubt gefährlich.

Wie ein kleines Kind verzieht der ›Bulle‹ vor Angst das Gesicht. Es gibt ihm mehr als einen unterwürfigen Ausdruck.

Mitten in der erneut in die Höhe geschnellten Armbewegung hält der Major inne. Ob es an die verletzliche Unterwürfigkeit seines Untergebenen liegt sei dahingestellt. Es zählt nur eines, dass es keine Schläge mehr gibt.

Der Blick des Majors geht in die Ferne. Durchdringt den ›Bullen‹ und das Gemäuer. Unvermittelt macht er kehrt und verlässt die Zelle. Zurück bleibt ein nach außen hin kleines Häufchen Elend, das erst Minuten später die starre Abwehrhaltung aufgibt.

Nachdem sicher gestellt ist, dass er sich allein in der Zelle befindet, kommt ein kindliches Grinsen zum Vorschein. Dieses Grinsen macht er immer dann, wenn etwas so verläuft, wie es seiner Meinung nach verlaufen soll. Und es läuft genau wie geplant. Zwar war dies nicht sein Plan, aber das spielt jetzt überhaupt keine Rolle. Entscheidend ist schließlich das Ergebnis.

Mit kindlicher Freude durchstreift sein Blick die Zelle. Er kann kaum glauben, dass der Boss – wie er den Major in Gedanken nennt – so schnell aufgab. Wo der nur hingerannt ist? In diesem Augenblick dringen heisere Schreie an sein Ohr. Der Major! Das Grinsen wird durch einen Schatten verdunkelt. Türen klappen. Ein Motor heult archaisch auf, Reifen quietschen. Mit dröhnender Überdrehzahl des zweiten Ganges jagt das Auto davon. Jetzt kehrt das Grinsen zurück, verjagt auch den Rest des Schattens.

In der Wand ist ein schmaler Schrank eingelassen, dessen Tür abgenutzt und völlig dreckig ist. Ein Zeichen jahrzehntelanger, nicht immer zweckbezogener Einsetzung. Der ›Bulle‹ lacht und gluckst quietschvergnügt.

»Boss ist weg«, quetscht er zwischendurch hervor, und

lacht noch lauter. »Boss ist weg.«

Zufrieden und Glück verspürend tritt er ans vergitterte Fenster. Auf der unbefestigten Straße sind deutlich die Spuren des weggefahrenen Autos zu erkennen. Seine Mundwinkel gehen noch höher.

Der Typ, der sein Chef ist und nichts unversucht lässt, ihn und die Kollegen einzuschüchtern, hat schnellen Fußes den Stützpunkt verlassen. Was mag wohl in ihm vorgehen? Richtig verstanden hat er den selbsternannten Boss eigentlich nie. Der machtbesessene Kerl muss früher mal in der Army gewesen sein, soviel war klar. Er will stets mit Major angesprochen werden. Jedoch widersprach der sich oft. Wenigstens seine Befehle. Einmal so, dann so. Sogar der ›Bulle‹ hatte dies schnell erkannt, und seine Auffassungsgabe hält sich in Grenzen.

Er fühlt sich unbeobachtet. Deshalb – und dann immer – gibt er sich so, wie er wirklich ist: Kindisch! Mimik, Gesten und Sprache erinnern eher an einen dreizehnjährigen, als einen gestandenen Mittdreißiger. Und stets strahlen seine Augen dabei. So wie jetzt.

Eine Hand legt sich freundschaftlich auf seine Schulter.

»Gut gemacht«, sagt eine Stimme direkt neben ihn. »Und jetzt Karoline.«

Fünf

Zu dritt sitzen sie am Nachmittag in der Küche. Der ›Bulle‹ entpuppt sich bald als guter Informant. Zwar gehört er nicht zum innersten Kreis des Majors, dennoch liefert der ›Bulle‹ einiges dazu bei, des Majors Beweggründe zu erfassen.

»Also ist der Major dabei, einem Relikt hinterher zu jagen, dass einem Phantom gleicht«, fasst Waylon zusammen.

Toby nickt aufgeregt. Der ›Bulle‹ hat doch tatsächlich einen Namen. Es dauerte eine Weile, bis Waylon diesen aus dem Söldner herausbekam. Und jetzt hat er Probleme bei der Ansprache, da sich in Waylons Gehirn der insgeheim vergebene Name nicht so leicht tilgen lässt. Außerdem passt der besser zu Toby. Vorerst wird Waylon aber vermeiden, ihn damit anzusprechen.

»Ich habe nur noch nicht begriffen, um was es sich dabei handelt.«

Der ›Bulle‹, also Toby, zuckt mit den Schultern.

»Hat er nie davon gesprochen?«, lässt Waylon nicht locker.

Diesmal schüttelt Toby nur heftig den Kopf, wobei Waylon allein schon beim Anblick Kopfschmerzen bekommt.

›Toby ist wirklich geistig beschränkt‹, denkt Waylon. Irgendwie kann er einem leid tun.‹

Doch sein Mitleid hält sich in Grenzen. Vielmehr gehen Waylon Dinge durch seinen Kopf, die erst einmal geordnet werden müssen.

Karoline sitzt stumm vor den inzwischen kalt gewordenen Kaffee. Ihr Bedarf an einen aktiven Gespräch hält sich stark in Grenzen. Nur aus Höflichkeit – oder ist es vielleicht doch Dankbarkeit gegenüber Waylon und diesen Toby? –, bleibt sie.

Was sie als Außenstehende erfahren haben, kann grenzwertiger nicht sein. Der Major jagt außerirdischen Phänomenen nach! In der Tat häufen sich Berichte über UFO-Sichtungen in letzter Zeit. Die Zeitungen sind voll davon. Überall in der Welt wollen Menschen eigenartige Objekte gesichtet haben.

Einige wollen sogar von von den Besuchern entführt worden sein. Klingt sehr unglaubhaft, wie Waylon findet, und derartige Berichte ignoriert er. Jetzt kommt aus einer völlig anderen Richtung wieder dieses Thema. Es haut ihn um. Ist da doch mehr dran? Wenn schon die Regierung ernsthafte Bemühungen anstellt …

Laut Toby jedoch handelt der Major auf eigene Faust. Stellt sich die Frage: Warum? Der Major machte während seiner Vernehmung nicht den Eindruck, er jage etwas Fantastischen hinterher. Vielmehr – und Waylon ist sich darin ziemlich sicher – muss es sehr reell sein, greifbar!

»Toby, wie lang bist du bei ihm?«

»Bei wem?«

»Dem Major. Wie lange bist du beim Major?« Waylon tut sich schwer damit, dass er dem ›Bullen‹ ganz konkrete, kurze Fragen stellen muss. Manchmal ist es einfach kräftezehrend und hält ihn im Gedankenfluss auf.

Einige Minuten vergehen. Selbst Karoline schaut auf, obwohl sie unbeteiligt dabei sitzt. Dann endlich erfahren Sie, dass der Major bereits seit Jahren diesen Job macht. Er selbst, Toby, schloß sich erst vor sechs Monaten den Trupp an. Waylon zweifelt, dass er in so kurzer Zeit die wahren Pläne der Unternehmung kennt.

Eine Sache allerdings weiß Toby zu berichten. Vage erinnert sich Waylon davon in einer Randnotiz in der »Times« gelesen zu haben. Ist lange her! Wenn er sich nicht allzu sehr irrt, war es Ende der Sechzigerjahre gewesen. Was also treibt ein Jahrzehnt später eine Truppe Söldner dazu, den Fall zu verfolgen?

Besonders in den USA sorgten UFO-Sichtungen ab den Vierziger Jahren für Furore. Die aufstrebenden Fernsehsender berichteten immer öfters davon. Überall in der Welt werden Objekte gesichtet und die haarsträubendsten Geschichten sind geboren. Auch ins Vereinigte Königreich greifen sie über. Es scheint, als wolle man sich gegenseitig überbieten.

Wie Toby andeutet, gab es auch in den Siebzigern zahlreiche »Begegnungen«. Nur wenige davon sind bekannt geworden. Die breite Öffentlichkeit interessiert sich nicht mehr besonders für derartige Nachrichten. Zudem entpuppen sich die meisten Meldungen eh als Fake.

Aus Tobys gestammeltem Bericht tritt eine klare Linie hervor. Diese klingt für Waylon wie nach Science Fiction. Orsen Walles lässt grüßen! Besonders des Nachts und in ungewohnten Gebieten sind unbekannte Objekte gesichtet worden. Er selbst hält solche Meldungen für nichtig und belanglos.

Seltsam allerdings, dass in unmittelbarer Nähe geheime Untersuchungen stattfinden. Sollte es hier in letzter Zeit zu ungewöhnlichen Erscheinungen gekommen sein? Wenn so etwas vorgefallen wäre, dann wäre dies zumindest Stadtgespräch. Diesbezügliches ist jedoch nicht bis zu ihm vorgedrungen. Mindestens Mrs Dewey wüsste Bescheid und diese Dame kann sowieso nichts für sich behalten.

»Wann soll das gewesen sein, Toby?«

»Vor drei Monaten?« Es klingt wie eine Frage. Waylon ist sicher, dass diese Zeitangabe mehr geschätzt ist, als da sie relevant ist.

»Was ist damals genau passiert?«

Toby runzelt die Stirn. »Ein Feuerball wurde gemeldet.«

Ein Feuerball? Waylon zieht hörbar die Luft zwischen den Zähnen ein.

»Und dann?«

»Der Boss jagte los.«

Verblüfft schaut Waylon auf. »So wie heute?«

Toby grient. »Ja.«

Die Frage nachdem Wohin schluckt Waylon vorsorglich. Er geht davon aus, das Toby die Antwort nicht weiß. Doch dann erstaunt er Waylon doch noch.

»Er sucht nach einem Kerl. Den verdächtigte der Major, mit den Außerirdischen in Kontakt zu stehen.«

Waylon pfeift leise.

»Wie kann ich mir das vorstellen?«

»Der Major glaubt, dass der Kerl nach etwas sucht, was irgendwann hier versteckt wurde.«

Polizei! Der Zwischenfall im Wald, ihre Festnahme durch den Major, ist eindeutig Freiheitsberaubung und somit ein Fall für Polizei und Staatsanwalt. Karoline leidet immer noch darunter. Körperlich fehlt ihr zwar nichts, aber wer kann ausschließen, dass es keine seelischen Nachwirkungen gibt. So beschließt Waylon die Staatsgewalt anzurufen.

Von Mrs Pepper weiß er, dass sie ein Telefon hat. Doch ist es richtig, andere mit hineinzuziehen? Schließlich besteht die Möglichkeit, bereits unter Beobachtung zu stehen. Ein eisiger Schauer jagt über Waylons Rücken bei dem Gedanken. Ein Grund mehr, die Polizei einzuschalten.

Zwei Stunden später trifft ein Mann in Zivil ein. Ein Trupp ziviler Beamter beobachten die Gegend und besagten Sektor am Waldrand. Der Herr stellt sich als Onkel vor, nachdem Karoline die Tür öffnet. Lächelnd bittet sie ihn herein.

Drinnen stellt er sich als Inspektor von Scotland Yard vor.

»Sie machen es ziemlich spannend, Mr Latham«, beginnt der Inspektor. »Sie deuteten am Telefon an, dass Sie möglicherweise unter Beobachtung stehen.«

Waylon bejaht.

»Meine Leute halten Ausschau, und zwar an jedem spezifischen Punkt.«

Die Erleichterung ist auch Karoline anzumerken.

»Wem haben Sie noch davon erzählt?«

»Niemandem«, entgegnet Waylon. Selbst Mrs Pepper bekommt nichts davon mit, da die Dame Besuch hat. Ein Glück, welches er nicht für möglich hielt.

»Dann berichten Sie mir doch bitte in allen Einzelheiten.«

Ausführlich schildert Waylon was vorgefallen ist. Eine Kleinigkeit lässt er allerdings weg, nämlich das Toby ihm geholfen hat. Der wartet geduldig auf dem Speicher. Es erscheint besser, vorerst den Söldner außen vor zu lassen. Beamte haben oft eine Art an sich um einzuschüchtern. Waylon verurteilt dies nicht generell, jedoch bei Toby erscheint es unangebracht. Und wer sagt, der Major lässt ihn nicht auch überwachen?

Nachdem Waylon geendet hat, herrscht nachdenkliches Schweigen. Der Inspektor sieht abwechselnd von Waylon auf Karoline, mustert sie unverhohlen und wieder zurück.

»Wir werden Ihre Angaben selbstredend überprüfen. Zu Ihrer Sicherheit jedoch bleiben Sie erst einmal Zuhause.«

»Wie lang sollen wir uns Ihrer Meinung nach ›verstecken‹?«

»Nun, Mr Latham: Wir müssen erstmal klären, wer dahinter steckt. Ihnen ist nicht geholfen, wenn der Kerl mit seiner Privatarmee Sie erneut entführt! Machen Sie ein paar Tage Urlaub!«

Damit ist für den Inspektor vorerst die Sache erledigt.

»Ich halte Sie auf dem Laufenden. Ihr Haus behalten wir natürlich rund um die Uhr im Auge.«

»Aber wir können doch nicht«, protestiert Waylon.

»Keine Sorge. Sie können«, antwortet der Inspektor. »Es bleibt Ihnen wohl nichts anderes übrig.«

»Eingesperrt im eigenem Haus?«

Langsam tritt der Inspektor, der Waylon um einige Zentimeter überragt, an ihn heran.

»Ich sollte es Ihnen vielleicht nicht sagen, Latham. Aber ich tue es trotzdem. Vermutlich bereue ich das später. Doch dieses Risiko gehe ich ein. Den Kerl, der sich Major nennt, suchen wir seit langer Zeit. Über die Gründe weiß ich nichts. Muss ich auch nicht. Er gehört einer Separatisten-Gruppe an, und die sind nicht zimperlich! Wir sind denen noch nie so nah auf den Fersen gewesen. – Also, Mr Latham! Zwei, maximal drei Tage werden Sie wohl aushalten. Ma'am …«

Waylon schluckt den dicken Kloß hinunter. Mit einem kurzen Nicken verabschiedet sich der Inspektor und geht.

Auf dem Speicher finden sie Toby, versunken in eine Zeichnung. Erst nach wiederholtem Ansprechen reagiert er. Sein Blick ist seltsam klar.

»Gefällt sie dir, Toby?«

»Wie kommst du darauf?« Tobys Stimme ist ungewohnt fest.

»Er hat sie gezeichnet«, antwortet Karoline.

Toby schaut mit wissendem Blick starr in Waylons Augen.

»Du warst dort«, sagt er leise.

»Nein«, entgegnet Waylon stirnrunzelnd. »Nein. Was ist damit?«

Toby lässt einige Zeit verstreichen. Eine winzige Träne stiehlt sich aus einem Auge. Dann sagt er noch leiser: »Ich war auch dort …«

Sechs

Seit Herrchen genesen ist, hat er sich verändert. Er ist nicht mehr derselbe. Irgendetwas hat die Krankheit mit ihm gemacht, die ihn vor einem halben Jahr heimsuchte. Viele Tage und Nächte drohte das Fieber ihn von innen heraus zu verbrennen. Hilfloser konnte Jacky nicht sein.

Draußen fand er einen alten Lappen. Jacky weiß genau, dass Herrchen sich manchmal mit so etwas befasste. Instinktiv schnappte der Mischling den Fetzen. Pfui, wie der stank! Unterwegs rannte er an einem Bach vorbei, in dem Jacky den Stoff hinein tauchte und heftig hin und her schleuderte. Die Prozedur vollführte er solange, bis der gröbste Gestank ausgewaschen war. Triefend nass spurtete er dann auf dem schnellsten Weg zurück.

Zuerst legte der Hund den nassen Stofffetzen neben sein Herrchen. Doch der bekam es nicht mit in seinem Fieberwahn. So landete der Lappen irgendwann mitten im Gesicht des Kranken. Der wiederum bekam bald darauf immer weniger Luft. Als keine Änderung eintrat, schaffte es Herrchen den völlig nassen Lappen soweit vom Gesicht zu schieben und zu zupfen, bis endlich die Nase frei lag. Dann erfasste ihn der Fieberwahn aufs Neue. Mehrmals am Tage wiederholte Jacky das Ganze. Dadurch rettete Jacky sein Herrchen rein instinktiv das Leben.

Bereits vier Stunden später war der Fiebrige selbst in der Lage, das mit Wasser durchtränkte Tuch sich auf Stirn oder Nacken zu legen. Der treue Gefährte freute sich natürlich darüber, hielt sich aber mit seinen Bekundungen zurück.

Zwei Tage später ging es Herrchen wieder soweit gut, dass er selbstständig aufstehen und zum Bach gehen konnte. Dort trank er vorsichtig Wasser und hielt die Füße in den kalten Fluss. Gegen Abend machte er sich auf die Suche nach Essensresten. Im Park wurde er bald fündig. Was die Menschen alles so wegschmeißen! Anschließend, wieder zurück im Tunnel, warf er einen näheren Blick auf seinem Fund.

Sofort knurrte Jacky angriffslustig das glitzernde Ding an.

»Was hast du denn?«

Jacky verstummte kurz, hielt den Kopf schief. So, als könne er so besser die Worte verstehen.

»Es passiert schon nichts. Schau her!«

Langsam, fast schon bedächtig, wickelte er den Fund aus.

»Siehst du? Nichts. Nur ein …«

Etwa die Hälfte hatte er freigelegt. Jackys Knurren beachtete er nicht weiter. Beim Anblick des schier unglaublich glänzenden Materials verschlug es ihm glatt die Sprache. Vor Aufregung erhöhte sich dramatisch der Puls. Vor seinen Augen funkelte es in den verschiedensten Facetten und Regenbogenfarben. Während Jacky wie verrückt knurrte und bellte, versank er im Anblick des sagenhaft schönen, einzigartigen Relikts.

An einer Stelle bemerkte der Obdachlose eine Nuance von Türkis. Von Neugier getrieben, hielt er den Fund näher vor die Augen. Sogleich fühlte er eine abnormale Hitze, die ihm entgegenschlug. Unsicher, ob er sich irrte, wiederholte er die Aktion. Erneut waberte deutlich Wärme in seine Richtung.

»Seltsam«, flüsterte er kaum vernehmlich. Das Ding ließ ihn rätseln. Ab vierzig Zentimeter Abstand wurde es warm, verringerte er den Abstand weiter, heiß. Je näher, umso unangenehmer; jedenfalls für ihn, den Obdachlosen, der kaum in den Genuss von einem offenem Feuer kam, von Ofenheizung ganz zu schweigen. Somit war er besonders empfindsam.

Bei zwanzig Zentimeter spürte er ein leichtes Kribbeln, das seine Gesichtshaut erreichte. Erschrocken ließ er das Relikt fallen. Jacky war darüber genauso erschrocken. Wild kläffte er das Relikt an.

Minuten verstrichen. Minuten bestimmt von nachdenken und begreifen. Aber auch Minuten von innerer Zerrissenheit, wie weiter vorgegangen werden könnte. Für heute sollte es reichen, beschloss er. Mit einer Portion Unmut wickelte er den Fund wieder ein und verstaute ihn. Und Jacky verstummte.

In den folgenden Tagen genas er. Tunlichst vermied er, das seltsame Ding anzufassen oder auch nur daran zu denken. So vergingen Wochen und Monate. An einem Tag, an dem es unentwegt in Strömen regnete, fiel der eingewickelte Gegenstand erneut in die Hände des Obdachlosen. Das ungute Gefühl setzte ihn sofort unter Spannung. Schon wollte er es wieder wegstecken, da begann das Relikt durch den Stoff hindurch zu pulsieren.

Zum wiederholten Male ließ er fallen, was so wertvoll glänzte. Lautes Kläffen setzt ein. Bis auf wenige Zentimeter fuhr der Mischling an den Gegenstand heran, gab undefinierbare, knurrende Laute von sich und sprang in einem Satz wieder zurück. Dieses Spiel ging eine Weile, bis das Herrchen dem ein Ende setzte.

»JACKY!«, brüllte er mit scharfer Stimme.

Der Mischling hörte mit dem nervtötenden Bellen auf, zog aber knurrend die Lefzen und wollte sich überhaupt nicht beruhigen.

»Hör auf! Das Ding nervt mich schon genug!«

Winselnd zog Jacky den Schwanz ein und verkroch sich in seiner Ecke. Hinter einem Stapel Müll legte er sich hin und lugte ab und an hervor. Meist rief ihn dann Herrchen gleich wieder. Streichelte und kraulte ihn ausgiebig, das Jacky zu verstehen gab, er wurde geliebt. Nur gerade jetzt kümmerte er sich ausschließlich um dieses Glitzer-Ding!

Pures Anstarren, auch wenn er noch so viel Ärger und Wut hineinlegt, tat dem Relikt nicht weh. Dem Obdachlosen kam es eher so vor, als lachte es ihn abwertend ins Gesicht. Er musste etwas tun, um das Ding loszuwerden.

Entschlossen packte er das Ding wieder ein und umwickelte es zusätzlich mit einem zweiten Stofffetzen sowie einer alten Ausgabe der ›Times‹. Dadurch drang kaum noch das pulsierende Licht des Reliktes, zumal nicht im Hellen. Dann trat er mürrisch hinaus, dass Päckchen in der linken Manteltasche.

Sein treuer Begleiter Jacky folgte im gebührlichen Abstand. Von Herrchen ging eine Kühle aus, die dem Mischling vorsichtig werden ließ. Immer gewahr, er könne jederzeit verjagt werden, da er spürte, unerwünscht zu sein, hielt Jacky sichere Entfernung.

Der Obdachlose nahm einen kaum begehbaren, total verwilderten Weg. In und zwischen den Hecken türmte sich Müll. Überall lagen Glasscherben. Dies kümmerte ihn jedoch gar nicht. Er wollte nur diesen ungeliebten Gegenstand loswerden – und zwar schnell und unkompliziert. Nur wollte er nicht wieder selbst darüber stolpern. Also musste er eine weite Strecke zurücklegen in ein Gebiet, das er vermutlich nie wieder aufsuchen würde. Für einen Obdachlosen ein fast unmöglicher Kraftakt, wollte er nicht tagelang unterwegs sein.

Eine halbe Stunde waren sie unterwegs, da meldete sich seine Blase. Er sah sich um. Kein Mensch in der Nähe. So trat er zwischen zwei besonders dicht bewachsenen Büschen. Noch im Gehen nestelte die linke Hand eilig am Reißverschluss der Hose herum. Durch die Dringlichkeit des Harndranges rutschte er aus und schlug der Länge nach ins Gebüsch.

Jacky sprang erregt herbei, blieb aber bald stehen. Kurz war es still. Regungslos blieb Herrchen kopfüber auf dem Gestrüpp liegen. Nur ein leises Plätschern war zu hören. Der Grund dafür erreichte auch sogleich Jackys Nase …

Der Obdachlose resignierte im ersten Augenblick. Beim zweiten Atemzug quoll unendliche Wut auf. Nachdem er die Augen aufschlug und ein Blatt ihn pikste, kamen die Schmerzen aus den Risswunden im Gesicht. Der Sturz kam unverhofft schnell, sodass an eine entsprechende Reaktion nicht zu denken war. Das Missgeschick, welches ihn ereilt hatte, realisierte er noch nicht.

Erstes Schimpfen wurde laut. Unbeholfen begann er sich

aufzurichten, was nicht gleich gelingen wollte. Jede Bewegung ließ den Busch wanken, er drohte manchmal vollends den Halt zu verlieren. Dabei rutschte das Päckchen aus der Tasche. Auch dies bemerkte er nicht. Nur das gefährlich klingende Knurren Jackys machte ihn darauf aufmerksam.

Als er endlich aufrecht stand, sah er das Relikt am Boden funkeln und pulsieren. Schwer atmend sah er grimmig das Ding an.

»Dich krieg ich wohl nie los …«, überlegte er laut und zu Jacky gewandt fügte er nicht minder verstimmt hinzu: »Und du bist auch keine große Hilfe!«

Der Mischling setzte sich brav und hielt den Kopf schief.

Herrchen winkte erschöpft ab. Viel wichtiger war es, den Fund loszuwerden. Von weitem drängten Geräusche zu ihm. ›Das ist nicht gut‹, dachte er. Aus den Geräuschen wurden einzelne Stimmen. Sie näherten sich schneller, als ihn lieb war. Was tun? Schon knackte es unter der Last von Schritten. Jacky sah in die Richtung, aus der diese zu hören waren.

Ohne zu überlegen griff der Obdachlose hastig zu. Was genau passierte, begriff er nicht. Ein wahres Blitzgewitter entstand in seinem Gehirn. Dieses überlagerte alle anderen Einflüsse von außen, die die Netzhaut normalerweise aufnimmt. Zudem gesellte sich ein heftiger Schwindelanfall. Und dann sah er überall dieses mittlerweile nervende Glitzern.

Sieben

Tobys Worte klingen wie ein Geständnis. Sichtlich fällt es ihm schwer, darüber zu reden. Es muss eine große Überwindung kosten. Bis vor kurzen noch wirkte er etwas beschränkt, ja geistig zurückgeblieben. Jetzt schämt sich Waylon dafür. Schnell wird eine Person beurteilt, die nicht der »Norm« entspricht. Keiner ist davor gefeit. Jetzt hingegen ist Toby ein ganz normaler Kerl mit altersspezifischen Manieren.

Er muss Furchtbares erlebt haben, wenn man Gesichtszüge überhaupt interpretieren kann. Wie immer gilt: Du kannst nur bis zur Stirn blicken, niemals aber dahinter!

»Wo warst du?« Die Frage kostet nun von Waylons Seite her Überwindung. Ihm ist, als hat er längst eine Schwelle überschritten; nämlich die des Respekts und Anstands.

»An diesem Ort … Es war … schrecklich …«

Toby zittert am ganzen Körper. Die Erinnerung versetzt ihn vermutlich in der Zeit zurück. Auch Waylon selbst hat dieses Gefühl. Noch nicht greifbar, aber umso mehr fühlt er es. Ein dunkles Geheimnis wartet darauf, enthüllt zu werden. Doch Gefühle allein bringen niemanden weiter.

»Wann ist das gewesen, Toby?«

Den Blick in weite Ferne gerichtet, der jedoch nicht mehr physisch existent ist, wird glasig. Völlig abwesend antwortet er leise: »Vorgestern, vor einem Monat, vor Jahren … Was spielt das schon für eine Rolle?«

›Also auch nichts Handfestes‹, konsterniert Waylon.

»Ich kann … kann nicht … atmen …«, presst unterdessen Toby hervor. Karoline will nach ihm sehen, helfen. Doch Waylon fasst schnell ihren Arm, gibt seiner Frau stumm zu verstehen, abzuwarten. Nur langsam begreift auch Karoline. Toby fehlt nichts; er durchlebt *nur* gerade ein längst vergangenes Erlebnis.

»Sie sind … überall … muss … Ich muss weg …«

Tobys Gesicht wird aschfahl und fällt ein, wobei die Augen scheinbar aus tiefen Höhlen und dunkel eingerahmt gespenstisch hervortreten. Innerhalb von Momenten wirkt er um einige Jahre gealtert – aber auch gereift.

»Sauerstoff … brauch ich … alles geht … schwer …«

Neben Toby leidet auch Karoline sichtlich mit. Überhaupt lässt sie *zu* vieles, *zu* nah an sich heran. Etwas, was Waylon nie verstehen wird. An ihm prallt vieles ab. Egal ob es dabei um menschliche Schicksale geht oder nicht. Das hat er mal gelernt.

»Ich komme … komme nicht voran … Keiner kommt weiter …«

»Von was spricht er?«, raunt Karoline ihrem Mann zu. Der zuckt nur mit den Schultern. Als sie eine weitere Frage nachschieben will, macht Waylon ein unmissverständliches Zeichen des Schweigens.

»Die Flügel … die … verdammten … Flügel …«

Ein Schwall Tränen rinnt ungehindert über seine Wangen. Ansonsten verändert sich nichts an Tobys versteinerter Mimik.

Im Gästezimmer schläft Toby. Es hat einige Anstrengungen gekostet, ihn aus seinem Wachtraum herauszuholen. Und noch ein bisschen mehr, ihn soweit zu beruhigen, dass er entspannen kann.

»Wovon wird er gesprochen haben?«, fragt Karoline. »Es klang ziemlich bedrohlich.«

Waylon ist in sich gekehrt. Vor seinem inneren Auge ziehen weit am dunklen Horizont schattenartige Gebilde in Zeitlupe vorbei. Schwer sind sie auszumachen; mehr zu ahnen als wirklich sichtbar. Haben Tobys Worte einen Prozess bei Waylon in Gang gesetzt, der Erinnerungen dem Schwarz des Vergessens entreißt?

»Der arme Kerl war ja richtig weggetreten.«

»Wie?«

Karoline schaut ihn musternd an. »Du bist auch nicht besser.«

Er versteht kein Wort. Und sein Blick ähnelt verdammt dem von Toby vorhin.

»Sorry, aber … irgendwie kommt mir alles kurios vor …«

»Wohl eher seltsam.«

»Ist doch egal!«

Waylon springt auf und schnauft.

»Gehts dir nicht gut, Darling?«

Nach Worten suchend, winkt er nur müde ab. »Keine Ahnung. Kraftlos trifft es eher.«

Er geht ans Fenster und schaut hinaus. Mrs Dewey unterhält sich mit einem Mann. Waylon kennt ihn nicht. Gestenreich erzählt sie. Der Mann, schätzungsweise Mitte dreißig, trägt einen Hut und ist gepflegt angezogen. Könnte einer von den Männern sein, die der Inspektor erwähnt hat. Wie einer vom Trupp des Majors sieht der jedenfalls nicht aus. In entgegengesetzter Richtung der Straße ist niemand. Wie leergefegt.

»Diese verdammte Warterei!«

Im Haus bleiben zu müssen und nicht wissen, was geschehen wird, übersteigt Waylons Geduld. Die eigenen vier Wände nehmen ihm immer mehr die Luft zum Atmen. Ohne ein Wort zu sagen geht er ins Wohnzimmer und öffnet die Terrassentür.

»Was tust du?« Karoline steht der Schrecken ins Gesicht geschrieben.

»Ich lasse mich nicht einschüchtern«, mault Waylon. »Und schon gar nicht vorschreiben, was ich zu tun und zu lassen habe!«

»Aber was, wenn *er* wieder kommt?«

»Ich bezweifle, dass unser Garten für *ihn* interessant sein kann!«

»Der Inspektor …«, versucht Karoline einzuwenden.

»… kann mich mal. Er soll seinen Job erledigen!«

Damit ist das Thema durch. Ein großer Schritt bringt Waylon in den angrenzenden Garten, umgeben von einer gut gepflegten Hecke. Bis auf einen schmalen Durchgang bietet der Bewuchs einen ausgezeichneten Sichtschutz. Seit acht Jahren existiert das Haus. Der Vormieter war auch der Erbauer, starb jedoch vor eineinhalb Jahren. Seine Witwe konnte das Grundstück nicht allein bewirtschaften, so verkaufte sie es.

Die Luft tut wahre Wunder. Einige Schritte reichen aus, das beklemmende Gefühl loszuwerden, welches vermittelt, die Decke stürze einem auf den Kopf. Im Augenwinkel beobachtet er dennoch den Durchgang nach draußen. Weshalb der Vormieter diesen eingerichtet hat, weiß Waylon nicht. Im Augenblick definitiv als Schwachstelle zu bezeichnen.

Waylon tritt an den, einfach aus den Zaun geschnittenen, Durchgang. Zwei angerostete Scharniere und ein nicht minder mitgenommenes Vorhängeschloss lassen die Aussparung zu einem einfachen Tor werden. Probehalber testet er. Es ist verschlossen! *Puh!*

Draußen, also außerhalb des Grundstückes, ist eine relativ gut gepflegte Wiese. Jedenfalls erkennt man, dass es mal eine war. Das Gras ist heute größtenteils verfilzt, um die vierzig Zentimeter hoch. Bei genauerem Hinschauen und einiger Fantasie ist ein alter Trampelpfad zu erkennen. Der führt bis zu den in zwanzig Metern stehenden Bäumen. Eine Idee keimt in Waylon. Hat der Vormieter etwa dort Früchte geerntet? Er lächelt. Auf alle Fälle sind keine Spuren vorhanden, was bei der Höhe des Grases sofort ins Augen fallen würde, und die Bäume bilden einen zusätzlichen Schutz.

Obwohl vorsichtig, bewegt er sich relativ frei. Karoline braucht noch einige Momente, folgt dann aber Waylon. Auch sie schätzt die frische Luft. Jedoch kann von Unbedarftheit keine Rede sein.

* * *

Die Nacht bricht herein. Ein Gewitterschauer fegt übers Land. Von weitem zucken Blitze, erhellen den Nachthimmel, ohne das der Donner heran dringt. Das Gebälk des Hauses ächzt unter der Kraft einsetzender Böen. Jederzeit erwartet Joshua den Donnerhall, der jedoch ausbleibt.

Sein Blick geht suchend zur Treppe. Joshua weiß: Niemand ist im Haus. Aber ist Kontrolle nicht doch besser? Das obere Stockwerk beherbergt kaum ein Möbelstück. Es ist leer – bis auf einige Bruchstücke, die von Stühlen oder einem Tisch stammen könnte und die grinsende, fratzenartige Maske, deren Ursprung sich ihm nicht erschließt. Die Maske hat, zugegeben, Joshua einen Heiden-Schrecken eingejagt. Diese Teilkopfplastik schwebte vor ihm, wirkt beängstigend echt.

Im Geiste ziehen die Bilder noch einmal an Joshua vorüber, die er erlebt hat, als er nach oben ging. Nun stellt er sich vor, wie der Kopf von den Blitzen erhellt wird. Unwillkürlich wandern seine Augen immer wieder die Treppe hinauf. Seine Nerven sind stark angespannt, erwartet er doch jederzeit, die Fratzenmaske schwebe dieser herab und genau auf ihn zu.

Er schließt demonstrativ die Augen. Mit angeregter Fantasie wird er schwer durch die Nacht kommen. Überhaupt wird seine Flucht Kraft kosten!

Der Hubschrauberlärm heute nimmt er als eine zusätzliche Warnung. Wie schon in den Wochen zuvor, wird auch diese seine Anspannung um ein Vielfaches erhöhen. Jedoch wird er nicht aufgeben. Niemals wird er aufgeben, koste es was es wolle!

Joshua öffnet kalt die Augen. Die Blitze draußen sind schwächer geworden. Deswegen fällt Joshuas Lichterkranz um dessen Iris besonders auf.

Acht

Vorm Haus hält ein unscheinbares Auto. Eine junge Frau steigt aus, schaut sich um, als suche sie etwas bestimmtes. Einige der Nachbarn sehen, verstohlen hinter dem Fenster stehend, ihr dabei zu. Sofern die Fremde nicht in deren Richtung blickt, beobachten sie. Sobald sie aber sich umwendet, verschwinden die Neugierigen.

›Seltsame Art, seine Neugier zu befriedigen‹, denkt die junge Frau. Sie kennt diesen Menschenschlag. Soviel wie möglich sehen, ohne gesehen zu werden. Unzählige Male hat sie Menschen dabei erwischt, die sie aufdringlich musterten. Und genauso oft straft sie diese Leute mit einem alles sagenden Blick geringer Wertschätzung. Seltsamerweise mag sie gewisse Blicke, denn sie steht gern im Mittelpunkt.

Was privat erwünscht und erstrebenswert, kehrt sich im beruflichen Alltag meist ins Gegenteil. Gerade ihr Job ist es, so unauffällig wie möglich in Erscheinung zu treten. Nicht unlösbar, nur allzuoft recht schwierig ausführbar. Von großer Bedeutung ist die richtige Kleidung. Ein Manko in ihrer seelischen Einstellung.

Wagen und Person stimmen nicht überein. Dieser Schluß wird in den ersten Sekundenbruchteilen getroffen, und dieser lässt sich durch nichts mehr umstoßen. Ob ihr Chef das mit bedacht hat ist äußerst fraglich …

Ungeachtet der deutlich auf ihr gerichteten Blicke schlägt die junge Frau die Autotür zu. Mit erhobenen Kopf schreitet sie aufrecht die Straße entlang. Ein Windstoß durchwühlt die glatten, schulterlangen Haare, die sie lässig mit einer Hand aus dem Gesicht streift.

Wenn sie vorher nicht, allein wegen ihrer Erscheinung, Aufmerksamkeit erhascht hat, so hat sie es nun wegen der lasziven Art geschafft. Zudem klappern die Schuhe im Takt ihres Ganges.

Dennoch hat die junge Frau das Ziel fest im Visier: Waylon Lathams Haus. Weder unmittelbar noch mittelbar gibt es Hinweise, dass das Haus von einem Dritten beobachtet oder observiert wird. Damit gibt sich die junge Frau jedoch nicht zufrieden. Sie kennt das Milieu aus dem Effeff. Gelernt in der Grundausbildung und in den drei Jahren, in denen sie bei Scotland Yard tätig ist. All die Tricks und Kniffe von potentiellen Tätern wurden ihr beigebracht. Nun kann sie sich beweisen.

Schnell hat sie die Gegend mit all ihren Gassen und Wegen erfasst. Bis zum Ende der Sackgasse ist alles gut einsehbar. Dahinter schließt ein Fußweg direkt an die Straße an. Dorthin will sie zuerst gehen.

Unbekümmert schaut sie noch einmal die Straße zurück, woher sie gekommen ist. Absolute Ruhe! Eigentlich zu ruhig, wie sie findet. Auch solche Situationen hatte es in ihrer bisherigen kurzen Laufbahn zuhauf gegeben. Als wolle der Instinkt sie auf etwas aufmerksam machen, findet die junge Beamtin ihre Idee gar nicht mehr gut.

Wie auf Stichwort ertönt ein Motor hinter ihr. Unbeeindruckt öffnet sie wieder die Fahrertür, sucht eine Landkarte heraus. Im Augenwinkel folgt sie aufmerksam das langsam fahrende Auto. Am Steuer sitzt ein gepflegter Mann mit einem Hauch Exotik. Als der Wagen auf gleicher Höhe weiter rollt, denn anders kann es nicht genannt werden, sieht sie kurz auf. Der Mann ist offensichtlich kein Engländer. Seine angegrauten Haare sind zu einem Zopf gebunden. Untypisch für das männliche Geschlecht! Und doch wirkt es anziehend. Sie wendet sich wieder der Karte zu, damit niemand Verdacht schöpft.

Der »Zopfmann« schaut ungeniert zu Waylon Lathams Haus. Offenbar hat er sein Ziel erreicht. Genau vor dem Eingang hält er an, bleibt jedoch sitzen.

›Auf was wartest du?‹, fragt sich in Gedanken die Beamtin.

Ein weiteres Motorengeräusch erweckt Ihre Aufmerksamkeit. Sie wendet den Kopf und ist so abgelenkt. Das Auto ist ein *Ensign* aus den Fünfzigern. Gut gepflegt und tadellos in Schuss. Der jungen Frau klappt die Kinnlade herunter. Gebannt schaut sie auf den Fahrer.

Groß gewachsen, silbernes Haar, das genauso hinten zusammengebunden ist, wie das des »Zopfmannes«. Als ob dies nicht reicht, ziert das Kinn einen weiteren, in der Länge noch beeindruckender Zopf, den drei aufwendig geflochtene Bänder zusammen halten.

Der *Ensign* kommt knapp hinter den ersten Wagen zum stehen. Beide Fahrer steigen zeitgleich aus, gehen aufeinander zu. Der »Doppelzopf« nickt dem »Zopfmann« zu. Der deutet ein Lächeln an, nickt ebenfalls.

›Die kennen sich‹, schießt es ihr durch den Kopf.

Der »Doppelzopf« sagt etwas, was die Polizistin in Zivil allerdings nicht verstehen kann. Jetzt wird ihr bewußt, wie sie beide anstarrt. Schnell blickt sie auf die Karte. Keinen Moment zu früh. Kaum hat sie den Kopf gesenkt, sieht der »Doppelzopf« sich um. Die junge Frau scheint uninteressant zu sein, denn als sie wieder aufblickt, stehen beide Männer vor der Eingangstür, ihr den Rücken zugewandt.

Während der »Zopfmann« läutet und auch klopft, verhält sich der andere weitestgehend unauffällig im Hintergrund. Die Tür wird geöffnet und Mrs Latham erscheint. Die Frau scheint nicht erfreut zu sein, macht ein verstörtes Gesicht. Der »Zopfmann« (sie findet Gefallen an diese Bezeichnung) redet ganz offensichtlich auf Mrs Latham ein, während diese den »Doppelzopf« entgeistert anstarrt. Die junge Polizistin überlegt einzugreifen, da betreten die Männer das Haus.

Von dieser Szene stark beeindruckt, schlendert sie auf der gegenüber liegenden Straßenseite bis auf Türhöhe. Sie überlegt, wie sie weiter vorgehen sollte. Im Kofferraum ihres Wagens liegt die Ausrüstung. Damit hätte sie schon längst wenigstens Fotos machen sollen!

Dieser Umstand kann ihr die Karriere kosten! Rasch kehrt

sie zum Wagen zurück. Gerade hat sie den Kofferraum geöffnet, geht die Haustür der Lathams auf. Die »Zopfmänner« haben einen Mann untergehakt, der – nach der Beschreibung des Inspektors – Mr Latham selbst sein muss, und gehen zum Ensign. Dort lassen die Männer Mr Latham einsteigen.

Die Polizistin kann gerade noch den Auslöser drücken, dann steigt der »Doppelzopf« ein und gibt Gas. Zwei Auslöser später rauscht auch der »Zopfmann« davon.

Fünf Minuten vergehen, ehe die junge Polizistin sich entschließt, bei Mrs Latham zu klingeln. Verstört kommt zaghaft deren Gesicht in dem Türspalt zum Vorschein.

»Hallo, Mrs Latham. Mein Name ist Deborah Sheffield. Kann ich Sie sprechen?«

»Ich kenne … Sie nicht …«

»Keine Sorge, Mrs Latham. Ich bin hier, um zu helfen.«

Es herrscht lange Zeit Stille. Die Frauen sitzen sich schweigend gegenüber. Karoline sieht ziemlich mitgenommen aus. Ihre Augen starren ins Leere. Deborah Sheffield versuchte sie noch zu beruhigen, allerdings erfolglos. Nun weiß sie nicht weiter, sucht krampfhaft nach Worten. Nur zu gern wüsste sie, wer die Beiden waren und wohin sie Waylon bringen. Auf eine Antwort wird sie noch warten müssen und Mrs Latham ist derzeit nicht in der Lage, Licht ins Dunkle zu bringen.

»Wo ist mein Mann?« Die Frage kommt für Deborah überraschend. Mrs Latham hat einen Schock!

»Ihm geht es … gut … Mrs …«

»Karoline, nennen Sie mich Karoline.«

»Deborah«, sie lächelt und streckt ihre Hand aus, die Karoline sanft drückt.

»Wer waren denn die beiden Männer?«, rutscht es Deborah heraus.

Karolines Gesicht verdüstert sich schlagartig.

»Sorry, ich wußte nicht …«

»Schon gut. Den einen kennt mein Mann von früher. Es ist Mr Dako.«

›Dako? Klingt nach Japan oder so‹, denkt Deborah.

»Als Waylon noch ein Kind war, kam Mr Dako oft zu Besuch.«

›Dies erklärt, dass Mr Latham mit gegangen ist. Aber nicht, warum er untergehakt wurde!‹

»Zuerst freute sich Waylon, doch Mr Dakos Begleiter …«

»Was ist mit dem?«

Über Karolines Miene huscht ein Schatten und sie erblasst.

»Er stellte … sich vor … als … als Waylon Latham Senior …«

›Mr Lathams Dad?‹ Deborah zieht die Augenbrauen zusammen.

»Aber Waylons Vater … starb …«

* * *

Die Fotos sind nicht besonders scharf, zeigen nur verschwommen die Gesichter. Dennoch ist deutlich zu sehen, wie Waylon gestützt wird. Der Inspektor denkt an eine Entführung.

»Inspektor Gomery, ein Anruf auf Leitung eins«, meldet die Sekretärin über die Sprechanlage.

Er greift zum Hörer.

»Gomery!«

Die Stimme am anderen Ende der Leitung gehört einem Sergeant. Aufmerksam lauscht Gomery den neuen Erkenntnissen.

»Nein, kein Zugriff. Observieren Sie weiter!«

Das Gespräch wird beendet. Zufrieden lehnt er sich zurück. Wenn das stimmt, was der Sergeant ihm gerade mitgeteilt hat, dann wären der Fall Latham und ein jahrelang verfolgter Fall gelöst. Zwei Fliegen mit einer Klappe! Er hat es nicht für möglich gehalten, seinen alten Erzfeind jemals habhaft zu werden.

Acht lange Jahre hat er einen Mann gejagt, der immer mindestens drei Schritte voraus war. Das Blatt wendete sich vor vier Jahren. Gomerys damaliger Partner starb unerwartet. Seine Frau fand im Nachlass zwei Akten, die den Verstorbenen stark belasteten. Darin fand Gomery den Grund, weshalb der Verfolgte stets die bereits erwähnten Züge voraus war. Gomerys Partner war sein Informant! Der selbsternannte Major, obwohl nachweislich nie bei der Army gewesen, war wiederum ein alter Schulkamerad. Ob er Geld zahlte, oder warum er Gomerys Partner in der Hand hatte, konnte nie umfassend geklärt werden.

Gomery sieht noch einmal über die Fotos. Er muss dringend mit dieser Shefield sprechen! Ihr ins Gewissen reden, den Job ernsthaft zu machen. Sicherlich ist sie wieder mit ihren Reizen hausieren gegangen, anstatt sich konzentriert der eigentlichen Arbeit zu widmen. Die Fotos sind ein eindeutiger Indiz für ihre Nachlässigkeit. Wenn man bewegende Ziele fotografieren will, benötigt man einen sicheren Stand, und natürlich die richtigen Einstellungen. Aber, na ja …

Tief Luft holend betrachtet er Waylon. Irgendetwas gefällt Gomery nicht. Wenn diese Tussi doch nur Ahnung hätte! Sie hat aber auch alles falsch gemacht. Falsche Belichtung, falsche Entfernung. Das Bild ist grobkörnig unscharf, fast verwaschen.

Gomery will das Bild schon weglegen, da etwas seine Aufmerksamkeit erneut fesselt. Es ist nicht allein das Gesicht Lathams, das apathisch wirkt und ausdrückt, er realisiert nicht, was mit ihm da gerade geschieht. Auch seine Körperhaltung wirkt nicht normal. Drogen?

Links neben ihn geht der Mann, den Shefield den »Doppelzopf« nennt. Wirklich treffend, muss Gomery ihr zugestehen. Somit ist der Kerl eindeutig zu identifizieren. Jedenfalls, solange er sein Äußeres nicht verändert. Der »Doppelzopf« schaut in genau die Richtung wie Waylon. Erst jetzt fällt es Gomery auf: Gleiches Profil, gleiche Proportion.

»Das ist nie und nimmer Latham Senior!«

Davon aufgescheucht ruft er nach seiner Sekretärin.

»Ja, Sir.«

»Besorgen Sie ein aussagekräftiges Bild von Mr Latham Senior. Dann noch seine Daten, Lebenslauf, Freunde etc.«

»Wird sofort erledigt, Sir.«

»Und noch etwas«, ruft er ihr zu. »Ich brauche einen Profiler. Und besorgen Sie seine Krankenakte!«

»Soviel mir bekannt, ist Mr Latham sen. bereits verschieden«, wirft sie zaghaft ein.

»Kann sein – muss aber nicht …«, murmelt er gedankenverloren.

Neun

Arimea, 154 Millionen Jahre in der Vergangenheit.

Lokar inspiziert noch einmal den Frachtraum. Alles ist fest verankert. Es wäre fatal, wenn auf der Reise etwas geschähe, was er hätte verhindern können. Und es gibt einige, die nur darauf warten. Nur wissen die nicht, dass er es weiß und deswegen noch gründlicher arbeitet. Nicht das er nachlässig wäre. Dennoch spornt ihn dieses Wissen noch mehr an.

Zu seiner weiteren Beruhigung hat er ein spezielles Programm entwickelt, das Lokar unterstützt. Es beobachtet zum einen seine Handgriffe, die automatisch protokolliert werden. Zusätzlich überwacht es das Ganze mit den Augen einer unbestechlichen Instanz. Die Minidrohne ist etwa stecknadelgross und folgt dem Chefingenieur in Molekularnanobiologie auf Schritt und Tritt. Somit fällt sie keinen Arimeaner sonderlich auf. Durch ihren strukturellen Aufbau, der ausschließlich auf natürlich biologisch gezüchteten Materialien beruht, ist sie zudem so gut wie unaufspürbar.

Arimea ist eine hochtechnologisierte Gesellschaft und auf dem Höhepunkt ihrer Macht. Noch nie ging es der Bevölkerung so gut wie jetzt. Jeder hat sein Ein- und Auskommen. Die dunklen Zeitalter, voll von Krieg, Hunger und Armut sind nur noch Teil der Geschichte. Es ist nicht bekannt, dass ein Volk im Universum es soweit geschafft hat.

Die Urigoren zum Beispiel führen noch immer untereinander verheerende Kriege. Eine Gruppierung treibt die Kolonialisierung von Planeten voran. Darauf existierendes Leben wird dabei rücksichtslos missachtet. Lange kann Arimea nicht mehr tatenlos zusehen. Es muss etwas unternommen werden, damit die aufbrodelnden Vernichtungskriege nicht auch den Einflussbereich Arimeas betreffen. Der Rat muss endlich aufwachen und wenigstens an Gegenmaßnahmen denken!

Der »Sternengral«, Raumkreuzer der Sonderklasse, hat die Aufgabe, nach noch nicht von Intelligenzen besiedelten Planeten zu suchen. Zum Glück denken viele Arimeaner so wie Lokar. Das Leben muss erhalten bleiben – und zwar in ihrem Sinne. Seit Urzeiten verstehen sie sich als Hüter des Lebens. Die Vorfahren suchten von Anbeginn an nach *dem* Ursprung. Gefunden haben sie allerdings nicht viel. Erst im Laufe tausenden von Jahren entdeckt man vereinzelte Einzeller. Aber von ebenbürtigen Geschöpfen keine Spur. Es kann doch nicht sein, dass sie die Einzigen sind in den Weiten des Alls!

Der Wendepunkt liegt ungefähr zwei Millionen Jahre zurück. Damals begann man erste experimentelle Versuche. Dabei wurde bald klar, dass nicht nur Lage und Umweltbedingungen Stimmen mussten, um diese Form von Leben hervorzubringen; es benötigt ein bestimmtes Initialereignis. Die einsetzenden Forschungsergebnisse brachten nur bescheidene Erfolge, wenn man es denn so nennen darf. Es entstanden Geschöpfe, die lebensfähig, aber nicht *über*lebensfähig waren. Auch von Intelligenz konnte keine Rede sein. Viel eher von dahinsiechenden Kreaturen.

Ein vom Hohen Rat verabschiedetes Gesetz, diese Experimente unverzüglich zu verbieten, weil sie ethisch nicht vertretbar sind, verhinderte wahrscheinlich weitere verheerende Misserfolge. Dies war ein weiterer wichtiger Punkt in der arimeanischen Geschichte.

Lokar ist zufrieden. Die Fracht wird unbeschadet das ferne Ziel erreichen. Auch der für diese Mission nicht vorgesehene ›R.Z.G‹ befindet sich darunter. Ein fernes Ziel, außerhalb jeglichen Machtbereiches. Er ist einer der Initiatoren dieser Reise. Ursprünglich dazu gedacht, nachzuprüfen, was aus den alten dortigen Eingriffen geworden ist. Genau tausend Jahre ist es nun her, als ein Trupp auszog, um dem Leben des gefundenen Randplaneten die gewünschte Richtung zu geben. Der Planet befindet sich in einem Spiralarmes einer Galaxie, der nur zufällig entdeckt wurde.

Es war Motario zuzuschreiben, der unbeirrt die uralten Überlieferungen niederschrieb und gleichzeitig wissenschaftlich auf ihre Richtigkeit überprüfte. Das Familiensymbol ziert nicht umsonst den Sonnenbasilisken, und Matario macht ihm alle Ehren. Als späterer Verfechter der frühzeitigen Injizierung der sieben Bausteine wurde er am Ende seines Lebens berühmt. Die Lehre, die nach diesen Manne benannt wurde, gilt als Grundstein heutiger Verfahrensweisen. Ihm schreibt man auch zu, dass er die tausendjährige Zeit des freien Gedeihens im natürlichen Umfeld einführte. Diese Zeitspanne benötigen die sieben Bausteine zur Entfaltung.

Lokar verschließt den Laderaum. Eine seiner Nanodronen belässt er im Frachtraum. Man kann nie vorsichtig genug sein! Per Gedanke schaltet er sie online. Auf seiner Netzhaut blinkt ein gelber Punkt, der beim nächsten Gedanken verschwindet. Alles in Ordnung.

»Wir sind soweit«, ertönt hinter ihm eine Stimme. Es ist die von Amerona, der Kommandantin der »Sternengral«.

»Dann kann es losgehen«, antwortet er.

Seine Augen wandern noch einmal über den Hangar. Die blauschimmernde Sonne taucht alles in vertrautes Licht, welches Lokar so liebt und bereits vermisst.

Amerona hat den Befehl zum Start gegeben. Ein leises Rauschen ertönt. Obwohl er weiß, dass in ein paar Tagen ihn dieser Anblick wieder begrüßen wird, umnachtet Lokar ein ungutes Gefühl.

Die Quadrillionen Kilometer bis zu dem Randplaneten legt der »Sternengral«, dank der Raumkrümmung, innerhalb weniger Minuten zurück. In der nächsten halben Stunde würden sie das Ziel erreicht haben. Diese Vorsichtsmaßnahme dient einzig und allein dazu, den Zielplaneten nicht zu verfehlen, oder gar in die Sonne hineinzufliegen. Kommandantin Amerona beobachtet zufrieden die Überwachungsschirme.

»Das Ziel ist bald erreicht«, sagt sie in die Runde.

Unter *Ziel* versteht sie die einzige Insel des Planeten. Normalerweise ist sie als Kontinent zu bezeichnen. Doch im Verhältnis zum Wasser, das den ganzen Planeten umspannt, gilt sie anerkannt als Insel.

»Ich frage mich, was wir dort wohl vorfinden?«

»Was meinst du, Teasar?«

»Was, wenn wir dort nicht erwünscht sind?«, fragt Amedara zurück.

Die Missionsleiterin verdreht die Augen. Beide sind seid vier Umläufen Arimeas ein Paar. So wie alle Frauen, so hat auch Amedara sich ihren Partner selbst ausgesucht. Teasar zeigte anfangs kaum Interesse. Er zierte sich regelrecht, ihrem Werben auch nur den Anschein nach nachzugeben. Durch taktisches Feingefühl und immerwährende Präsenz gelang eines Tages der Durchbruch.

»Wer sollte dort etwas dagegen haben?«

Teasar verzieht seinerseits kaum die Miene, obwohl Amedaras Worte recht schnippisch klangen. »Vielleicht gibt es ja Ureinwohner …«

»Du wirst sehr enttäuscht sein«, antwortet sie überheblich. »Außer einigen Einzellern oder vielleicht – und ich sage ›vielleicht‹ – ein paar sehr primitive Formen, werden wir nichts finden. Vielversprechend, nicht wahr?!«

»Es wird mehr geben, als uns lieb sein wird.«

»Bist du unter die Wahrsager gegangen? Oder hat etwa deine Kristallkugel geplaudert?!« Ihre Verärgerung ist unübersehund unüberhörbar.

»Nein, Kommandantin. Aber Zahlen verraten viel mehr.«

Es herrscht allgemeine Aufregung. Nachdem der für die Landung vorgesehene Platz als ungeeignet befunden wird, da ungewöhnlich starke seismische Aktivitäten dort stattfinden, überfliegt nun ein Gleiter einen gigantischen Riesenwald. Die Bäume müssen mehr als zweihundert Meter hoch sein! So etwas hat noch keiner der Crew jemals gesehen.

»Fantastisch«, haucht Lokar ehrfürchtig, der ebenfalls zur Vorhut gehört. Berührt starrt er gebannt auf die sich endlos erstreckenden grünen Monstergewächse. Während Teasar die Daten checkt, die auf dem schwebenden Schirm beginnen, ein 3D-Abbild des bisher überflogenen Gebietes entstehen zu lassen, pfeift er überrascht durch die Nase.

»Was ist?«

»Ein hoher Anteil Sauerstoff ist vorhanden. Dann gibt es Schwefelrückstände und Methan, aber ansonsten ähnelt es unserer Atmosphäre. Die Temperatur liegt im Mittel bei neununddreißig Grad.«

»Also können wir auf die Raumanzüge verzichten?«

»Nicht ganz. Ich habe einige Rückstände von unbekannten Elementen festgestellt. Eine Atemmaske muss schon sein.«

Inzwischen gleiten sie in respektierlicher Höhe weiter. An

einigen Stellen überragen einzelne Baumriesen um mehrere Meter die Übrigen. So, als handele es sich um einen Wettlauf.

»Fantastisch.« Vom Anblick verzaubert und hingerissen, vergisst Lokar für einen Moment ihren Auftrag. Er zuckt zusammen, als Teasar etwas sagt.

»Was hast du gerade …«

»… werden sie immer kleiner …«

Lokar will nochmals nachfragen, denn scheinbar hat er völlig vergessen, welche Mission sie zu erfüllen haben. Doch jetzt sieht er es selbst. Und nicht nur die Baumriesen verlieren ihre majestätische Anmut. Überhaupt wandelt sich der fruchtbare Boden zur trostlosen Wüste. Wie abgeschnitten hören die Pflanzen auf. Über den von Sanddünen überzogenem Boden flirrt die Luft.

»Hier fällt nie ein Tropfen Wasser.«

›Teasar hat Recht‹, durchfährt ihn der schreckliche Gedanke. ›Unmöglich, dass hier etwas gedeihen kann!‹

»Mehr als sechzig Grad, tendentiell steigt sie noch an.«

Ebenso weit, wie noch bis eben der Wald, erstreckt sich trockener Wüstenboden zwischen den Horizonten.

»Lass uns umkehren. Wir sollten in der Nähe des Meeres unser Glück versuchen.«

Tausende Kilometer westlich erstreckt sich ein dunkles, felsiges und sehr gerades Plateau. Ganz offensichtlich geeignet für den Raumgleiter. Hin und wieder steigen Dampffontänen aus den Spalten. Laut Computer austretendes Gas einer unterirdischen Magmablase, die erst in einigen hunderten von Jahren ausbrechen wird.

An den Rändern des vulkanischen Gesteins sprießen Sprösslinge der vorherrschenden Baumart. Sie kennen zwar diese Art nicht, aber wo Leben in Begriff ist zu entstehen, kann es für die Arimeaner nicht allzu gefährlich sein.

Nach der Landung der »Sternengral« beginnen umgehend die

Arbeiten. Alles verläuft zügig und geordnet. Sorgfältig installieren die Ingenieure das mobile Labor, bevor es endgültig aufgestellt wird. Teasar und Lokar suchen zu Fuß die Umgebung ab. Direkt über dem Magma kann das Labor nicht verbleiben. Es benötigt einen sicheren Platz, der über Jahrhunderte sicher ist. Das Computerprogramm rechnet noch, und es sieht nicht danach aus, dass in absehbarer Zeit ein Resultat vorliegt.

Bereits mehrere Stunden arbeiten sie unermüdlich. Die Kommandantin selbst überwacht alles. Amedara ist indessen mit dem Gleiter auf Erkundungsflug. Bevor die Nacht hereinbricht, soll sie sich einen ersten Überblick verschaffen. Niemand rechnet damit angegriffen zu werden. Trotzdem ist es strategisch klug, vorher die Lage zu sondieren.

Trotz Atemmaske im Gesicht können Sie ungehindert arbeiten. Das silikonartige Material der Maske umschließt kaum spürbar Nase und Mund und lässt den Träger nicht schwitzen. Die anderen Körperpartien hingegen sind schutzlos der schwülheißen Luft ausgesetzt.

Die beiden Späher Teasar und Lokar sind ein gutes Stück vorangekommen. Vor ihnen wird der Wald immer dichter. Manchen Bäume ist bereits vom Stamm her anzusehen, wie mächtig sie im Wuchs stehen. Diese Riesen lassen die Arimeaner erkennen, wie klein und unscheinbar sie doch in Wahrheit sind.

»Es wird bald Nacht«, unterbricht Lokar die anmutige Stille. »Wir sollten abbrechen und zurück gehen.«

Teasar nickt. Es fällt schwer, all diese hervorgebrachten Wunder der Natur zu ignorieren. Aus unmittelbarer Nähe nimmt man viel mehr Einzelheiten wahr. Fast glaubt man, die Bäume wachsen zu hören.

Sie setzen einen Funkspruch ab. Dann treten beide den Rückweg an.

Die Sonne neigt sich rasch dem Horizont. Es ist eine warme Sonne, deren Licht, anders als auf Arimea, alles in einem orangerot taucht. Ein Zeichen, wie schnell die Rotation des Randplaneten ist. Demzufolge wird es ebenso rasch düster. Im Zwielicht des endenden Tages bekommen die Schatten ein Eigenleben. Das bisherige Idyll bekommt etwas gespenstisch Fremdes.

»Spürst du das auch?«, fragt Teasar. Trotz der metallischen Übertragung glaubt Lokar eine gewisse Ängstlichkeit des Freundes herauszuhören.

»Es ist pure Wildnis«, entgegnet er. »Etwas, was auf Arimea nur noch in Parks zu finden ist.«

Zugegeben, diese *Parks* sind relativ unberührt. Der Randplaneten hingegen hat einen besonderen Reiz, der die heutige lebende Generation der Arimeaner verwirrt. Die seltsamsten Geräusche erfüllen die Abendluft.

»Beruhigend zu wissen, dass es keine hungrigen Kreaturen hier gibt.«

Kreaturen? Darüber wurde bisher nur spekuliert, jedoch nicht danach gesucht.

»Manche Laute könnten durchaus von Tieren stammen«, denkt Lokar laut.

»Wir hätten doch schon längst welche davon gesehen«, wirft Teasar ein. »Oder nicht?«

So zuversichtlich, wie es klingen sollte, ist der Einwand nicht.

»Kommt auf die Größe an. Von Mikroben und Bakterien abgesehen, die es gibt, könnten sich kleinere Spezies entwickelt haben.«

»Die sind doch kein Problem, oder?«

Teasar entpuppt sich immer mehr als ein ängstlicher Wissenschaftler. Es ist schon etwas anderes, wenn man »an der Front« ist, als im sicheren Labor und 3D-Animationen.

Lokar will etwas diesbezügliches entgegnen, als Holz in unmittelbarer Nähe hinter ihnen bricht. Beide fahren zeitgleich aufgeschreckt herum.

»Was war das?!«

Der Boden vibriert stoßweise.

»Ein Beben! Wir sollten uns beeilen!«

Immer schneller werdend gehen sie weiter. Die Nacht wird jeden Moment hereinbrechen. Ohne Licht wären sie ihr ausgeliefert. Teasar schluckt seinen Ärger mit Mühe hinunter. Wie leichtsinnig sie doch gehandelt haben! Wenn das die Kommandantin wüsste …

»Wo ist nur … dieses verdammte … Lager …«

Auch Lokar kämpft um Atem. Die feuchtwarme Schwüle setzt auch ihm zu. Er ruft gedanklich die aktuelle Position auf. Auf seiner Netzhaut blinkt ein tiefblauer Punkt auf. Den Landeplatz markiert ein Türkisfarbener.

»Nach links«, ruft er Teasar zu.

Hinter ihnen ertönen berstende Geräusche. Sie gehen in einen leichten Trapp über. Ohne sich zu wissen, was hinter ihnen passiert, rät der Instinkt den beiden Wissenschaftlern, schnellstmöglich die schützende »Sternengral« zu erreichen.

Mehrmals ruft Lokar die Orientierungskarte auf, deren Abbild seine Netzhaut erreicht. Mindestens ebenso oft muss er die eingeschlagene Richtung korrigieren. Vor ihnen liegen noch knapp achthundert Meter. Neben den immer wieder kehrenden Holzsplittern ist nur ihr Schnaufen zu hören.

Gleich sollte der Wald hinter ihnen liegen. Wie auf Stichwort tut sich hinter einem Baumkoloss, dessen Stamm mindestens zwanzig Meter misst und die Sicht stark einschränkt, endlich die erwartete Weite auf. Und deutlich heller ist es außerdem noch.

»Da steht der Kreuzer«, schnauft Teasar erleichtert. Schon fühlt er die nahe Rettung und verlangsamt seinen Lauf.

»Komm schon! Weiter!«

»Ist es nicht besser, wir *gehen* normal weiter?«

»Warum?« Auch Lokar wird langsamer.

»Wegen … ihr …«

»Du meinst … Amerona?«

»Ja. Amerona.«

Es bleibt keine Zeit für eine weitere Unterhaltung. Wieder birst Holz und ein Stampfen, begleitet von einem markerschütternden Schrei, wird laut.

Treaser kann nicht anders. Mitten im Gehen bleibt er stehen und schaut sich um. Dabei taumelt er ein wenig, stolpert. Und dann sieht er, was er hätte besser niemals sehen sollen …

Zehn

Trance ist ein schwer zu definierender Zustand. Betroffene besitzen – wenn überhaupt – eine stark eingeschränkte Sinneswahrnehmung. Ausgelöst werden kann eine Trance über Drogen, Hypnose und auch durch Schock. Auf Waylon trifft letzteres zu. Nachdem Karoline die zwei Herren hereingelassen hatte, wollte ihn der Schlag treffen. Unerwartet stand Mr Dako vor ihm, *der* Mr Dako aus Kindheitstagen. Sein Begleiter kam Waylon verflucht vertraut vor, konnte diesen Herren jedoch nicht einordnen. Dako begrüßte Waylon auf seine Art. Ohne ein Lächeln und zurückhaltend kühl. Karoline stand abseits im Flur, konnte die Szene aber gerade noch so mitverfolgen. Auch sie spürte die seltsame Atmosphäre, die jetzt herrschte. Während dem kurzen Wortwechsel wandern Waylons Augen immer wieder zu den Alten, dessen Haare und der lange Vollbart zum Zopf gebunden waren. Als sich ihre Blicke trafen, durchfuhr es Waylon wie ein Blitz. Die Gesichtsfarbe wechselte erst in ein aschfahles Grau, dann wurde er bleich. Er fühlte sich von einem Strudel aufgesogen, dem er nicht mehr entrinnen konnte. Karoline entging nicht die Veränderung ihres Mannes. Es musste etwas schlimmes sein, was Waylon so derartig aus der Fassung bringt. Dann sagte Dako etwas in einer für Karoline fremden Sprache. Waylon reagierte darauf stoisch. Er verfiel in eine für ihn völlig untypischen Apathie. Und was Karoline überhaupt nicht begreift, ist, dass er den zwei Männern dann auch noch willig folgt.

Jetzt sitzt Waylon abwesend auf dem Stuhl. Ihm gegenüber steht Dako, dem einzigen Menschen im Raum, dem er eigentlich vertraut. Jedenfalls vertraute er ihm einmal. Damals, als Kind. Und tatsächlich zeigt er bei Dakos feinfühligen Worten leichte Regungen.

Der andere mit dem Bartzopf hingegen macht alles, allein durch seine Anwesenheit, zunichte. In dessen Augen steht der Unglaube geschrieben. Was jedoch in seinem Kopf vorgeht ist nicht erkennbar. Mr Dako entgeht nicht die Wirkung seines Begleiters auf Waylon.

»Du solltest gehen«, raunt Dako ihm eindringlich zu. »Zerstöre nicht, was du brauchst!«

Der Andere schaut abwertend Waylon an. Doch er sagt nichts und verlässt das Zimmer.

Weit außerhalb der Stadt, fernab vom alltäglichen Begängnis, tritt der Mann mit den zwei Zöpfen frustriert ins Freie. Er will nicht begreifen, weshalb Waylon mauert. Waylon muss doch genau wissen, wem er gegenüberstand? Es ist doch unverkennbar.

Der Zweizöpfige versucht sich hineinzuversetzen in diese Situation, die Waylon erlebt. Und plötzlich beginnt im Kopf des Alten ein alles dominierendes Blitzlichtgewitter. Ein unsagbarer Schmerz lässt ihn zu Boden sacken. Und er fällt in eine tiefe, leere Ohnmacht.

Die Wiese ist von der Sonne getrocknet, der Boden hingegen aber kühl. Vielleicht liegt es daran, dass die Ohnmacht relativ kurz währt. Sichtlich ist er orientierungslos. Seine fragenden Augen sehen sich suchend um. Er hat Probleme sich aufzurichten. Ihm schwindelt es. Die Blitzkaskaden in seinem Kopf flammen wieder auf. Es fühlt sich wie kurze, aufeinanderfolgende Kurzschlüsse an. Übelkeit bahnt sich den Weg. Noch glaubt er, sie beherrschen zu können, doch der Schwall von Magensäure und halbverdauten Speiseresten ergießt sich in seinen Mund. Angewidert erbricht er.

Zweimal noch entleert er den Magen. Erst dann wird ihm besser. Durch den Geruch des Erbrochenen wird ihm erneut schlecht. Dies treibt ihn dazu, überhastet aus dem Mief zu kommen. Etwas zu hastig! Er kommt mit der Hand in die schleimigen Magenrückstände, verlagert das Gewicht einseitig, rutscht darauf aus und landet mit dem Gesicht darin.

Panik ergreift ihn. Mit angehaltenem Atem versucht er Halt zu bekommen, was ihm nur mäßig gelingt. Dennoch rappelt er sich auf. In knapp fünf Minuten Fußmarsch weiß er einen Fluß. Würgend und spuckend erreicht er den Wasserlauf. Dank der Niederschläge in den letzten Tagen ist der Fluß gut gefüllt. Erleichtert stapft er ins Wasser und fällt erschöpft auf die Knie. Die Kühle bringt den Alten zu sich, reißt ihn aus dessen Lethargie. Mit den Händen schöpft er das Nass, wäscht sich Gesicht und Hals. Nur zaghaft weicht der säuerliche Geruch.

Unterdessen vergeht auch der Schwindel und im Kopf pocht es nur noch dumpf. Sorgfältig wäscht er sich, genießt die reinigende Wirkung. Nur der Geruch bleibt. Das Hemd ist im Brustbereich stark verschmutzt. Er zieht es aus, wirft es im weiten Bogen ans Ufer.

Das Wasser ist kälter, als zuerst angenommen. Dies hält ihn aber nicht ab, sich gründlich zu waschen. Schließlich ist er kein Weichei und hat schon schlimmeres erlebt. Mit fest aufeinander gepressten Zähnen unterzieht er sich dieser notwendigen Prozedur.

Nass stapft er wieder aus dem Fluß. In der Wolkendecke reißt der Wind eine Lücke auf. Seine Haut berühren zarte Sonnenstrahlen. Erschöpft setzt er sich hin.

Im Stillen fragt er, was das gerade gewesen war. Was war der Auslöser? Oder sind mehrere dafür verantwortlich? Er erinnert sich flüchtig an einen Hauch von einströmenden Gedanken, die bisher von ihm nicht gedacht worden sind. Da ist er sich ziemlich sicher. Und dieser *Hauch* will etwas suggerieren …

Ihm fröstelt ein kurzer Rückenschauer. Kurzzeitig hat er den Eindruck, einen Gedanken greifen zu können. Doch so wie er gekommen ist, verschwindet er wieder im bodenlosen Sumpf vernebelten Nichts.

Dann umgibt ihn totale Stille. Sie zieht ihn ein, wie ein Wasserstrudel das Schiff. Erneut wird es dem Alten schwindlig. Die Welt dreht sich immer rasanter und er scheint der Mittelpunkt zu sein. Er schaut zur Seite und die Drehung passt sich seinem Sichtfeld an. Seltsam! Er empfindet es als recht angenehm. So, als müsse es so sein oder besser, als sei es schon immer so gewesen. Eine nicht alltägliche Erfahrung.

Er gibt sich dem Gefühl hin. Will es auskosten bis zum Letzten. Dabei bemerkt er nicht den eigenartigen würzigherben Geruch, den seine Nase umweht. Als es endlich sein Bewusstsein erreicht, ist es bereits zu spät.

Ein wahrer Lichtkaskadensturm blendet ihn von innen heraus. Zeitgleich setzt heftiger Schmerz ein. Heftig ist maßlos untertrieben! Wäre er imstande gewesen, frei zu denken, würde er jetzt darüber grübeln, was das für Schmerzen tatsächlich sind. Ein wenig ähneln sie vermutlich denen, die ein Blitzschlag hinterlässt. Stechend, brennend, gefrierend – von allem etwas, aber gleichzeitig und in unerwartet hoher, kaum auszuhaltender Intensität. Für ihn steht die Welt in Flammen. Gleißend und tausendmal stärker als die Sonne, blendet ihn das vom Gehirn entfachte Stroposkop-Gewitter. Im Normalfall hält ein Mensch dies nicht bei vollem Bewusstsein aus. Anders bei ihm. Er durchlebt jede Sekunde Pein überaus intensiv. Dabei wird er zusätzlich durchgeschüttelt.

Aus dem Mundwinkel rinnt ein Schwall hellrotes Blut. Von kurzem Röcheln unterbrochen hustet er. Sein Kopf kippt zur Seite. Dadurch fließt der überflüssige Speichel und die Blutreste frei ab. Gleichmäßig hebt sich der Brustkörper, senkt sich wieder. Der Alte ist bewusstlos.

Undurchdringbare Dunkelheit umgibt ihn. Sie kam unerwartet und ähnlich wie die Abblendung in einem Kinofilm. Nur, dass es kein weiteres Bild gibt. Stattdessen bleibt es schwarz.

Die Stille ist beruhigend und beängstigend zugleich. Ruhe wirkt kraftschöpfend, lässt das eigene Ich genauer betrachten, macht allerdings mit der Zeit einsam. Weit in den Tiefen des Dunklen erschallt ein Laut. Für den Moment klingt es wie der Ruf eines Zeisigs. Doch das kann nicht sein in einer Nacht wie dieser. Kein Licht ist zu sehen, nicht einmal als Punkt.

Angestrengt lauscht er. Nichts! Absolut still. Gespenstisch, doch Angst verspürt er keine. Ein aus den Tiefen der allumgebenen Dunkelheit ertönender Laut dringt zu ihn. Zuerst denkt er an einen Vogel, doch Nachts schreit vielleicht ein Kauz oder Uhu. Also kann es das nicht sein. Kurz darauf der gleiche Laut, diesmal klarer und auch länger. Eindeutig von einem Vogel.

Ein hintergründiges Rascheln wird laut. Es bildet eine Art Teppich in der nun tönernen Geräuschkulisse. Diesmal erklingt der Ruf eines Zeisigs klar und deutlich. Oder ist es doch ein Sperling?

Jetzt geht alles sehr schnell. Irgendwo im Dunkel erglimmt zaghaft ein Punkt, der flackernd anwächst und bald die stockfinstere Nacht auflöst. Auf einmal überflutet ihn warmes Licht, wird gleißend hell. Dann setzt die Schwerkraft wieder ein. Ein Ziehen umspannt seinen Körper. Sämtliche Muskeln und Nervenstränge brennen schmerzend. Er spürt das Verlangen zu atmen, holt tief Luft. Sofort erreicht das Brennen die Lungenflügel. Wieder wird der Schmerz übermächtig. Droht den Geschundenen erneut quälend in eine weitere Ohnmacht zu treiben.

Panik treibt ihn dazu, sich zu bewegen. Als könne er so allem entkommen. Doch es dauert lang, bis er feststellt, dass er Beine, Füße, Hände bewegen kann. Nur im Nacken macht eine Blockade ihn dort fast bewegungsunfähig. Mehrmals atmet er tief ein und aus. Spannt dabei die Muskeln an und bereitet sie auf das Kommende vor. Schwerfällig bewegt er die Finger, ballt eine Faust, streckt sie. Er wiederholt die Aufwärmphase einige Male und es wird jedesmal besser. Mit einem Ruck und angehaltenem Atem kommt er auf die Seite. Der Kraftaufwand ist enorm. Doch es gelingt beim ersten Versuch. Vermutlich hätte er einen zweiten auch nicht geschafft. So ist es natürlich besser und verschafft ihm Zeit zum Verschnaufen.

Vor seinen Augen verebbt das Blitzgewitter. Die Lichtverhältnisse nimmt das Auge wieder so wahr wie sie sind. Nur mit dem Kontrast hapert es noch ein wenig. Er zwinkert.

Wie lang er schon hier liegt, kann er unmöglich nachvollziehen. Das Gefühl von Zeit hat ihm diese Marter geraubt. Waren es fünf Minuten oder gar Stunden? Er weiß es nicht.

Für einen Moment genießt er das was er sieht und hört. Den Fluß, die Wiese, die Bäume, Vogelgezwitscher. Ein Augenblick glücklichen Seins. Froh darüber, diesen Anfall – oder was es auch immer war – überstanden zu haben. Er will diesen Moment so lang wie möglich auskosten, darum bleibt er regungslos liegen.

Doch irgendwie treibt ihn etwas auf. Aufkeimende innere Unruhe mag dafür hauptverantwortlich sein. Vorsichtig bewegt er erst den freiliegenden Arm, dann das Bein, zuletzt den Kopf. Die Nackenverspannung ist noch da, jedoch ignoriert er sie weitestgehend. So kommt er, nach einer gefühlten Ewigkeit, ins Sitzen. Schwer atmend schaut er in alle Richtungen. Die Knie sind weich, zittern leicht. Ob vor Erschöpfung oder Kälte ist unerheblich.

Er fühlt sich gut, wenn man unter den gegebenen Umständen davon sprechen kann. Körperlich scheint alles in Ordnung zu sein, interpretiert er richtig, was er hört, wenn er in sich hinein lauscht. Erleichtert darüber, versucht er aufzustehen. Die nachwirkende Schwäche lässt die Welt taumeln. So vorsichtig wie möglich, aber auch entschlossener denn je, kommt er auf die Knie. An dem Baum sich festhaltend setzt er erst den einen Fuß auf den Boden, zieht anschließend den anderen nach. Die linke Hand sucht an dem Baum, unter dem er die ganze Zeit lag, festen Halt. Nur nicht stürzen! Dies wäre fatal und die Folgen kann er nicht abschätzen. In den Fingern scheint er keine Kraft zu haben. Immer wieder rutscht er ab. Er schaut genauer hin.

Ein langgedehnter archaischer Schrei scheucht die Waldtiere auf. Ein Schrei, in dem Angst und Entsetzen mitschwingt. Der Alte starrt fassungslos auf die Hand, die ihm völlig fremd und doch die Seine ist …

Elf

Zwanzig Minuten vorher. Waylon hört der Geschichte, die Dako ihm gerade erzählt, halbherzig zu. Was hat er damit zu tun? Was geht ihn das alles an? Will er ihn für dumm verkaufen? Behauptet er doch tatsächlich, ihm, Waylon, zu helfen!

Vielmehr interessiert Waylon, weshalb der Dakota damals einfach sang und klanglos verschwand. Großmutter vermied es peinlichst, den Dakota später zu erwähnen. Dabei hatte er in sehr frühen Jahren eine enge Bindung zu Dako aufgebaut. Denkt er jetzt darüber nach, riecht es nach Eifersucht.

Waylon schweigt, während Dako unentwegt redet. Interessant wird es für Waylon an der Stelle, als der Indianer ihn erwähnt. Er horcht auf.

»… dann hast *du* das Ruder in die Hand genommen, wie ihr Weißen so schön sagt, mein Junge.«

»Ich bin nicht dein Junge, Dako!« Waylon sagt es energisch und unmissverständlich. »Also nenn mich nicht so!«

Der Dakota sieht ihn mit offenem Mund an. Seit zehn Minuten hat Waylon zu allem geschwiegen. Er hörte scheinbar nicht einmal zu. Und jetzt, als Waylon etwas sagt, kommt dies unvermutet. Außerdem ist es nicht das, was Dako sich erhofft hat. Sei's drum! Er ist der Letzte, der kein Verständnis dafür hat. Selbstverständlich muss es für jemanden wie Waylon, der in den Siebzigern noch nicht wissen kann, was vierzig Jahre später sein zukünftiges Ich erleben wird, utopisch klingen. Aber Dako schätzte ihn anders ein. Waylon ist klug und schaut über den eigenen Tellerrand. Dies lehrte er ihn damals. Aber ganz offensichtlich verließ Waylon seinen vorbestimmten Pfad.

»Hast du denn alles vergessen?«

Waylon runzelt die Stirn. »Was soll das denn jetzt?!« Es klingt gereizt.

»Ich lehrte dich Dinge«, erwidert Dako ebenfalls genervt, »die dich auf Heute vorbereiten sollten. Hat denn deine Großmutter nicht …«

»Lass Granma aus dem Spiel!«

Das Waylon ihn gegenüber einmal feindliche Gefühle entwickeln würde, hätte Dako nicht für möglich gehalten. Und das schmerzt.

»Waylon, bitte. Soll denn alles vergeblich gewesen sein?«

Der Blickkontakt ist eisig.

»Warum bist du Hals über Kopf untergetaucht?! Und warum warst du nicht da, als Dad starb?!«

In Waylons Augen flackert neben unsäglicher Wut auch Trauer auf.

»Ich hab es nicht gewusst«, antwortet leise der Dakota. Plötzlich versteht er Waylon. Wie alt ist er jetzt eigentlich?

Dako meint um die Dreißig. Wie doch die Zeit vergeht …

»Nicht gewusst?!«, äfft Waylon nach. Hass klingt in seinen Worten mit. Unverhohlener Hass. »Und was erzählst du mir alles? Du willst mich kennen!«

»Ich kenne dich gut«, versucht Dako sich zu verteidigen. »Wenigstens dein späteres Ich.«

»Das ich nicht lache! Ich bin dir doch egal! Wie soll das überhaupt gehen? Reist du durch die Jahre?«

Dako nickt. »Durch die Zeit, ja.«

Waylon macht große Augen. Unverständnis und Mitleid sind darin zu lesen. Für eine Erwiderung reicht es jedoch nicht.

Erneut verfällt er in ein Gedankenloch. Es ist ein wahrer Regen voller Gedankensplitter, dass er keinen einzigen wirklich fassen kann. Waylon fühlt sich überfordert. Mit allem. Und mit seinem Palaver geht Drako ihm mächtig auf die Nerven. Genervt springt er auf, schlägt dem alten Freund die Fläche Hand auf dessen Brust.

»Schluß damit!« Waylon ist entschlossen, dem ein Ende zu machen. Des Dakota Augen flackern kurz.

»Way …«

»Halt den Mund!« Die Worte zischt Waylon, sodass sie unmissverständlich sind. »Ich will nichts mehr hören! Du gehst mir auf die Nerven. All die Jahre, in denen ich deine Kraft, deine Stärke, deine Schulter gebraucht hätte …« Er atmet schwer. »Jetzt tauchst du auf, wo mein Leben nicht besser laufen könnte …« Er hält inne. Was hat er da gerade gesagt? Alles sei in Ordnung? Nichts ist in Ordnung! Verdammt!

Mit mulmigen Gefühl werden ihn die vergangenen Stunden wieder bewußt. Und Karoline ist allein zuhause. Karoline …

Plötzlich beginnen die Wände regenbogenfarben rhythmisch aufzuleuchten. Dako murmelt etwas unverständliches. Es klingt nach einem Fluch oder etwas ähnlichem.

›Der Indianer weiß was er tut‹, denkt Waylon noch, da ist der Dakota auch schon in einer automatischen Wand verschwunden. Erst jetzt realisiert er die Örtlichkeit. In Gedanken versunken, streicht er mit der Hand über die Wand vor ihn. Sie fühlt sich nicht kalt und nicht warm an. Die Struktur erinnert an – Schuppen.

Die Rhythmik des Lichtspiels, die die Wände von innen heraus glühen lässt, hat an Dynamik gewonnen.

»Was für ein Narr!«, erschallt es von der Stelle, in die Dako verschwunden war. »So ein Idiot!«

Waylon macht einpaar Schritte in die Richtung. Beinahe stößt er mit dem Indianer zusammen, als der wie eine Furie und mit hochrotem Kopf zurückläuft.

»Was ist?«

Dako bleibt stehen.

»Nicht *Was*, sondern *Wer*!«

Waylon lässt sich nicht beirren.

»Also: *Wer* ist?«

»Du, Waylon! DU!«

* * *

Es fühlt sich an wie ein Traum. Als sei er in Watte gepackt und beobachte alles. Auch die noch so kleinste Bewegung dauert unendlich lang. Allein für das Aufrichten benötigt er zwanzig Minuten. Weitere zehn vergehen, um sicher zu Stehen. Unterdessen kehren die Kopfschmerzen zurück. Nicht mehr so intensiv, dass sie ihn bewusstlos werden lassen. Aber immerhin reichen sie aus, klare Gedanken zu verhindern.

Im linken Bein merkt er, ziemlich spät und erst nach einigen humpelnden Schritten, eine gewisse Gefühllosigkeit. Er schaut das Bein an. Die Hose ist mehrfach eingerissen. Darunter funkelt etwas silbern. Der Alte bleibt stehen, starrt die Stelle minutenlang an.

Ohne Vorwarnung beginnt wieder das Blitzgewitter in seinem Schädel. Diesmal jedoch weniger blendend und farbenprächtiger. Die Abstände zwischen den biologischen Entladungen werden länger. Dazwischen glaubt er Bildfragmente zu erkennen, einhergehend mit einem verdammt vertrauten Gefühl.

Mit der verkrüppelten Hand macht er eine abwertende Bewegung. Als sie in sein Blickfeld gerät, starrt er sie wieder ungläubig an. Es geht einfach nicht in seinen Kopf! Was geht hier vor?

Zu diesem Zeitpunkt ist er unfähig weitere Betrachtungen anzustellen. Erneut erwächst in seinem Hirn ein Lichtspektakel. Angespannt wartet er auf die heftigen Schmerzen, die stets bisher darauf folgten. Dieses Mal allerdings bleiben diese aus. Stattdessen werden aus den vorherigen Bildfragmenten deutliche, inhaltsbeladene und mit Leben gefüllte Sequenzen.

Plötzlich weiß er, weshalb er eine verkrüppelte Hand hat. Er weiß, was es mit der künstlichen Fußprothese auf sich hat. Vor dem geistigen Auge sieht er fremdartige Wesen, die sich seiner angenommen hatten und liebevoll pflegten. Besonders eine Person hebt die Erinnerung hervor, mit dem er auf Anhieb aber nicht richtig umgehen kann. Eine Ahnung macht jedoch das Bild vertrauter.

Dumpf pulsiert Blut durch das feine Adergeflecht des Gehirns. Kommt der Schmerz etwa wieder? Für einige Sekunden hält er die Luft an. Derweil schlägt das Herz schneller – vermutlich wegen der Aufregung, die die neue »Erinnerung« mit sich bringt.

Auf einmal erkennt der Alte all die wahren Zusammenhänge, seiner jetzigen Verfassung. Obwohl es ihm nicht schlecht geht, ist er doch gehandicapte. Aber es gibt schlimmeres, beruhigt er sich. Anderen geht es richtig dreckig! Dagegen ist es mit der Fußprothese auszuhalten. Und das Gehen funktioniert wie eh und je.

»Mein Gott!«, ruft eine Stimme erschrocken aus. »Was ist denn mit dir passiert?«

Die Stimme gehört Dako, wie der Alte sofort erkennt. Gelassen dreht er sich um.

»Alles nicht der Rede wert«, entgegnet er mit brüchig rauher Stimme.

»Aber ... Deine Hand ... Und das ... das Bein!«

Auch Waylon starrt wie Dako darauf.

»Schau sie dir gut an, Waylon.« Der Alte hebt die verkrüppelte Hand, stellt sich in Pose. »Dies ist das Ergebnis unserer zukünftigen Zusammenarbeit!«

Zwölf

Im Fallen nimmt Teasar die fleischige Masse wahr. Die Luft vibriert, ebenso wie der Boden. Der im Verhältnis kleine Ausschnitt, den sein eingeschränktes Sichtfeld zulässt, lässt Böses erwarten. Zudem bewegt sich die Fleischmasse in einer, für ihre Verhältnisse, viel zu schnellen Geschwindigkeit. Den geschmeidigen Bewegungsablauf würde Teasar der Bestie nicht zumuten, sähe er es jetzt nicht live.

Auf Arimea hat es derartige Riesenkreaturen nie gegeben. Warum hat die Analyse der Scans sie nicht gewarnt? Lokar hat doch die Scansoftware geschrieben. Er ist einer der Besten auf dem Gebiet. Doch anscheinend nicht gut genug, für diesen Randplaneten. Wenn die Sache hier ausgestanden ist, würde er Lokar darauf ansprechen. So etwas darf einfach nicht passieren!

Das fleischige Koloss stößt einen undefinierbaren Schrei in Teasars Richtung aus. Wie viele Meter trennen wohl beide noch? Teasar schätzt die Entfernung auf etwa fünfzig Meter. Wenn er sich anstrengt, schafft er diese Distanz in – einer Minute? Seine körperliche Verfassung ist nicht gerade die Fitteste. Aber er traut sie sich in der geschätzten Zeit zu. Was ist schon eine Minute?

Der Koloss stampft Beute witternd auf. Selbst aus dieser Entfernung wirkt er riesig. Teasar liegt seitlich am Boden. Der Sturz war schmerzlich, doch das vom Körper produzierte Adrenalin verdrängt ihn. Außerdem verläuft für Teasar die Zeit viel langsamer, als in Wirklichkeit. Er, der Arimeaner, ist gleichzeitig Handelnder und Beobachter. So nimmt es Teasar war.

Das fremdartige Reptil macht einige schwere Schritte nach vorn, die den Boden zum Beben bringen. Dabei legt er gut die Hälfte des Weges zurück, die beide trennt. Teasar erkennt jetzt Einzelheiten. Auf dem Kopf trägt der Fleischkoloss einen Kamm aus bunt schillernden Federn. Er scheint Teasar nicht zu sehen, der sich vor Schreck, seitlich auf dem Boden liegend, nicht rühren kann. Dennoch wittert der Koloss etwas. Seine großen Nüstern gehen gleichmäßig auf und zu.

›Was für eine Kreatur‹, denkt Teasar. ›Eine wahre Bio-Kraftmaschine mit der Mystik von vollendeter Schönheit.‹

Indes macht der Koloss zwei weitere Schritte, die den Boden vibrieren lassen. Voll von Adrenalin und Faszination verspürt Teasar keinerlei Angst. Im Gegenteil: Am liebsten würde er aufstehen und das fremde Wesen aus der Nähe betrachten. Doch aus irgendeinem Grund kann sich Teasar nicht bewegen.

Immer noch noch halb auf der Seite liegend, starrt er auf den Fleischberg. Erneut stampft dieser einen Schritt weiter, sieht sich mit zuckendem Kopf um. Etwas scheint ihn zu irritieren. Die Nüstern blähen sich auf, schließen wieder. Erst jetzt erkennt Teasar, dass die Kreatur einen Schwanz hat, der nun wenige Zentimeter über den Boden hin und her schwenkt.

Blitze zucken, denen jeweils ein dumpfes Grollen folgt. Ein Gewitter? In unmittelbarer Nähe des Kolosses schlägt ein Blitz ein. Erde und Steine spritzen empor. Der Fleischkoloss weicht etwas zurück, brüllt markerschütternd.

Dann dringen aufgeregte Rufe zu Teasar, während unzählige Blitze vor dem Giganten einschlagen. Dadurch weicht der Koloss wiederum wild brüllend ein Stück zurück.

Teasar begreift, dass die Blitze aus arimeanischen Waffen geschleudert werden. Lokar muss inzwischen zum Schiff gelangt sein und die Ihren verständigt haben, falls die Kommandantin nicht schon vom Überwachungssystem gewarnt wurde.

Wieder bersten Steine, Staub wirbelt empor. Der Koloss bäumt sich auf. Sämtliche Muskeln angespannt, entwickelt die Riesenkreatur ihr wahres Aggressionspotential. Die Waffen machen es wütend. Aus der kurzen Entfernung kann Teasar die Veränderung deutlich verfolgen, die im Fleischberg gerade stattfindet.

Den Kopf wild in die Höhe gestreckt, stößt die Kreatur einen archaischen Schrei aus, in einer Intensität, die durch Mark und Bein geht. Nun weichen die Arimeaner einige Meter zurück, was Treasar in seiner Lage natürlich nicht sehen kann. Das Blatt wendet sich. Die wenigen Sekunden des Zögerns nutzt der Koloss für einen Überraschungsangriff.

Mit einem Satz überwindet die schwerfällig wirkende Lebensform einige Meter. Die Kommandantin wird kreidebleich, bleibt erstarrt stehen. Lokar behält die Nerven und betätigt automatisch den Blitzstrahler. Ein grässlicher Aufschrei des Kolosses ertönt, dann herrscht Stille. Kurze Zeit behält er die Position; wie zur Salzsäule erstarrt. Die Arimeaner, einschließlich Teasar, halten erwartungsvoll den Atem an. Dann wirkt die Schwerkraft des Randplaneten. Zuerst sind es Millimeter, die der Fleischberg schwankt. Im nächsten Augenblick fällt der tödlich getroffene Körper vornüber, um krachend auf den Boden aufzuschlagen.

Weitere stille Sekunden vergehen. Angesichts des Zwielichts wirkt die Szenerie abstrakt irreal. Es ist wie in einem Film, und einen schlecht gemachten dazu, in dem der Zuschauer vergebens auf das Finale wartet, wenn es denn dann kommt. Und am Ende fragt man sich, was dem Regisseur eigentlich bewogen hat, den Stoff auf Zelluloid zu bannen.

»Musste das sein?« Amerona steht der Schock noch ins Gesicht geschrieben. »Hättest du ihn nicht einfach nur außer Gefecht setzen können? Wir wissen nicht, ob es noch andere gibt.«

Wie auf Stichwort erschallt aus dem Wald ein Ruf.

»Lasst uns ins Schiff gehen«, sagt Amerona. »Die Nacht ist unser Feind.«

Am nächsten Morgen stehen die Arimeaner im Halbrund um den Kadaver. Selbst jetzt geht von dem Körper eine grazile Bedrohung aus. Teasar starrt auf die Stelle, unter der er die Lungen vermutet. Jeden Augenblick erwartet er ein leichtes Heben des Brustkorbes, aber nichts dergleichen passiert. Beruhigt wendet er sich der Kommandanten zu.

»Was machen wir mit dem …«

»Die Scandronen werden ein Abbild erzeugen«, sagt sie schnell. Sie muss sich die Nacht über die Sache genau überlegt haben. Viel zu schnell ist die Antwort gekommen; zwar nicht die Erwartete, aber immerhin eine Logische.

»Was nützt ein Abbild, wenn wir über die Biologie nichts wissen?«

Amerona wirft der Biologin einen scharfen Blick zu.

»Für das ›Ding‹ haben wir an Bord keinen Platz, um es auf Arimea einer gründlichen Untersuchung zu unterziehen, Mila. Außerdem ist es nicht unsere Aufgabe.«

»Ach ja!?« Mila klingt gereizt. »Unsere Aufgabe ist es doch, nach Lebensformen auf diesem Planeten zu suchen. Ist das etwa keine?!«

»Keine, die intelligent genug ist, um mit uns auf einer Stufe zu stehen.«

In Milas Augen flackert Zorn auf. Sofort denkt sie, wie arrogant doch die Kommandantin sein kann. Deswegen war Mila auch nicht gerade sonderlich begeistert, an dieser Expedition teilzunehmen. Einzig und allein der Karriere wegen sagte sie zähneknirschend zu. Jeder an Bord der »Sternengral« hat seinen zugeteilten Bereich. Überschneidungen in den Zuständigkeiten kommen nur teilweise vor, sind somit zu verschmerzen. Außerdem ist Mila nicht die Frau, die sich hineinreden lässt. Auf der »Sternengral« und somit auf diesen Randplaneten ist *sie* die Koryphäe auf ihrem Gebiet.

»*Jede* Lebensform ist wichtig, Amerona! Alle hapitablen Vorraussetzungen werden hier erfüllt. Wie wir wissen, wird es im Laufe von einem Viertel der durchschnittlichen Galaxie-Existenzdauer Millionen von Formen geben, die – wie sagtest du? – sich mit unserem Intellekt messen können.«

»Der Scan muss genügen! Ich sage es nicht noch einmal, Mila!«

Beide Frauen wechseln sprühende Blicke.

Lokar macht einen Schritt auf den Kadaver zu. Streitereien dieser Art kennt er zur Genüge. Da lenkt er sich doch besser ab, zumal es stets auf die gleiche Art endet. Darauf verspürt er keine Lust. Vorbeugend widmet er deshalb seine ganze Aufmerksamkeit dem Koloss.

Er zögert den Fleischberg zu berühren. Doch die Neugier ist größer. Kaum gedacht liegt eine Fingerspitze auf der seltsam anmutenden Haut. Zwar zieht er die Hand sofort wieder zurück, doch der erste Kontakt ist hergestellt. Völlig sich darauf konzentrierend, blendet er die anderen aus. Aus nächster Nähe betrachtet Lokar die unebene Haut. Kleine Falten ergeben ein ungleichmäßiges Muster. Obwohl leblos, fasst sie sich leicht warm an.

Ihn erinnert die Oberfläche an einen Stoff, der auf Arimea vielseitig Einsatz findet. Nur mit dem Unterschied, dass der synthetisch hergestellt wird. Dass die Natur einem Wesen einen gleichwertigen verpasst, irritiert Lokar. Einige Bestandteile sind im Universum wahrscheinlich grundlegend gleichmäßig verteilt. Nur die Umwelt vor Ort erzeugt die jeweils einzigartige Vielfalt symbiotisch harmonierendes Leben. Und die Evolution nimmt dann ihren Lauf.

So wie auf dem Planeten Isidoria. Sein Umfang ist kleiner als die des Randplaneten, aber etwas größer als ein Mond. Darauf wiegt Lokar etwa die Hälfte seiner sechsundsiebzig Kilo. Durch die Leichtigkeit wurden sogar neue Sportarten entwickelt, die es nur auf Isidoria gibt. Dazu gehört auch der Höhen-Spiral-Salto aus dem Stand. Er hat es bereits auf neunzehn Metern geschafft. Nur die Landung im vorgegebenen Kreis will ihm nicht gelingen.

Auf Isidoria existiert eine Lebensform, die ihr Leben fast ausschließlich in der Luft verbringt. Die Oktopteriden – Achtflügler – sind etwa mannshoch, rundlich und von sehr schlanker Gestalt, die sie zerbrechlich erscheinen lässt. Ihre wahren Kräfte schlummern in den acht Flügeln. Des nachts lumineszieren sie und geben ein orangenes Licht ab. Sind Feinde in der Nähe, erlöschen sie. Als Lokar sie das erste Mal sah, war er hingerissen. Doch leider sind die Oktopteriden scheue Wesen und meiden jeglichen Kontakt zu anderen.

Wenn er ihren Flug beobachtet, so wünscht er sich nichts sehnlicher, als sie zu begleiten. Isidoria ist ein Nebelplanet, auf den es äußerst selten klare Tage gibt. Doch in der höheren Luftschicht, die etwa fünf Kilometer über den Boden beginnt, gibt es Verwirbelungen. Die dadurch entstehenden Nebellöcher gleichen einem Tor zu einer anderen Welt. Lichtspiegelungen werfen einfallende Sonnenstrahlen mehrfach prismatisch zurück an die Unterseiten der allherrschenden Wolken. Fliegt dann ein Oktopterid da hindurch, schillern dessen Flügel unwirklich im Licht.

»Du hast Zeit, bis der Scan fertig ist«, sagt Amerona scharf. Ein jeder weiß, dass dies ihr letztes Wort in dieser Angelegenheit ist. Lokar wird durch die herrische Stimme der Kommandantin jäh aus den Gedanken gerissen. Für den Moment eines Atemzuges ist er orientierungslos. Die Wärme der Erinnerung an Isidoria, weicht der Kälte arimeanischen Streites. Als er begreift, dass dies nicht der Nebelplanet ist, bemerkt Lokar, dass er sich mit beiden Händen auf den Kadaver stützt. Erschrocken fährt er zurück.

Amerona wertet sein Handeln als Beistand für Mila. Normalerweise würde er unter den eisig-tödlichen Blick umfallen müssen. Stattdessen betrachtet Lokar den Fleischberg-Kadaver mit einer Spur von Ekel.

»Beeilt euch! Wir haben noch viel vor!«

Dreizehn

Früher ist er in einer Gärtnerei beschäftigt gewesen. Früher heißt: Es sind höchstens zwei Jahre vergangen. Für einen Obdachlosen bedeuten aber bereits schon drei Wochen eine kleine Ewigkeit. Dort draußen, neben der normalen Gesellschaft zu leben, ohne deren Errungenschaften zu nutzen, kommt einem Überlebenskampf in der Wildnis gleich. Man ist abhängig von dem, was andere wegwerfen. Geschenkt bekommt ein *Abtrünniger* rein gar nichts. Was für viele selbstverständlich ist – wie zu essen und zu trinken etwa, oder einfach mal auszuschlafen im eigenen Bett –, heißt für den Obdachlosen stets einen ungeheuren Kraftaufwand und Geduld. Nicht wenige zerbrechen daran. Nur die Stärksten halten durch. Denn es sind Menschen, deren Würde nicht anerkannt wird. Doch es sind Menschen, die wissen, was Leben heißt.

Joshua ist einer von ihnen. Wie erwähnt, begann sein bürgerliches Leben wie millionenfach auf der Erde. Geordnete

Kindheit und Jugend, Lehre, die erste Freundin. Nach der Lehre gearbeitet im erlernten Beruf. Dann die British Army, in der Joshua sogar in West-Berlin stationiert werden soll. Aber es ist alles anders gekommen.

Bereits damals fühlt er sich fehl am Platz. Er hat keine Freunde, war ein Einzelgänger, und das aus Überzeugung. Sein Rat ist nicht erwünscht. Niemand bemerkt ihn. Wäre er nicht mehr in den Betrieb gegangen, wäre es wohl niemanden aufgefallen. Alles in allem ist er ›unsichtbar‹, ist es im Grunde noch heute. Stellt sich nur die Frage: Warum nicht für *Die*? Bis heute hat er keinen blassen Schimmer, wer *Die* sind, woher sie kommen und weshalb. Das *Weshalb* erklärt sich aus ihrem Tun. Aus dem Nichts tauchten sie urplötzlich auf. Und von Anfang an weiß er, dass *Die* ihn wollen. Es ist wie eine innere Eingebung. Im Bruchteil von einer Sekunde wird Joshua klar, welche Gefahr ihm droht. Seither ist Joshua auf der Flucht.

Es hat sich nichts geändert. Der alltägliche Kampf geht weiter, auf einer anderen, höheren Ebene als bisher, aber er geht weiter …

Draußen ist es inzwischen hell geworden, stellt Joshua müde fest. Die Nacht über hält er tapfer Wache. Seine Sicherheit steht schließlich auf dem Spiel, da ist ihm alles recht und billig. Jetzt gönnt er sich eine Mütze Schlaf. Die Erfahrung lehrt ihn, dass er zwischen sieben und zehn Uhr am sichersten ist. So lehnt er sich entspannt im Sessel zurück und schläft sofort ein.

Ein leises Knacken weckt Joshua. Sogleich ist er hellwach. Die Vergangenheit ist eine gute Lehrmeisterin gewesen, soviel steht fest. Mit einem geschickten Manöver verschwindet Joshua hinter dem verschlissenen Sessel, indem er bis eben schlief.

Kein Deut zu früh, wie sich herausstellt. Denn kaum in Deckung werden schwerfällige Schritte laut. Auf den alten Dielen ist es unmöglich, leise zu sein. Jede Belastung verursacht ein

Knarren. Da müsste man schon eine Maus sein, um unbemerkt hinweg zu huschen.

Der Gedanke amüsiert Joshua. Allerdings hält die Heiterkeit nicht an. Vor der Tür verstummen die Schritte. Für einen kurzen Moment herrscht angespannte Ruhe. Joshuas Herz pocht gegen die Brust, als wolle es bersten. Trotz bewussten, gleichmäßigen Atmens gelingt es ihm nicht, sich zu beruhigen.

Nach dem kurzen Moment splittert die Tür. Holzsplitter fliegen wie winzige Patronenkugeln umher. Staub wirbelt auf. Eine der herausgerissenen Türangeln schlägt hart neben dem Sessel in die Diele ein.

Joshua hält die Luft an. Das sind *Die*! Wie konnte er nur so nachlässig sein!

Zeit für die Selbstkasteiung bleibt nicht. Spürbar ändert sich der Luftdruck. Aus der Tiefe kommt ein Grollen, erfasst das unmittelbare Fundament des Hauses. Unter Joshuas Füßen beginnt es gefährlich zu vibrieren. Zeitgleich ertönt ein sehr hoher, nicht enden wollender, schwirrender Ton.

Joshua zieht automatisch den Kopf ein, bedeckt mit den Händen die Ohren. Atmen ist in dieser staubdurchsetzten Luft kaum möglich. Dann setzt ein höllisches Krachen und Bersten ein.

Hinter dem Sessel wird es ungemütlich und – lebensgefährlich! Doch aufgeben ist keine attraktive Alternative für den Geschundenen …

Von außen ist die Situation eindeutiger. Das ganze Haus umwirbelt eine Staubwolke, wie sie nur bei einem Tornado zu sehen ist. Nur dass das hier völlig lautlos stattfindet. Derartige Naturereignisse sind hierzulande natürlich nicht zu beobachten. Dennoch ist die Existenz der Wolke nicht zu leugnen. Bis weit in den Himmel reicht der Strudel.

Würde es Beobachter des Schauspiels geben, fiele ihnen eine seltsame Struktur im Inneren auf. Aber wie so oft, wenn unvorhergesehene Dinge geschehen, geschehen diese ungesehen im Stillen.

Unmittelbar vor dem Haus flimmert die Luft eigenartig. Auf einer Fläche, die eine Person von zwei Metern einnimmt, glitzern aufgewühlte Moleküle in der Atmosphäre im Sonnenlicht. Manchmal verändert sich ihre Form, unwesentlich und für irdische Verhältnisse zu gering, als das ein menschliches Auge sie erfassen kann.

Zwischen Flimmern und Staubwolke besteht eine Verbindung. Mal tauchen Moleküle in den Strukturstaub ein, dann wiederum vermischen sich beide Substanzen in umgekehrter Weise. Stets kehren sie jedoch wieder in ihre alte Form zurück.

Ringsherum stürzen Bretter, Putzreste, Dielen ein. Joshua drückt sich fester an die Sesselrückwand. Einzelne Bruchstücke treffen ihn am Rücken. Das Beben wird heftiger und Joshua hat Mühe, sich in der geduckten Stellung zu halten. Er hustet. Zwischen den Zähnen sammeln sich eingeatmete Sandpartikel.

Die Hölle kann nicht schlimmer sein! Joshua ist nicht gläubig, kommt aber nicht darum herum, diesen Vergleich anzustellen. Sollte jetzt alles vorbei sein? Mit brachialem Getöse reißt eine Druckwelle an ihm. Nur unter Einsatz seiner ganzen Kraft hält Joshua ihr stand. Dabei wird der Sessel einen Meter in die Höhe geschleudert. Es geschieht mit einer dermaßen unvorstellbaren Gewalt, dass, als die Schwerkraft das alte Möbelstück wieder zu Boden zieht, ein Teil der Lehne zu Bruch geht. Joshua, seiner Deckung beraubt, sucht krampfhaft und in Todesangst eine neue. Doch die Sicht ist fast null. Und das Atmen fällt immer schwerer. Zudem zerrt jetzt einsetzender Luftsog an ihn, wie ein überdimensionierter Staubsauger.

Etwas Gutes hat es, denn der Sog erfasst auch den Feinstaub. Das heißt allerdings nicht, dass Joshua besser Luft bekommt. Was er dringend braucht ist ein Schutz vor diesem Sog, denn der entzieht ihm auch den Sauerstoff.

Nur wenige Sekunden verstreichen, dann macht Joshua einen Satz in Richtung umgestülpten Sessel. Darunter findet er ein wenig Erleichterung. Hier kann er verschnaufen. Geschützt durch das wuchtige Möbelstück, kann er erst einmal aufatmen.

Unterdessen geht die saugende Vernichtung weiter. Leichte Gegenstände verschwinden sofort. Schwerere dagegen werden durchgerüttelt, bis sie sich in ihre Bestandteile auflösen und ebenfalls mitgerissen werden.

So auch der Antike Sessel, unter dem Joshua Zuflucht findet. Doch der ist sehr kompakt gebaut. Joshua hält sich an der noch vorhandenen Lehne fest und verschafft dem Sitzmöbel dadurch eine zusätzliche Schwere. Es ist für ihn sowieso schleierhaft, weshalb er selbst nicht mitgezogen wird.

Ein weiteres Mal kracht es im Gemäuer. Die nach Süden weisende Giebelwand stürzt ein, deren Trümmer weitere Dielenbretter zerschmettern und anschließend erfasst der Sog die Mauerreste.

Joshua zittert am ganzen Leib. Sämtliche Muskeln geraten an ihre Belastungsgrenze. Die nachlassende Kraft zehrt zusätzlich am Glauben der Situation noch entrinnen zu können. Dann wird ihm schwarz vor Augen. Das Tosen in den Ohren wird dumpf. Dann kann er nicht mehr. Obwohl vom Willen beherrscht, nicht kampflos aufzugeben, bricht er zusammen …

Vierzehn

›Da steht mir ja noch einiges bevor‹, denkt Waylon erschöpft. Über viele Stunden ging das Gespräch, das er mit seinem Zukunfts-Pendant und Dako geführt hat, nachdem sie den alten Waylon in dessen verstümmelten Verfassung aufgefunden haben. Jetzt ist er über die wichtigsten Ereignisse informiert, die er in vierzig Jahren erleben wird. Er schüttelt ungläubig den Kopf. Ist dies wirklich wahr, oder machen sie ihm etwas vor? Oder tappt er in eine Falle? Auszuschließen ist es nicht, muss er zugeben. Aber Dako neigt weder zu Übertreibungen noch zu Lügen. Dako! Was weiß er überhaupt von dem Dakota? Die Erinnerung verblasst allmählich. Er war ein kleines Kind, sah die Welt so, wie die sich offenbarte. Ohne eigene Erfahrungen glaubt er alles, was ihm erzählt wurde. Ja, er glaubt an die Hexen und Zauberer, von denen seine Ma jeden Abend vorm Einschlafen vorgelesen hatte. Lauschte den Geschichten der Großmutter, in denen Fabelwesen ihr Unwesen trieben. Eines Nachts schrie er auf, weil er von so einem träumte. Ma hatte alle Mühe, ihn wieder zu beruhigen. ›Lang, lang ist's her …‹

Zwanzig Jahre später stellt ihn dann Dako Waylons eigenes zukünftige Ich vor, berichtet von Dingen, die noch nicht einmal stattfanden. Klingt nach einem Märchen im moderneren Gewand. Doch inhaltlich gleicht es denen aus Moms alten Büchern.

Dagegen spricht das ›Gefährt‹, das Dako ›Gleiter‹ nennt und von einem anderen Planeten stammt. Das ist kein Märchen, eher Science Fiction! ›Dako hat garantiert zuviel *Startreck, Flash Gordon* oder *Buck Roger* geschaut, oder wie diese Serien heißen.‹

Wie dem auch sei, Dako hat es geschafft, dass er jetzt darüber nachdenkt und sich den Kopf zerbricht.

Wenn er ehrlich ist, kommt ihm vieles, was der alte Waylon erzählte, merkwürdig vertraut vor. ›Der kennt sogar diese Mrs

Pepper und Karoline sowieso! – Karoline! Wie geht es dir?‹

Er atmet hörbar aus und zieht zwischen den Zähnen die temperierte Luft des Gleiters langsam ein.

Im beschriebenem Leben von *Old* Way, hielt die Ehe mit Karoline nicht lang. Unvorstellbar, aus jetziger Sicht! Allein dieses Wissen sollte ausreichen, um die Zukunft anders zu gestalten. Dieser Vorsatz beruhigt ihn einigermaßen. Wenn er diesen Gedanken verinnerlicht, würde das Unterbewusstsein ihn warnen, wenn es doch dazu käme.

Etwas anderes tritt in der Gedankenwelt in dem Vordergrund. Nämlich die Geschichte um Uridräo. Wenn *Old* Ways Geschichte stimmt, dann gibt es diesen Mond irgendwo da draußen. Einen besseren Beweis gibt es nicht, als dass sie dorthin fliegen.

Waylon springt aufgeregt vom festverankerten Stuhl. Er will sofort Dako diesen Vorschlag unterbreiten. Denn es ist die einzige Möglichkeit zusammenzuarbeiten. Gesetzt den Fall, dorthin zu gelangen, wären gleich zwei Fliegen mit einer Klappe geschlagen. Zum einen die Existenzbestätigung des Mondes und das der Gleiter das ist, was er sein soll. *Yes!*

Zügig und entschlossen tritt er an die Tür, die sich daraufhin leise zischend öffnet und den Weg in den schmalen Korridor freigibt. Am anderen Ende liegt der Kommandoraum, indem Waylon Dako vermutet. Zielsicher schreitet er voran. Im Inneren von seiner Idee beflügelt, bemerkt er ziemlich spät, wie eine Seitenwand aufgleitet und der Dakota seinen Weg kreuzt. Beinahe wäre er einfach gegen ihn gerannt.

»Dako, kann ich dich sprechen?«

»Nicht jetzt, Way«, erwidert der.

»Es ist aber wichtig«, hakt Waylon nach.

»Schnall dich an, Waylon. Wir starten gleich. Danach habe ich Zeit für dich.«

Hat Waylon richtig gehört? Sie starten?

»Aber …«

»Nichts aber«, lächelt Dako. »Ich weiß, was in dir vorgeht. Denke stets daran, dass das, was *jetzt* kommen wird und *du* erleben wirst, *er* bereits erlebt hat.«

* * *

Das also ist er: Der Mond Uridräo! Wow, sage ich da nur. Wow, Wow, Wow! Einfach nur erhebend. Da kann die Erde nicht mithalten. Weiß Gott nicht!

Als der Gleiter sich erhob, wurde mir übel. Ich musste den Blick von den Schirmen nehmen, damit ich mich nicht übergab. Auf dem Flug, der nicht einmal zehn Minuten dauerte, rebellierte mein Magen äußerst schmerzlich. Der Mond entschädigt für die Strapazen.

In meinen kühnsten Träumen vermochte ich mir nie solch einen grandiosen Anblick vorstellen. Die Gänsehaut breitet sich wohlig aus und ich bin den Tränen nah.

»Dieser winzige Punkt ist Zartak«, erklärt Dako. »Das Zentralgestirn in diesem System.«

Es klingt stolz aus seinem Mund. Wahrscheinlich weiß er es selbst noch nicht so lang. Egal. Nicht die Namen sind wichtig, sondern der atemberaubende Anblick.

Tokahe – Dako hat meinem älteren Ich diese Spitznamen gegeben, was soviel wie Der Erste bedeutet (Old Way scheint große Freude daran zu haben) –, wirft nur einen kurzen Blick zum Bildschirm, so, als interessiere es ihn nicht. Viel später erst werde ich begreifen, dass er durch meine Augen sieht, hat Tokahe mir begreiflich gemacht. <u>Heute</u> verstehe ich es nicht. Auch unwichtig, irgendwie. Denn er hat bewiesen, dass die Erzählungen wahr sind.

Ich nehme das Bild des Mondes in mir auf, als sei es das Letz-

te was ich tun werde. Wir befinden uns eintausend Kilometer von Uridräo entfernt. Halb rechts befindet sich die Sonne. Der Mond umkreist einen Riesenplaneten. Dort soll sich eine Zivilisation befunden haben, die durch Naturkatastrophen ausgelöscht wurde. Und das noch, bevor die Erde entstand.

Ich höre nicht mehr hin, wenn Dako erklärt. Ich bin nicht einmal mehr da, also körperlich schon, aber mein Geist weilt auf Uridräo. Ich stelle mir vor, wie es dort aussieht. Male mir aus, was ich vorfinden werde, wenn ich denn dorthin käme.

Im Leben funktioniert es nicht immer so, wie man es wünscht. Doch manche Wünsche werden eben wahr. So wie dieser. Kaum gedacht erklärt Dako, dass er die Landung bereits eingeleitet hat. Ich wundere mich darüber, sehe ihn fragend an. Er lächelt wissend.

»Und wie soll das gehen?« Meine Frage muss in seinen Ohren klingen, wie die eines naiven Kindes.

»Die Bordautomatik übernimmt den Rest«, meint er väterlich.

Ich wende den Blick ab von ihm. Vielmehr interessiert mich, was da draußen gerade vorgeht. Mit den Anwesenden kann ich mich immer noch auseinandersetzen. Mein Gefühl sagt mir, dass ich es vermutlich auch muss. Also was liegt näher, als sich die mir bietende Gelegenheit am Schopfe zu packen? So genieße ich den fantastischen Anblick. Und ich kann mich nur wiederholen: Der ist einfach nur atemberaubend!

Als das System fast den gesamten Bildschirm ausfüllt, bemerke ich eine Hand auf der Schulter. Ich schrecke auf, starre in ein mir sehr vertrautes Augenpaar.

»Komm, ich zeig dir was«, murmelt mir Tokahe zu.

Ich will protestieren, doch gelingt es mir nicht. Mal ehrlich:

Wer widerspricht sich schon selbst? So gehe ich mit. Es geht durch den Korridor in eine seitlich gelegene Kabine. Tokahe bedeutet mir, mich zu setzen. Seine ausgestreckte Hand zeigt auf einer Art Schale, die es auf der Erde nirgends gibt. Die Schale ist ergonomisch geformt, wie man es sich's nur wünschen kann. Kaum sitze ich, passt sich ihre Form meinem Körper selbstständig an. Das weiche lederartige Material sorgt für einen ausgezeichneten Sitzkomfort.

»Bequem?«, höre ich Tokahe fragen.

Ohne eine Antwort abzuwarten, nimmt er ebenfalls Platz.

»Pass auf!«

Ich sehe, wie er seitlich über eine erhobene Stelle im Material streicht. Daraufhin erscheint direkt vor Tokahe eine Anzeige aus Licht. Sie erinnert mich an die Tastatur einer Schreibmaschine. Diese hier aber ist so flach wie eine Flunder!

»Sieh nach, Waynúpa.«

Mich ärgert, wie er mich von nun an nennt, doch ich schweige. Auf Nachfrage, was es bedeute, antwortet er lapidar, dass die Nummer Zwei von nun an meinen Namen ziert. Im Endeffekt ist es auch egal, recht und billig allemal. Außerdem ist meine Neugierde größer als mein Ärger, der bereits wieder abklingt. Man kennt es ja: Manchmal schmeißt man sich selbst schlimmere Wörter an den Kopf – vorm Spiegel zum Beispiel …

Tatsächlich gibt es die gleiche Materialerhöhung an meinem Sitz, auf Hüfthöhe. Ein leichtes berühren genügt, um die Lichtanzeige vor meiner Nase zu aktivieren. Ich muss zu lange den Sensor – dieses Wort schwirrt plötzlich in meinem Kopf – berührt haben, denn die Anzeige flackert und verschwindet. Also nochmal! Dieses Mal ziehe ich den Finger sofort wieder weg. Jetzt flimmert dasselbe Bild schwebend vor mir – wie bei Tokahe. Es handelt sich dabei wirklich um eine Art von Tastatur, stelle ich fest. Aber die Zeichen sind mir fremd.

»Jetzt berühre folgende Tasten«, fordert er mich auf.

Anstatt mir die Zeichen zu merken, zähle ich, an welcher Stelle sie sich befinden. Während Tokahe fünf berührt, deutet er nur auf das Letzte. Ich tue es ihm gleich und berühre auch das abschließende Zeichen. Die Lichttastatur verschwindet.

»Und jetzt schau einfach nach vorn!«

Seine Aufforderung ist überflüssig. Vor uns gleitet die Wand nach oben und ein Panoramafenster erscheint. Dahinter befindet sich das All. Vor uns liegt in ganzer Pracht Uridräo!

Tränen füllen meine Augen, machen den Blick trüb. Die Emotion bahnt sich ihren Weg und ich verspüre Glück. Es ist still. Eine fallende Stecknadel würde man auf den Boden aufschlagen hören. Die Stille unterstreicht den grandiosen Ausblick, gibt ihm eine ehrfürchtige Würde …

Für mich dauerte es eine kleine Ewigkeit voll von aufwallenden Glücksmomenten. In Wahrheit vergehen nur wenige Minuten. Dako erscheint in der Tür.

»Schnallt euch an, wir landen!«

Vergeblich suche ich nach einem Gurt. Tokahe schmunzelt. Er ruft die Anzeige nochmals auf, was ich ihm nachmache, und betätige das entsprechende Zeichen. Sogleich spüre ich, wie ein breites Band sich aus den Schalenseiten schält und mich umspannt. Obwohl ich es nicht fühle, werde ich festgehalten.

»Die arimeanische Technologie begeistert auch mich immer wieder«, sagt Tokahe beiläufig.

Arimeanisch? Der Begriff verwirrt mich, zeigt auf, wieviel ich noch lernen muss. Fürs Erste widme ich mich voll und ganz Uridräo …

Der Gleiter setzt sacht auf. Vom Landeplatz aus kann man weit sehen. Über eine reichhaltige Vegetation, Berge und – sogar ein Meer existiert. Meine Knie sind ganz weich. Ich kann es nicht fassen! Befinden wir uns wirklich auf einem anderen Planeten, als der Erde? Es dauert noch Augenblicke des Staunens, bis ich weitere Einzelheiten wahrnehme. Dazu gehört auch die Färbung des Himmels. Ja, die Erde kann es nicht sein, sonst würde der Himmel tiefblau erstrahlen. Hier ist er eher grünlich, wenn auch nicht minder beeindruckend.

Dako öffnet das Schott. Eine leichte Brise umweht uns. Die Luft ist würzig. Ich giere danach den Mond zu betreten. Sie überlassen mir den ersten Schritt. Und ich vollführe ihn mit der mir angemessenen Anmut.

* * *

Die drei Reisenden durchstreifen die Gegend. Tokahe hat das Gefühl, beobachtet zu werden. Dauernd sieht er sich unauffällig um. Er schlägt bald die Richtung ein, die zu seinem *Appartement* führt. Unterwegs erzählt er, was ihn hierher verschlagen hatte. Er erwähnt den Kristall und dessen Geheimnisse, die Tokahe nach und nach dem Artefakt geduldig entlockte. Waynúpa lauscht aufmerksam. Nicht, weil es letztendlich um ihn geht; es interessiert ihn wirklich. Als sie endlich das Baumhaus erreichen, verstummt Tokahe. Nun sind seine Augen feucht.

»Ich habe hier gelebt und gehofft«, beginnt er mit rauer Stimme. »Sah den Mond sterben. Und mit ihm seine liebenswerten Bewohner.«

Ein leises Schluchzen unterbricht die Erinnerung. Nachdenkliche Stille setzt ein, und jeder hängt seinen eigenen Gedanken nach.

Tokahe selbst nimmt den Faden wieder auf. »Da drüben ist der Zugang zur unterirdischen Zentrale. Links, mitten im Urwald, die Pyramide. Beide sind miteinander durch einen Gang verbunden.«

Tokahe erzählt dem jungen Waylon ausführlich seine Erlebnisse. Manchmal schweift er ab und verheddert sich in Details. Doch das stört nicht. Waynúpa erfährt auf diese Weise alles was er wissen muss. Auch vom Schwur, den Tokahe seiner Zeit einst Claire und den *Wächtern des Kreises* gab.

Als letzter noch wach, lässt Tokahe den Blick schweifen. Schemenhaft hebt sich der Gleiter oben auf der Wiese nur wenig vom Nachthimmel ab. Je länger er jedoch das Raumgefährt anstarrt, umso deutlicher glaubt er Einzelheiten zu erkennen. Seltsam! Ist das dort nicht der verdorrte Strauch, über den er beim Aussteigen beinahe gestolpert wäre?

Er unterdrückt ein Lachen. Er ist mit dem verflixten Fuß hängengeblieben. *Der* Fuß! Mann, er wird sich daran nie gewöhnen! Neben dem Dörrstrauch bewegt sich doch was!? Sind das etwa die Arimeaner? Neben den drei recht kräftigen Gestalten, bewegt sich etwas flinker eine kleine. Etwa ein Kind? Tokahe wagt kaum zu atmen. Ob sie bereits entdeckt wurden? Hoffentlich nicht, doch es gilt, die Augen offen zu halten.

Fünfzehn

»Nun reden Sie endlich, Toby! Sagen Sie uns, wo sich der Major aufhält!«

Inspektor Gomery ist außer sich. Der Typ muss doch etwas wissen, das gibt's doch nicht!

»Was suchten Sie am Haus vom Mr Latham, wo Sie aufgegriffen wurden?!«

Das Häufchen Elend, dass Toby dem Inspektor bietet, starrt stumm und teilnahmslos vor sich hin. ›Fehlt nur noch, er wiegt mit dem Körper‹, denkt Gomery. Genervt geht er hinaus.

»Und?«

»Nichts, Deborah. Leider. Er schweigt. Ist stumm wie ein Fisch.«

»Aber er muss etwas wissen!«

Gomery hebt die Schultern.

»Soll ich es nicht doch versuchen?«

Der Inspektor schaut ihr lang in die Augen. Dann schnalzt er mit der Zunge.

»Meinetwegen. Schaden kann es nicht. Und Sie haben ihn schließlich auch aufgegriffen. Okay, versuchen Sie ihr Glück, Deborah. Vielleicht hilft uns ja weibliche Intuition weiter.«

»Ich tu mein bestes, Sir«, entgegnet sie verlegen.

Mit festem Schritt betritt sie den Vernehmungsraum. Deborah Sheffield findet den Aufgegriffenen immer noch in sich versunken vor. ›Wie ein kleiner, bockiger Junge‹, geht es ihr durch den Kopf. Am Haus der Lathams machte er keine Anstalten zur Flucht. So, als ist ihm alles egal. Oder wollte er, dass sie ihn verhaftet?

Sie räuspert sich.

»Hallo Toby.«

Er reagiert nicht. Zögernd setzt sie sich ihm gegenüber an

den Tisch.

»Wie war denn dein Tag heute, Toby?«

Sie beobachtet ihn unauffällig. Leider verharrt er weiter in seiner eingenommenen Stellung.

»Meiner war nicht so besonders«, plaudert Deborah weiter. »Hab fast verschlafen. Mein Wecker ist so 'n altes Ding aus den Fünfzigern. Es gehörte Großvater. Der liebte die Rassel.«

Deborah wagt einen kurzen Blick. Hat Toby sich gerade bewegt?

»Als Kind mochte ich den Wecker. Sein Ticken beruhigte mich. Ich machte das Geräusch nach. Tick. Tick. Tick.« sie lacht kurz auf. »Heute nervt es einfach nur. Mein Freund wollte ihn schon wegschmeißen. Hab ihn aber gerettet, und mein Freund ging.«

»Schlechter Mensch«, murmelt Toby undeutlich. Die Polizistin lässt sich ihre Freude nicht anmerken. Sie fährt fort: »Schlecht? Glaub ich nicht. Wir passten einfach nicht zusammen. Ihm gefiel mein Job nicht.«

»Toby auch allein.«

»Dann weißt du ja, wovon ich spreche. Hat aber auch seine Vorteile. Du kannst tun und lassen was du willst. Keine Verpflichtungen. Niemand fragt dich, warum du tust, was du tust. Du kannst zu Bett gehen, wann immer es für danach ist.«

»Du … du auch … einsam … ?«

»Vielleicht manchmal. Nicht der Rede wert.«

»Ich einsam. Jeden Tag einsam. Lange Nacht. Toby hasst lange Nacht.«

»Was machst du dann?«

»Lese dann.«

»Das find ich aber toll! Ein gebildeter Mann. Wer ist dein Lieblingsschriftsteller? Mann, Fontane, Shakespeare?«

Toby senkt den Kopf. »Nein, nein. Comics.«

Sie schluckt hart. Comics! *Du lieber Gott!*

»Und welche?« Ihr gelingt es Interesse vorzugaukeln. Doch

innerlich könnte sie lachen.

»Ich liebe Donald und Lucky Luke.«

Die Polizistin ist Profi genug, um ihre wahren Gefühle zu unterdrücken. So gelingt Deborah ein Smalltalk, der den Inspektor, der alles verfolgt, staunen lässt. Alles wird lückenlos auf Magnetband mitgeschnitten. Später wird ein Team das Band auswerten und analysieren. Insgeheim freut er sich schon auf die Gesichter, die der Inhalt auslösen wird. Gomery grinst.

»Das kleine ›Luder‹ hat es drauf.«

Er stößt einen leisen Pfiff aus, den er mit der Zunge am Gaumen erzeugt. Wer ihn kennt, weiß, das es seine Art von Anerkennung ist.

Durch den Lautsprecher erklingt blechern Deborahs Stimme.

»Ich gehe auch gern spazieren. Durchstreife die Wiesen, streiche mit der Hand über das Gras.«

Toby grunzt, was wohl sein Entzücken ausdrücken soll.

»Gehst du auch gern spazieren?«

»Ja. Liebend gern.«

»Schön. Wir könnten ja mal, wenn du es magst, gemeinsam wandern gehen. Was hältst du davon?«

Das breite Grinsen erlischt in Tobys Gesicht.

»Pass auf, Deborah«, zischt Gomery. Er sieht es schon kommen, dass sie es doch noch versaut.

»Du willst mit mir – ausgehen?«

»Na ja, ausgehen würde ich es nicht nennen. Eher durch den Wald gehen.« Deborah wird es heiß. Auf einmal wird ihr bewußt, wohin das Geplauder führt. Jetzt heißt es aufpassen und die Kurve kriegen! Schnell fügt sie hinzu: »So wie Freunde. Du hast doch Freunde?«

Jetzt grinst Toby wieder.

»Oh ja«, beeilt er sich zu sagen. »Einen Freund habe ich.«

»Bestimmt ein Mädchen«, stimmt Deborah lächelnd ein.

»Nein. Waylon ist mein Freund.«

Es entsteht eine Kunstpause. Für Gomerys Gefühl eine viel zu lange Pause.

»Waylon?«

»Ja. Waylon Latham. Er kann mich gut leiden.«

»Kennt ihr euch schon lange?«

»Nein. Aber ist guter Freund. Hilft mir.«

»Wobei, Toby, hilft er dir?«

Stockend erzählt Toby, wie der Major ihn zwang, Waylon und Karoline Latham im Wald zu fangen. Wie sie ihn einsperrten. Oft schweift Toby ab, wiederholt immer wieder, dass er es tun musste, sonst hätte ihm der Major etwas Böses angetan. Je mehr er berichtet, umso mehr taut er auf. Er gewinnt an Selbstvertrauen, und seine Rede wird flüssiger. Toby wirkt wie ausgewechselt. Und nicht nur Deborah staunt.

Gerade ist Toby an der Stelle angekommen, wie er Waylon half, als schrill das Telefon neben Gomery läutet.

»Ja!«

Mit einem Ohr folgt er Tobys Ausführungen, mit dem anderen der telefonischen Nachricht.

»… verschwunden«, hört er den Polizisten am anderen Ende der Leitung.

»Was ist verschwunden?«

Gomery schaltet den Mithörlautsprecher ab. Beides zusammen geht beim besten Willen nicht! Geduldig erklärt der Kollege alles noch einmal. Der Inspektor wird blass.

»Und Sie sind sicher? Ich meine, es kann doch nicht einfach verschwunden sein?!«

Doch der Polizist bejaht noch einmal.

Gomery wird es schlecht. Ohne Gruß legt er den Hörer auf die Gabel. Dann vergehen ellenlange Sekunden des Begreifens.

Drei Minuten später drückt er auf den Knopf der Wechselsprechanlage.

»Brechen Sie ab, Deborah!«

Diese schaut verblüfft in den Panoramaspiegel, hinter dem

sie ihren Chef vermutet. Irritiert erhebt sie sich. ›Ausgerechnet jetzt, wo Toby so in Fahrt ist!‹, schimpft die gedanklich. Zu Toby gewandt sagt sie nur, er möge sie doch bitte entschuldigen und warten; sie käme gleich wieder.

Auf den Weg hinaus beschleicht sie ein komisches Gefühl. Hatte sie etwas falsch gemacht? Noch bevor sie die Tür schließen kann, sieht sie durch den Spalt, wie ein Kollege Toby auffordert, mitzukommen. Nun ist die völlig durcheinander.

Es wird auch nicht besser, als sie Gomerys blasses Gesicht erblickt. Der winkt nur ab.

»Wir müssen los! Das Haus des alten Irving ist weg.«

Soll das ein Witz sein?! Sie verzieht ungläubig das Gesicht.

»Schau'n Sie mich nicht so an!«

»Aber das kann nicht wahr sein. Sir, mit Verlaub. Wie kann ein Haus verschwinden?«

»Finden wir es heraus! Oder am Besten, *Sie* finden es heraus!«

»Sir, ich wollte doch nicht …«

»Schon gut«, unterbricht er die junge Frau beschwichtigend. »Klingt mysteriös. Ich weiß. Aber das ist nicht das Einzige.«

Was kommt jetzt?

»An Stelle des Hauses liegt eine nackte Person, männlich, Weiß.«

* * *

Bei der Person handelt es sich um einen Mann, dreißig bis vierzig Jahre alt. Reglos liegt er zusammengekauert dort, wo das alte Haus stand. Vom Gebäude ist nichts mehr zu sehen. Stattdessen ziert eine saftige Wiese den Grund.

Sanitäter untersuchen den Unbekleideten, der bewusstlos ist und einen sehr schwachen Puls hat. Die Sanitäter wickeln ihn in eine Decke. Gomery, noch immer bleich, kann die Rastlosigkeit nicht überwinden. Er beobachtet das professionelle Treiben der Helfer. Die Spurensuche weiß nicht wirklich, wo sie ansetzen soll. Es gibt keine Hinweise darauf, dass hier in letzter Zeit ein Haus stand. Hätte ein Abbruch stattgefunden, wäre dies nur mit schweren Gerät möglich gewesen. Und dann müsste noch der ganze Schutt abtransportiert werden müssen. Gomery weiß, dass selbst das relativ kleine Irving-Haus einen Berg von Ziegeln, Holz und Resten vom Putz hinterlässt.

»Sir, kann ich sie sprechen?«

Verstört nickt Gomery.

»Wir wissen nicht, wo wir ansetzen können. Würde ich es nicht besser wissen, würde ich sagen, hier stand die letzten zwanzig Jahre kein Haus.«

»Ich habe mich als Jugendlicher oft hier aufgehalten«, sagt Gomery. »Kann mich nicht erinnern, wann ich das letzte Mal da war.«

»Inspektor, wenn Sie mich fragen, liegt hier kein Tatbestand vor, den wir klären müssen. Wenigstens was das Haus betrifft. Soviel ich weiß, war das Gebäude mehr eine Bruchbude. Anders sieht es mit dem Nackten aus.«

»Irgendwelche Papiere, Kleidungsstücke oder ähnliches gefunden?«

Der Chef der Spurensuche verneint.

»Fotos gemacht?«

»Ein paar. Aber ich bin kein Naturfotograf.«

»Machen Sie noch welche. Aus allen Perspektiven. Ich weiß nicht warum, aber hier geht etwas vor, was ich nicht verstehe. Vielleicht ist es auch nur eine Ahnung.«

»Gibt es Erben vom alten Irving?«

»Das ist eine gute Frage«, nickt Gomery. »Aber dies ist nur ein Punkt auf der Agenda. Wer ist der Typ? Warum ist er hier? Weshalb ist er nackt?«

»Ein Landstreicher?«

»Ohne Kleidung?«

»Aber es würde die fehlenden Ausweispapiere erklären.«

»Zu viele ›Wenns‹. Wir brauchen Fakten, Joe! Handfeste Fakten! Sammeln wir sie!«

»Also doch ein ›Fall‹?«

»Fürchte ich schon. Hoffentlich keiner, der ungelöst bleibt.«

Der Krankenwagen fährt davon. Deborah sieht ihm verträumt nach. Sie kann sich den Eindruck nicht erwehren, den Nackten schon gesehen zu haben. Nur wo? Auch das *Wann* will ihr nicht einfallen. Aber das Gefühl bleibt.

Sie verrichtet ihren Dienst erst seit vier Monaten in dem District. Kennt kaum die Kollegen. Privat hat sie kaum Kontakt zu den ansässigen Leuten. Richtig angekommen sieht anders aus. Aber Deborah Sheffield hat nicht vor, hier hängen zu bleiben. Ihr Ziel ist es eines Tages nach London versetzt zu werden. Dafür wird sie alles tun, das ist so sicher wie das Amen in der Kirche. Frauen sind bei New Scotland Yard nur wenig vertreten. Meist verbringen die, die es geschafft zu haben glaubten, Innendienst. In einer verstaubten Kammer tippen und sortieren sie.

Deborah schüttelt sich. Dorthin will sie keinesfalls! Dann bleibt sie lieber hier in diesen Kaff. Frische Luft regt die Denkzellen besser an. Und vielleicht lernt Deborah Leute kennen, die all hin bekannt als »die Richtigen« bezeichnet werden.

Mr Arhoff zum Beispiel von der Spurensicherung könnte einer von diesen »Richtigen« sein. Ihm sagt man nach, er habe gute Verbindungen nach London. Irgendwie scheint er sie zu mögen. Nachdem er mit dem Inspektor gesprochen hat, tritt er an sie heran.

»Miss Deborah«, beginnt er, lüpft den altmodischen Hut, ohne den man ihn nie sieht. »Hat Sie Gomery auch mitgeschleppt?« Eigentlich ist es eine Feststellung, als eine Frage.

»Der Inspektor traut mir eben etwas zu«, antwortet sie ausweichend.

»Ein seltsames Ding. Eigenartig und geheimnisvoll. Ich persönlich kann damit gar nichts anfangen. Mir wäre ein Einbruch oder ein Mord lieber. Hab sowas noch nicht erlebt.«

»Es gibt eben immer ein ›Erstes Mal‹, Sir.« Deborah deutet ein verlegenes Lächeln an.

»Lernt man heutzutage sowas? Ich meine, die Fälle in der Akademie sind doch schon mal passiert – oder?«

Sie nickt. »Die behandelten Fälle sind nachweislich existent, ja. Aber wir konnten uns eigene Fälle erarbeiten, um sie gemeinsam zu lösen. Aber das hier ...«

Arhoff beugt sich etwas vor.

»Wie würden Sie den ›Tatort‹ dokumentieren, sodass es ersichtlich ist, dass dies auch ein ›Tatort‹ ist?« Seine Stimme ist gedämpft.

»Aber, Sir ... « Ihr stockt der Atem.

»Reine Neugier, Sie verstehen?«

Der Blick, auf den ihre Augen treffen, wirkt etwas unsicher. Deborah räuspert sich.

»Ich bin neu, Sir. Was könnte ich besser machen, als Sie und Ihre Leute?«

»Nicht besser – *anders*! Ja, Sie sind neu. Kennen niemanden genau. Aber das ist ja der Punkt! Sie sind unbefangen!«

So betrachtet ergibt es einen völlig anderen Sinn!

»Also, wie würden Sie herangehen?«

Wieder schaut sie Arhoff in die Augen, dann hinüber zum vermeintlichen Tatort.

»Ich würde alles fotografieren.«

»Weiter«, macht Arhoff ihr Mut.

»Das Areal unterteilen, Bodenproben entnehmen. Und selbstverständlich weiträumig absperren. Dann vergleichen mit alten Aufzeichnungen und Fotos. Nicht zu vergessen wären die Baupläne. Gab es ein Fundament, oder gar einen Keller?«

Arhoff wendet sich urplötzlich ab und lässt sie einfach stehen.

Sechzehn

Uridräo! Eine fantastische, fremde Welt! Auf den ersten Blick ähneln die Pflanzen denen in tropischen Gefilden der Erde. Aber im Detail wirken sie fremd.

Nun stehen sie oben auf der Pyramide. Von hier aus ist das Rauschen des Meeres nur noch gedämpft zu hören. Tokahe schweigt. Er hängt den Erinnerungen nach, die er an diesem Ort erfuhr. Es ist lange her und zwischenzeitlich viel geschehen. Doch für Tokahe ist es, als sei es gestern gewesen.

Nicht weniger beeindruckt ist Waynúpa, wenn auch aus anderem Beweggrund. Der liegt in der Natur eines jungen Mannes begründet, der die einmalige Chance bekommt, den Heimatplaneten zu verlassen. Jetzt, da er nun auf exoterristischen Boden steht, kommt es ihm so vor, als sei nichts real.

Dako sitzt auf der Steineinlassung. Die zwei Waylons scheinen sich mit der jeweiligen Existenz des Anderen abgefunden zu haben. Eine Frage, die den alten Dakota mehr beschäftigt, als er zugeben würde. Zugegeben, würde es ihn ein zweites Mal geben, er würde mit der Situation niemals zurechtkommen.

Die Palme am Fuße des arimeanischen Bauwerks zittert. Etwas huscht schattengleich am Stamm hinab und schnellt auf die Steintreppe zu. Dort schnüffelt das Tier, nimmt Witterung auf. In kräftig ausgeführten Sprüngen erklimmt das Fellbündel die Treppe, die kurz vorher von den Besuchern bestiegen wurde. In wenigen Sekunden überwindet das Tier die Absätze, verharrt, um die Lage zu peilen und rennt weiter.

Unermüdlich erklimmt das Tier Stufe um Stufe, bis es die Neuankömmlinge regelrecht spüren kann. Dem Instinkt folgend, bleibt es auf der letzten Stufe stehen und lugt vorsichtig um die Ecke. Seitens der drei Besucher, von denen immer noch jeder eigenen Gedanken nachhängt, bemerkt keiner dessen

Auftauchen. So kommt das Tier ungesehen heran. Schnell hat es die Lage analysiert. Ein freudiges, wohlbekanntes Flippergeräusch erklingt. Da auch jetzt niemand reagiert, setzt es zum Sprung an.

Dako bemerkt nur einen vagen Schatten im Augenwinkel. Als er den Kopf wendet, sieht er nur, wie ein Tier auf ihn zufliegt. Im letzten Augenblick springt er auf. Dies geht so schnell, dass selbst das Tier verdutzt schaut, nachdem es in der Nische sitzt, wo bis eben noch der Dakota saß. Der wiederum benötigt einige Atemzüge, um zu begreifen, was da gerade passierte. Beide Waylons vollführen eine halbherzige Drehung, ohne recht zu begreifen.

Tier und Mensch sehen sich tief in die Augen. Sekunden vergehen. Weder Dako noch das Tier, das eindeutig ein kleiner Affe ist, scheinen zu atmen. Plötzlich werden Dakos Gesichtszüge entspannter. Ein Anflug eines Lächelns macht es weich. Noch überwiegt das Erstaunen.

Der alte Dakota geht auf den kleinen Affen zu, redet mit ihm in seiner Muttersprache. Jetzt erkennt auch Tokahe den Mohrenmaki.

Die Wiedersehensfreude ist auf allen Seiten groß. Bis auf Waynúpa, der steht abseits und sieht dem Treiben ungläubig und großäugig zu.

Der Dakota führt den kleinen Trupp auf geradem Weg ins unterirdische Gangsystem der Pyramide. Waynúpa kommt aus dem Staunen nicht mehr heraus. Überall findet er fremdartige Zeichen und Apparaturen. Oft verlangsamt er den Schritt und ist schon bald der Letzte. Zielstrebig geht Dako unbeirrt weiter. Nur das *Flippern* des Makis wirkt wie ein Echolot, das ihm den Weg weist. Es kostet Mühe den Anderen zu folgen. Die Einwirkungen des Gesehenen bringen Waynúpas Gedanken auf Hochtouren.

Mehr als einmal raunt ihm Tokahe zu, dass er seinen Augen

getrost trauen könne; später würde er alles verstehen. Seinen fragenden Blick beantwortet Tokahe mit einem Zwinkern.

Wie er es doch insgeheim hasst, stets das eigene Spiegelbild vorgehalten zu bekommen! Äußerlich gleichen sich beide eher wie Vater und Sohn; mit dem Alter könnte es hinkommen. Doch so manche Geste verrät Waynúpa, wie lächerlich es anderen gegenüber vorkommen muss, wenn ihm selbst es schon auffällt. Es wird Zeit, einige abzulegen! Am besten gleich!

Unterdessen erreichen sie einen geschlossenen Durchgang. Dako lässt halt machen. Geduldig wartet er auf den Nachzügler Waynúpa. Er bedeutet allen, so leise wie möglich zu sein.

»In dieser Zeit kennt uns hier niemand«, flüstert Dako erklärend. Da Waynúpa skeptisch schaut, fügt er hinzu: »Wir haben nicht nur den Raum gekrümmt, auch die Zeit.«

›Hört sich simpel an und leuchtet ein – irgendwie‹, denkt Waynúpa seltsam belustigt. ›Anscheinend beherrscht Dako viel mehr, als der zugeben würde.‹ Er beschließt, den Dakota nur so mit Fragen zu löchern, sobald die Gelegenheit sich hierzu bietet.

»Ich scanne erstmal die dahinter liegenden Gänge, damit wir keine böse Überraschung erleben.«

»Können die uns dann nicht ebenfalls ›scannen‹?«, wirft der darin noch nicht eingeweihte Waynúpa. Wie zur Bestätigung *flippert* der Maki aufgeregt.

»Dir wird bald alles Notwendige mitgeteilt, was du über die arimeanischen Technik wissen musst. Vorerst vertrau mir.«

Durch Waynúpas Körper fuhr ein eigenartiges Kribbeln. Vertrauen! Plötzlich hat das Wort einen fahlen Geschmack.

Dako holt aus der Hosentasche ein kleines Gerät heraus, kaum größer als eine Streichholzschachtel.

»Der Scanner«, dokumentiert der Alte. »Er tastet die Umgebung auf biologische Ströme ab, gleichzeitig schützt er uns mit einem Feld.«

›Utopisches Gefasel‹, denkt Waynúpa zynisch.

»Keine Erfindung von Isaac Asimov«, fügt Tokahe, der in dem Moment weiß, was in seinem jüngeren Pendant vorgeht.

Irritiert nickt Waynúpa. Was hier vorgeht, übersteigt eindeutig seinen momentanen Horizont …

Weder vom erwähnten Scan noch vom Schutzfeld ist etwas zu spüren. Eingehend mustert Dako das winzige Display, auf dem leuchtende Zeichen prangen. Nach einem Moment bangen Wartens, steckt er das Gerät wieder ein.

Nachdem ein schwerer Steinquader beinahe geräuschlos im Fels verschwindet, geht Dako wortlos weiter. Zielsicher wendet er sich einem nach links abbiegenden Gang zu. Einer hinter den anderen folgen sie dem Dakota im gleichbleibenden Abstand. Als ob der Mohrenmaki den Weg kennt, springt er freudig voran, bleibt stehen, wartet, um wieder die Führung zu übernehmen.

Ein schrilles Alarmsignal ertönt. Augenblicklich bleiben sie auf der Stelle stehen. In wiederkehrenden Abständen heult ein elektronisch erzeugter, schnarrender Ton auf.

»Ein Angriff?«

Dako nimmt nochmals das streichholzgroße Gerät heraus, wirft einen prüfenden Blick darauf.

»Es gilt nicht uns«, stößt er hervor, während er weitergeht. »Wir müssen zum Gleiter zurück. Uridräo wird angegriffen!«

* * *

Für das bloße Auge unsichtbar, befindet sich ein Raumschiff unbekannter Herkunft auf Kurs Uridräo. Eingehüllt in eine Dunkelwolke, nähert es sich rasant dem Mondstützpunkt. Bauart und Bauweise haben noch nicht einmal die erfahrenen Arimeaner gesehen, wenn es ihnen möglich wäre, das Raumschiff abzutasten. Die Dunkelwolke allerdings verhindert jedes Erkennen. Abstrakt in der Form, beherbergt das Schiff eine hochintelligente Lebensform, die das Universum durchstreift. Auf der Suche nach Ressourcen hinterlassen sie eine Spur gnadenloser Verwüstung. Nichts ist vor ihnen sicher. Planeten, Monde, sogar die im Universum herumtreibende Materie. Alles brauchbare wird gesammelt und verarbeitet. Die Lebensform ist unbekannt. Es gibt keine Überlebenden; keiner, der über sie berichten kann. Und nun erscheint das Schiff im Einzugsbereich Arimeas.

* * *

Schnellen Schrittes schlängelt sich die kleine Truppe unbemerkt durch die Gänge, in den von Dako angestrebten Raum. Sorgfältig verschließt er ihn, nachdem alle drinnen sind. Erneut nimmt er den Scanner in die Hand, prüft dessen Anzeige. Erleichtert gibt er Entwarnung.

Im Raum gibt es kaum ein Möbelstück. Außer in der Wand eingelassene Vertiefungen, die den heimischen Regalen ähneln, ist nichts erwähnenswertes enthalten.

»Wir sollten so schnell wie möglich den Gleiter erreichen und starten«, sagt er ohne Umschweife. »Bleibt nur die Frage: Wie!«

In Tokahes Hirn blitzt es wieder. Verdammt, jetzt kann er keinen Anfall gebrauchen! Gottseidank verschwindet das Kopfgewitter gleich wieder.

»Nehmen wir doch den Transmitter«, formen seine Lippen. Über die spontane *Eingebung* selbst erstaunt, verstummt er verwirrt. Für einen winzigen Augenblick glaubt er zu erahnen, wie es weitergeht.

»Die Idee ist grandios«, sinniert laut Dako. »Das ich nicht daran gedacht habe ...« Der darauffolgende Blick spricht unverhohlene Anerkennung aus.

Zischend gleitet die Wand zur Seite. Waynúpa erschrickt darüber, weil es unverhofft erfolgt.

»Sorry. Aber unsere Zeit ist begrenzt.«

Ein quadratischer Raum mit zwei Glaskabinen wird sichtbar. Kaum überschreitet Dako die Schwelle, wird auf geheimnisvolle Weise der Raum erleuchtet.

»Ich nehme Waylon mit«, sagt Dako, an Tokahe gewandt. Der nickt.

»Zielpunkt gestern Nacht, zwei Grad Nord Nähe Landeplatz.«

Während Dako spricht, nimmt er im Transmitter Platz. Mit aufforderten Nicken, macht er Waynúpa deutlich, es ihm gleichzutun. Zögernd folgt er dem Dakota.

»Wenn es dir hilft, schließ die Augen.«

Dann geht es schon los. Eine phosphorzierende Anzeigetafel erscheint dreidimensional schwebend vor ihnen. Dako berührt drei Zeichen. Nach der letzten »Taste« verschwindet die virtuelle Anzeige und es beginnt ein Vibrieren. Instinktiv sucht Waynúpa nach einem Haltegriff, findet aber keinen. Panik steht ihm ins Gesicht geschrieben.

Der karge, minimalistisch sterile Raum wird durchsichtig, wobei die Vibration abschwächt. Waynúpa reibt sich die Augen. Er glaubt nicht, was er sieht. Alles um ihn herum verschwimmt. Aus fester Materie wird weiches ›Nichts‹! Blinzelnd nimmt er entsetzt wahr, wie der ebenso stabile Felsboden verschwindet und gähnende Leere an dessen Stelle tritt. Seinem Verstand wird bodenlose Tiefe suggeriert. Er schreit auf. Doch es hilft nichts. Etwas zerrt an seinem Körper, das sich anfühlt, als wird die Seele aus der menschlichen Hülle herausgerissen. Seine Stimme verstummt kraftlos. Im unendlichem Fall in eine alles verschlingende Tiefe, ringt er verzweifelt nach Atem.

Mit weit aufgerissenen Augen starrt er ins finsterste Schwarz, was es wohl überhaupt geben kann. Jetzt endet der gefühlte Fall. Der erwartete Aufprall bleibt glücklicherweise aus, stattdessen erwartet ihn ein schwereloser Zustand. Solcherart Eindrücke kann das Gehirn nicht verarbeiten. Jedenfalls nicht in Realzeit. So schaltet Waynúpas zentrales Steuerorgan um auf Sparflamme. Jegliche von den Augen erfasste Szenen werden augenblicklich stark verlangsamt weitergeleitet. Aus einer Sekunde wird somit ein Vielfaches dessen, als in Wirklichkeit vergeht. Jede Körperzelle, ja jedes einzelne Atom in ihm nimmt bewusst wahr und speichert diese Erfahrung.

Etwas dröhnt. Dumpf erinnert es an eine Sprachaufnahme, die mit stark geminderter Geschwindigkeit wiedergegeben wird. Ein Arbeitskollege hat dies schon oft gemacht, und die anderen damit gefoppt; dafür ist er berühmt-berüchtigt.

Viel zu spät nimmt Waynúpa zur Kenntnis, dass Dako mit ihm wohl sprach. Als er den Dakota endlich anschaut, schweigt der bereits wieder.

So rasch, wie es begann, endet es. Die Schwerelosigkeit gibt Waynúpas Körper wieder frei, die düstere Schwärze verblasst. An deren Stelle tritt die Materialisierung ein. Der Raum bleibt verschwunden, der Gleiter entsteht.

Ein Ruck geht durch die Kabine.

»Bleib sitzen, Waylon.« Durch den nachhaltenden Nebel, der alle Sinne umhüllt, dringt Dakos Stimme stark gefiltert. In diesem Moment realisiert der Verstand die vermeintliche Gefahr in vollen Zügen und setzt ein Break. Kraftlos sackt Waynúpa bewusstlos zusammen …

* * *

In Form einer Spirale schraubt sich das Dunkelraumschiff durchs All. Als Energiereservoire dient die überall im Raum vorhandene *Dunkle Materie*. Die Gewinnung ist sehr aufwändig und geschieht autark. Dennoch können von jedem Kubikkilometer etwa fünfunddreißig Prozent gespeichert werden.

Lange, mehrere hundert Meter lange Antennen ragen über den Bug. Sie sammeln unentwegt Informationen, analysieren die jeweilige Zusammensetzung des umhüllenden Raumes.

Die Erbauer des Dunkelschiffes wissen, dass der vermeintlich leere und kalte Raum mehr beinhaltet, als zu vermuten ist. Dies ermöglicht ihnen unbeschränktes Reisen über Jahrtausende, ohne Zwischenaufenthalte.

Kommunikation untereinander funktioniert auf Geistesebene und hat nichts mit Sprache im herkömmlichen Sinne zu tun. Vielmehr tauschen sie Gefühlsimpulse aus, die das komplexe Nervensystem verarbeitet und in entsprechende Handlungen übersetzt. Im Laufe der Evolution bildeten sich die Sprechorgane soweit zurück, deren Überbleibsel nur noch stark verkümmert ein überflüssiges Dasein fristen.

Das einzelne Individuum ist Teil vom Ganzen. Stirbt ein Mitglied der Spezies, wird sofort die Lücke wieder geschlossen. Es sind Zwitterwesen, die bei Bedarf selbstständig Nachwuchs gebären. Für die Begrenzung der Anzahl sorgt die Natur selbst. Hierfür verantwortlich ist der die Spezies umgebende Lebensraum.

Jedes Individuum weiß zu jeden beliebigen Zeitpunkt alles, was im Schiff gerade vor sich geht. Ein Vorteil gegenüber anderen Lebensformen, die über eine Hierarchie verfügen. Ränge sind absolut bedeutungslos. Ein Grund vielleicht, dass es keine natürlichen Feinde der Spezies gibt.

* * *

Geräuschlos schleichen sie geduckt zum Gleiter. Es herrscht klare Nacht, ohne den Effekt vom Lichtsmog, der auf der Erde immer mehr beobachtet werden kann. Myriaden glänzend funkelnder Sterne erhellen den Himmel über Uridräo.

Waynúpas Bewusstlosigkeit währt nur kurz. Er fühlt sich ausgesprochen fit und ist in der Lage, ohne Hilfe zu gehen.

Tokahe beobachtet mit kritischem Blick die Pinie. Sie befinden sich zu der Zeit in Nähe des Gleiters, in der sie im *Appartement* übernachtet hatten. Schaut er genau hin, kann er eine

Gestalt in der Dunkelheit erspähen, die am Baum gelehnt sitzt. Ein Déjà-vu drängt in den Vordergrund seiner Gedanken. Hat er nicht diese Situation schon einmal erlebt? Je näher er dem Gleiter kommt, umso mehr verdichtet sich der Eindruck.

»Haltet euch geduckt«, raunt Dako ihnen zu.

Der Mohrenmaki schleicht auf Samtpfoten flink voran, dessen Silhouette kindlich wirkt. Plötzlich dämmert es Tokahe, weshalb ihm alles so vertraut vorkommt. Die nächtliche Beobachtung! Denn der, der dort unten am Baum lehnt, dass ist *er* selbst …

»Rasch in den Gleiter«, flüstert Dako. »Die Zeit drängt!«

Der Dakota hat bereits die Luke ferngesteuert geöffnet und winkt seine Begleiter auffordernd heran.

Als Tokahe auf seiner Höhe ist, stottert er: »Da unten … das … das bin … ich …«

Dako folgt der ausgestreckten Hand. Etwas stößt der Alte in der Muttersprache aus, was nach einem nicht jugendfreiem Fluch klingt. Statt Tokahes Begeisterung zu teilen, erfasst er beinahe brutal seinen Arm und zieht ihn mit sich. Kaum sind alle im arimeanischen Gefährt, schließt sich die Luke.

»Wir warten bis es hell ist.« Der Blick, der Tokahe trifft, verheißt nichts Gutes. »Wenn die da unten weg sind, starten wir.«

»Wir fliehen vor *uns*?«

»Sei still, Tokahe«, brüllt der Dakota im unangemessenen Ton. »Weißt du nicht, was das für eine weitere Irritation zur Folge haben kann?!«

»Das sind doch wir! Was soll schon passieren? Außer das wir uns den Weg sparen …«

»Kapierst du es eigentlich nie?!« Dako ist außer sich. »Natürlich nicht, sonst wäre längst alles bereinigt!«

Neben Tokahe zuckt auch Waynúpa unter der Wucht zusammen, mit der Dakos Worte beide treffen.

»Weißt du überhaupt, dass es in dieser Zeitlinie gar keinen

Angriff geben dürfte? Bedenke, dass für uns dies hier die Vergangenheit ist. Wir sind nur *Besucher*.«

»Aber wie kommen die dann hierher, wenn es nie geschah?«

Dako atmet schwer.

»Die Zeitirritation muss weiter vorangeschritten sein, als sie sollte, Waylon. Dinge überschlagen – ja, verselbstständigen sich …«

Schweigen setzt ein. Die gewonnene Erkenntnis öffnet den beiden Waylons schlagartig die Augen. Ein Gefühl beschleicht die ›Reisenden‹, dass unheilvoller nicht sein kann. Es ist ein Gefühl, auf ganzer Linie versagt zu haben. Auch Waynúpa erfasst das volle, beängstigende Ausmaß des Geschehens.

Siebzehn

Jacky durchstreift Tag und Nacht den Park und das Umland ergebnislos. Herrchen bleibt – wie vom Erdboden verschluckt – verschwunden. Der Mischling hat das schon Mal erlebt. Danach war Herrchen wie ausgewechselt und nichts war wie vorher.

Als er dann auch noch das glitzernde Etwas im Park fand, ahnte Jacky bereits unheilvolles. Es entstammt nicht der Erde, soviel weiß Jacky. Von dem Ding entströmt eine Energie, die dem wachsamen Mischlingshund Gefahr vermittelt. Gefahr für ihn und Herrchen. Ja Gefahr für alle Wesen dieser Welt.

Über Nacht verschwand Jackys menschlicher Begleiter. Er selbst bemerkte dessen Fortgehen, doch nach einiger Zeit kehrt er schließlich immer zurück. Nicht diesmal!

Es war noch dunkel, als eine merkwürdige Unruhe den

Hund beschlich. Sogleich machte er sich auf den Weg, Herrchens Spur aufzunehmen. Schon nach wenigen Metern vom Tunnel entfernt, verlor er sie. Seither irrt er umher, schaut in unregelmäßigen Abständen im Unterschlupf vorbei, irrt suchend weiter. Die loyale Treue hält an und es gibt nichts Wichtigeres, als Herrchen zu finden.

In immer größeren Abständen schnüffelt er in der gemeinsamen Zufluchtsstätte herum. Etwaige Änderungen verrät ihm sein guter Geruchssinn. Nachdem er sich überzeugt hat, dass niemand hier gewesen war – abgesehen von den Ratten, die Jacky sonst stets vertrieb –, hetzt er mit weiten Sprüngen davon.

Eines Tages erreicht er den Wald, der unweit von Waylons Haus liegt. Hier erhält er seit langem erste, teils verwischte Hinweise auf den Gesuchten. Schwanzwedelnd schnüffelt Jacky jeden Quadratzentimeter, jedes auch noch so kleinste Steinchen und jeden unscheinbaren Grashalm ab. Eindeutig – Herrchen muss hier gewesen sein! Freudig hebt er den Kopf, hält die Nase in den wehenden Wind, der über den Boden streicht.

Jacky läuft umher. Aus welche Richtung ist die Spur am deutlichsten? Er entscheidet sich für Westen! Dann jagt er los. Ohne Unterlass sprintet er über Wurzeln, Steine, verrottete Stämme. Nichts kann ihn aufhalten.

Etwa drei Kilometer weiter bremst der Mischling scharf. In Sichtweite ragt der Eingang zu einer Höhle aus dem ansonsten ebenen Boden hervor. Jacky stellt Ohren und Rute auf. Geduldig mustert er den Zugang, von dem ein Hauch Vertrautheit ausströmt. Zaghaft geht er näher, den Eingang dabei nie aus den Augen lassend. Abwechselnd schnüffelnd, dann wieder zur Säule erstarrt kommt Jacky am Eingang an. Hierbei handelt es sich um ein einfaches Erdloch, in dem Herrchen tatsächlich Duftspuren hinterlassen hat.

Freudig wedelt Jacky mit der Rute. Endlich eine heiße

Spur! Hoffnung schöpfend spornt es den Mischling an. Nicht nur in der Erdhöhle riecht es nach Herrchen, auch außerhalb. Der Geruch ist mehrere Tage alt. Durch seine Ausdauer findet Jacky eine Spur gen Nordwesten, weiter in den Wald hinein. Ohne zu zögern folgt der Hund die Spur.

Über Stock und Stein, kleine Bäche, verwitterte Äste geht es mit ungeminderter Geschwindigkeit. Gewand schlängelt er sich durchs Unterholz, wenn es unüberwindbar erscheint. Nur ein morastiges Gebiet umläuft er weiträumig.

So vergeht der halbe Tag. Als der Hunger allzu sehr nagt, hält er vordergründig Ausschau nach essbaren. Im Park oder generell in Nähe der Menschen gestaltet es sich wahrlich einfacher. Auf weiter Flur dagegen ist es schwieriger. Notgedrungen leckt Jacky an den am Boden wachsenden Waldfrüchten, die so gar nicht sein Geschmack sind.

Langsam wird es düster. Je länger er die Spur folgt, umso frischer wird diese. Nach vielen Sprüngen erreicht Jacky schließlich den Rand des Waldes. Abgehetzt legt er sich hechelnd ins weiche, kühle Gras.

* * *

Später Nachmittag. Deborah schlendert über die Wiese, auf dem bis vor kurzem ein Haus gestanden haben soll. *Soll* – denn alles deutet darauf hin, dass es nicht sein kann. Jeder Abbruch hinterlässt eindeutige Spuren. Da die Bodenproben noch nicht ausgewertet sind, heißt es warten.

Seit zwei Stunden hat sie Feierabend. Daheim wartet niemand auf sie und die Decke fällt ihr auf den Kopf. Eigentlich will sie etwas trinken gehen. Aber der aktuelle Fall beschäftigt Deborah sehr.

In diesen Kaff passiert nur selten etwas. Und dann diese Geschichte! Voller Tatendrang sprach sie im Präsidium mit Inspektor Gomery und bot ihm ihre uneingeschränkte Mitarbeit

an. Aller Hoffnung zum Trotz, schickt er Deborah pünktlich in
den Feierabend. *Shit!*

Gelangweilt schreitet sie die ehemaligen Umrisse der
Grundmauern ab. Die Kollegen haben Eisenstangen einge-
schlagen und daran ein Absperrband befestigt. Und weil hier
der Nackte lag, wurde das Areal als »Tatort« eingestuft.

Langsam dreht Deborah Shefild – den Kopf nach unten gewandt – ihre Runden, nähert sich dabei spiralförmig der Mitte
des abgesperrten Bereiches. Sie muss etwas tun! Vielleicht
haben die Kollegen ja etwas übersehen. Irgendwas, ein winziger Hinweis, reicht ihr. Deborah hält im Schritt inne. Ein Glän-
zen fällt der jungen Frau zwischen zwei Grasbüschel auf. Gedankenverloren geht sie in die Hocke, ohne die Augen abzu-
wenden. Je nach Blickwinkel funkelt ein winziges Stück eines
glasähnlichen Materials ihr entgegen.

Den rechten Zeigefinger ausgestreckt, streicht sie zart mit
der Fingerkuppe darüber. Ein leichtes warmes Kribbeln wandert erst in den Finger, dann in die Hand. Der Effekt, den eine
handelsübliche Batterie verursacht, wenn diese kurzgeschlos-
sen wird. Irritiert unterbricht sie die Berührung, zieht die Hand
weg. Das Steinchen liegt und funkelt immer noch am selben
Platz. Doch es ist unmöglich, dass solch eine Energie von so
einem kleinen Körper gespeichert und wieder abgegeben werden kann. Da muss noch etwas anderes sein! Doch da ist nichts
weiter.

Zur Bestätigung wiederholt die Siebenundzwanzigjährige
den Vorgang mehrmals; jedes Mal mit dem gleichen Ergebnis.

Ihr kriminalistischer Instinkt ist geweckt. Sorgfältig ver-
staut sie das glänzende Bruchstück in eine kleinen verschließ-
baren Plastiktüte. Wenn Sie etwas gelernt hat, dann das – jedem Beweisstück die notwendige und gebührende Aufmerksamkeit zu widmen. So konnten in der Vergangenheit viele
Verbrechen aufgeklärt werden.

Deborah verschließt die Plastikhülle und betrachtet den eigenartigen Fund. Selbst durch das durchsichtige Material hindurch, funkelt er noch ebenso.

»Mal sehen, was die im Labor zu dir sagen«, murmelt sie. »Was bist du … Nur etwas größer als ein Krümel und doch geht etwas von dir aus …«

Es bleibt bei diesen einen Stück. So sehr sie auch sucht, findet Deborah nichts vergleichbares. Sie beschließt, nach Hause zu gehen, zumal es bereits dunkelt.

Sie schlenkert bis zum Absperrband, den prüfenden Blick auf die Erde gerichtet. Einiges geht ihr durch den Kopf, das erstmal sortiert werden muss. Da hilft nur Geduld.

Im Augenwinkel bemerkt Deborah eine sehr schnelle Bewegung. Als sie den Kopf hebt ist alles ruhig und wie vorher. Doch Deborah wäre nicht Deborah, wenn sie nicht der Sache auf den Grund gehen würde. Unvoreingenommen macht sie eine Kehrtwendung. Im Grunde erwartet sie nichts, aber man kann ja nie wissen. Manchmal hilft »Kommissar Zufall«.

Aufmerksam schweifen ihre Augen über die Wiese. Irgendetwas stimmt hier nicht! Nur was? Liegt es an dem Grün, das sich frisch und saftig vom Rest des Grases hervorhebt? Ihr fällt auf, dass der Rasen gleichhoch ist. Außerhalb der Markierung, also dort, wo kein Gebäude stand, gibt es Wildwuchs.

Langsam dämmert etwas in Deborah. Sie wechselt die Blickrichtung. Das Gleiche. Pochenden Herzens sucht sie nach weiteren Tüten für zwei Proben. In der Tasche findet sie einen abgewetzten Briefumschlag. Wehmut erfasst sie. Es waren die letzten Worte von John, ihren Ex-Freund, in denen er Schluß machte. Noch immer haftet am Papier ein gewisser Duft, den sie mit John verbindet. Sei's drum! Vorbei ist vorbei und für alte Gefühle steht ihr jetzt nicht der Sinn.

Das Kuvert besteht aus doppellagig Papier. Vorsichtig löst Deborah die Verklebungen. Sorgfältig faltet sie die gewonnenen Papierstreifen, zupft jeweils drei Grashalme innerhalb und außerhalb der Absperrmarkierung und wickelt sie gut ein. Mit einem Bleistift notiert sie darauf relevante Daten.

»Und jetzt geht's heim«, sagt sie leise und erhebt sich.

Morgen hat sie wieder normalen Dienst; heißt: Von morgens bis abends auf Streife. Angesichts des heutigen Tages langweilig. Sie fühlt sich fehl am Platz und unterfordert. Ob die Proben Gomery überzeugen? Es ist eine Chance, die sie nicht verstreichen lassen will.

Noch einmal schaut Deborah hinüber zum »Tatort« und stutzt. Etwa dreißig Meter liegen dazwischen. An der Stelle, an der der Nackte lag, schnüffelt ein kleiner Hund. Unbeholfen kratzt er mit einer Pfote über das Gras.

Eine Weile schaut Deborah zu. In ihr nagt ein Gefühl, was nicht beschreibbar ist. Obwohl unbeteiligt bemächtigt sich ihr ein ahnungsvoller Gedanke. Wie ein Blitz durchzuckt es Deborah. Ruckartig löst sie sich aus der kurzen Erstarrung und geht auf den Hund zu, der mittlerweile die Grasnarbe durchbrochen hat. Als er sie bemerkt reckt er den Hals.

Die junge Frau spricht mit zärtlicher Stimme auf ihn ein, während sie kleinschrittig vorangeht. Jederzeit kann der Mischling das Weite suchen. In respektablen Abstand hockt sich Deborah nieder. Früher hatten ihre Großeltern auch einen Hund. Einen, der an der langen Leine den Hofeingang bewachte. Wer rein kam musste noch lange nicht wieder herauskommen! Nur Deborah ließ er gewähren. Sie durfte ihn sogar streicheln und kraulen. Ja, dafür hat Deborah das richtige Händchen.

Unentwegt redet sie in warmherzigen Ton. Das Tier wirft ihr einige neugierige Blicke zu, scharrt dann aber weiter. Zehn Minuten mag dieses Spiel bereits gehen. Mittlerweile ist ein kleiner Erdhaufen entstanden, den der Hund mit Pfote und Nase auftürmt. Auf allen Vieren überwindet Deborah vorsichtig weitere Meter, bis die nur noch den Arm ausstrecken braucht, um ihn zu fassen. Doch darauf verzichtet sie. Ihr liegt viel mehr daran, das Vertrauen des Tieres zu erlangen.

Mit den Fingern macht sie es dem Mischling nach, nicht vergessend, weiter zu sprechen. Sie scharrt und zupft, verteilt die gelöste Erde. Die Schnauze des Hundes ist von feuchten Staub bedeckt. Jetzt kommt sie ihm mit der Hand sehr nah, durchwühlt als Ablenkung seine Aufschüttung. Er wiederum scheint sie nicht weiter zu beachten, schiebt nur hin und wieder mit der Schnauze ihren Finger beiseite.

Die Polizistin bekommt den Verdacht nicht los, dass er etwas ganz bestimmtes sucht. Anders ist sein Verhalten, was schon fast störrisch ist, nicht erklärbar.

Um seinen Hals trägt er ein schmales Band, an dem ein Anhänger mit Gravur herabbaumelt.

»Jacky heißt du also«, säuselt sie. »Ein schöner Name. Hallo Jacky.«

Das Tier schaut ihr tief in die Augen, als er seinen Namen hört. Sie ist der erste Mensch, der ihn nicht vertreibt oder beschimpft.

»Also, Jacky, ich bin Deborah. Schön dich kennenzulernen.«

Ob es an ihre Worte oder am Tonfall liegt, kann sie nicht sagen. Aber Jacky lässt es zu, dass sie ihn berührt und hinterm Ohr zu kraulen beginnt.

»Ja, guter Jacky. Bist doch ein guter!«

Die feuchtwarme Hundeschnauze reckt sich schnüffelnd Deborahs Lippen entgegen. Mit soviel Liebe hat er nicht gerechnet.

»Was suchst du denn feines, Jacky? Hast du was vergraben?«

Wie auf Stichwort schüttelt er sich und scharrt weiter. Mit beiden Händen hilft Deborah ihren neuen Freund. So schaffen sie zusammen ein tiefes Loch in relativ kurzer Zeit. Plötzlich kratzen ihre Fingernägel über etwas hartem. Ein Stein? Jacky beobachtet genau ihr Tun, fährt regelmäßig mit der Schnauze in das Loch, winselt aufgeregt.

Die Hände schmerzen und ein Nagel bricht ab. Doch sie gräbt weiter, vom Ehrgeiz gepackt und von Jacky Gebaren angesteckt. Und dann hält Deborah Sheffield in Händen, was vermutlich nie gefunden worden wäre …

Achtzehn

Seit zwei Tagen sind wir nun unterwegs. Es fällt mir nicht leicht, ständig meinem älteren Ich zu begegnen. Dako versucht zu vermitteln, mit mäßigen Erfolg. Was D. genau vorhat, entzieht sich meiner Kenntnis. Tokahe scheint es auch nicht zu wissen. Ich halte mich die meiste Zeit in meiner Kabine auf. Brauche Ruhe, um nachzudenken.

Habe beschlossen, meine Gedanken und die Tagesereignisse kurz niederzuschreiben. Passiert ja nicht alle Tage durchs All zu reisen. Der Glaube daran fällt mir schwer.

Nach dem Start – der eher als Flucht bezeichnet werden muss – geht Dako in eine Parkposition hinter Zartak. Der Riesenplanet bietet ausgezeichneten Schutz vor unwillkommenen Gästen. Von hier aus kann alles aus nächster Nähe beobachtet werden. Wer immer die Angreifer auch sind, Dako muss es wissen! Schließlich dürfte es die Fremden in dieser Zeitlinie nicht geben. Es muss also etwas geschehen sein, was *alles* verändert hat!

Im Zentralrechner sucht Dako nach Hinweisen auf das fremde Schiff. Wie befürchtet, findet er nichts dementsprechendes. Kein Wunder, in der Zukunft, aus der er kommt, ist dies nie geschehen.

Er flucht gedanklich. Äußerlich lässt er sich nichts anmerken. Was ändert schon das Nichtwissen an der Situation? Können sie überhaupt etwas tun?

Dako hat Mühe, die aufsteigende Wut zu bändigen. Betroffen schließt er die Augen. Tief durchatmen!

Was auch immer mich in Zukunft dazu bewegen wird, diesen Kristall zu benutzen, ich werde es zu verhindern wissen! Wer kann schon sagen, dass er weiß, was ihn erwartet? Ich muss zugeben, das mich dieses Wissen ängstig. Wie soll man eigentlich damit leben? Geht das überhaupt? Was erzähle ich Karoline? Muss unbedingt mehr über mich erfahren. Hoffe, es wird nicht dramatisch.

Heftige Stürme wirbeln die schwere Atmosphäre von Zartak auf. Leben ist auf den Planeten für Menschen nicht möglich. Tokahe weiß das vom Dakota. Er scheint sowieso alles zu wissen. Ein Unding, wenn Tokahe genauer darüber nachdenkt. Dako muss eine Quelle besitzen, aus der er schöpft. Die Arimeanar werden garantiert eine Datenbank angelegt haben. Menschen sammeln ja auch fleißig.

Auf der Koje liegt das Äffchen zusammengekauert und döst vor sich hin. Neidisch beobachtet ihn Tokahe.

›Du hast's gut, meine Kleine. Lebst in den Tag und brauchst dir keine Gedanken zu machen. Für dich ist die Welt noch in Ordnung.‹

Im Lautsprecher knackt es.

»Komm bitte in die Zentrale, Waylon.« Die Stimme ist zwar verzerrt, doch sie kann nur von Dako stammen.

Tokahe erhebt sich schwerfällig. Der Beinstumpf schmerzt unterschwellig. Aber es nervt. Nach der Veränderung, deren Ursache noch unklar ist, vergeht kaum eine Stunde, in der er nicht an das mysteriöse Ereignis erinnert wird. Wenn er nur wüsste, was es war! Warum kann er sich ausgerechnet nicht daran erinnern?

Auf den Weg in die Zentrale spürt er zum ersten Mal unendliche Müdigkeit. Seine Kondition lässt enorm nach. Er sehnt sich nach dem alten Leben zurück. Jeder Schritt wird zur immensen Kraftanstrengung und kostet Überwindung.

Der alte Indianer sitzt vor dem Zentralrechner des Gleiters. Wortlos lässt sich Tokahe neben ihn nieder.

»Wir haben ein Problem, Waylon«, beginnt Dako ohne Umschweife.

»Das Schiff?«

»Wenn es nur das wäre, könnten wir einfach verschwinden.«

»Was meinst du?«

»Du weißt, ich habe oft Uridräo aufgesucht. Dieser Zufluchtsort war immer sicher. Nie haben sich Fremde hierher verirrt, oder haben zufällig die Bahn des Mond gekreuzt. Doch diesmal ist es anders.«

»Die Zeitirritation?«

»Nicht nur. Es muss einen Punkt geben, der zwischen unserem letzten Besuch und dem Jetzigen liegt, an dem die Geschichte verändert wurde.«

»Klingt plausibel und logisch.«

»Es muss so sein! Waylon, wir müssen herausbekommen, was dafür verantwortlich ist! Sonst können wir nicht wieder zurück!«

Dakos Aussage trifft Tokahe mit der Wucht eines Baseballschlägers. Hat er richtig verstanden? Es gibt kein Zurück?

»Sieh mal, Waylon. Wenn wir unter diesen Vorzeichen der geänderten Realität zur Erde fliegen, was werden wir dann wohl vorfinden? – Das Raumschiff dürfte es nicht geben! Also: Was erwartet uns Zuhause?«

»Aber wie kann ein einzelnes Raumschiff in diesen Teil des Universums in unserer Galaxy für eine Irritation sorgen?«

»Denk doch mal nach! Oder hat dich der Kristall denn gar nichts geleert?!«

In Dakos Stimme schwirrt ein unterschwelliger Ton mit, der Tokahe missfällt. Sofort nimmt er eine Trotzhaltung ein.

»Die Milchstraße ist tausenden von Lichtjahren entfernt! Ich sehe darin keine Gefahr.«

Dako lacht auf. »Durch die Raumkrümmung verkürzen wir den Weg auf ein Minimum. So gesehen liegt die Erde gleich nebenan. Und denk ja nicht, die eintreffenden Wesen im Raumschiff verfügen nicht über diese Technologie. Ich befürchte sogar, sie sind der arimeanischen weit überlegen …«

Dako bittet mich um ein Gespräch. Seine Miene ist ernst und spricht Bände. Er informiert mich über aktuelle Neuigkeiten. Ich bin erschüttert. Wenn keine Lösung gefunden wird, hängen wir hier fest – für alle Zeit! Weiß nicht, was ich darauf erwidern soll. Mir ist mehr nach heulen zumute. Denke an Karoline. Ach meine Karo … Unsere Ehe währt erst einpaar Wochen und schon steht unsre Zukunft auf den Spiel! Was würde ich nicht alles tun … Bin drauf und dran Karo einen Brief zu schreiben. Einen, der alles erklärt. Aber ich sehe keine Möglichkeit, dass er ankommt. So bleibe ich allein mit all den zermürbenden Gedanken und wundervollen Erinnerungen.

Die Stunden vergehen schleppend. Vom Raumschiff ist nichts zu sehen. Nur Daten empfängt Dakos Handgerät, dass etwas da draußen vor sich geht. Es ist schwer nachvollziehbar, weshalb es nur diese Daten gibt. Was, wenn es kein Raumschiff gibt, sondern ein normales himmlisches Ereignis stattfindet? Leider ist auf diesen Ohr der Dakota taub. Denn die Analysen des Gerätes bestätigen eindeutig biologische Muster.

Tokahe hört den Funkkontakt des Mondes ab. Die Arimeaner wissen ganz offensichtlich auch nicht mehr. Von einer

Dunkelwolke ist die Rede, aber nichts von einer Lebensform.

Leider haben sie auf dem Gleiter keine Möglichkeit, vernünftiges Bildmaterial zu erhalten. Solche Aufnahmen sagen mehr aus, als riesige Zahlenkolonnen. Über den Hyperkanal versucht Tokahe sich im uridräoischen System einzuhacken. Erfolglos, wie er resigniert feststellen muss.

Ich stehe vor dem Panoramaschirm. Der Planet Zartak bietet ein fantastisches Bild. All die mächtigen Stürme, von denen ein einziger allein schon die Erde verwüsten würde, verwirbeln beeindruckend die Atmosphäre. Ich bin froh, nicht im Einzugsbereich Zartaks zu sein, wenn auch der Eindruck entsteht, man könne einfach die Hand ausstrecken und ihn berühren. Seltsam, wie vertraut mir sein Anblick erscheint. Die unterschiedliche Struktur der Stürme, deren ungebändigte Kraft ich mir nicht vorzustellen vermag, kommen mir bekannt vor.

Mein Geist schweift zu Karoline. Sie sitzt auf den Dielenbrettern oben im Speicher. Die Zeichnung drängt sich in den Vordergrund meiner Erinnerung. Ich verstehe nicht warum. Vor mir entsteht der schlanke Turm mit den Flügeln. Ich drifte gedanklich ab, verfalle in einen Tagtraum, der mich alles herum vergessen lässt.

Der Sturm zerrt an mir. Schwer lastet die Luft auf meinem Körper. Ich ringe nach Luft, drohe zu ersticken. Neben meinem Blickfeld leuchtet links ein Balken grell auf. Ich schrecke auf, weiß nicht was er bedeutet. Panik. Dann ertönt ein Warnton. Ich will mir die Ohren zuhalten. Jetzt erst bemerke ich den Helm auf den Kopf.

»Waylon! Waylon!«

Dako zerrt verzweifelt an Waynúpa, der am Boden liegt.

Gerade noch rechtzeitig ist er gekommen. Da er nicht auf Dakos Funkspruch reagiert hatte, sah er nach.

»Was … was ist …«

»Ruhig, Junge«, beruhigt Dako. »Alles in Ordnung.«

Sekunden vergehen, bis sich Waynúpa einigermaßen gefangen hat.

»Du schreibst?« Flüchtig sieht Dako auf das kleine aufgeschlagene Buch.

Eine Weile herrscht Stille.

»Nur einpaar flüchtige Gedanken. Nichts besonderes.«

»Kannst du allein aufstehen?«

Waynúpa nickt.

»Mir muss schwarz vor Augen geworden sein …«

Der alte Freund macht einen besorgten Eindruck.

»Das ist die Raumkrankheit, Way. In ein paar Tagen wirst du nichts mehr davon merken. Ich hol dir was zu trinken; das wird dir helfen.«

Waynúpa will protestieren, aber der Indianer hat bereits die Kabine verlassen. Es fällt ihm schwer dem Geschehen zu folgen.

»Hier, trink.«

Dako hält ihm ein dunkles, trübes Getränk hin.

»Was ist das?«

»Etwas, was dafür sorgt, dass dir keine wichtigen Mineralien fehlen. Und nun trink!«

Der Trank schmeckt überraschend fruchtig frisch und sättigt.

»Ist gut! Kann ich noch einen haben?«

Die Kabinentür geht zischend auf.

»Wir haben Bilder«, ruft er aufgeregt in den Raum. »Das müsst ihr unbedingt sehen!«

Neunzehn

154 Millionen Jahre zuvor.

Es ist Nacht. Lokar liegt auf den Rücken und offenen Augen in der Röhrenkoje. Nachdenklich starrt er auf die Anzeigen an der Decke. Soweit gibt es keine Probleme.

Mehr Kopfzerbrechen bereitet ihm der bevorstehende *Ausflug*. An Bord der »Sternengral« ahnt niemand etwas von Lokars Vorhaben. Davon wissen nur wenige auf Arimea. Erfahren durfte vor allem nichts Kommandantin Amerona. Sie gehört einem Kreis an, die sich gegen die Ziele der gerade in Gründung befindlichen Bewegung der ›Sternenbruderschaft‹, deren Ziele schlichtweg heroisch sind.

Vor Jahren haben sich Arimeaner die Frage gestellt, was sie tun können und gründeten die *Bruderschaft Arimeas*. Es dauerte nicht lange und sie hatten ungeheuren Zulauf. Sie sehen sich selbst als Bewahrer aller Errungenschaften. Anfangs war ehrlich gesagt damit hauptsächlich der technologische Fortschritt und gewonnene Lebensweise gemeint. Dies brachte die Gegner auf den Plan und die konnten ebensogut Arimeaner mobilisieren. Es entstand ein Patt. Beide Lager waren gleichstark. Keine Partei gab nach.

Die Begründer der *Bruderschaft Arimeas* sahen ihre Ziele gefährdet. Da spielte eine weitere aufstrebende Gruppe, bestehend aus Wissenschaftlern aller Sparten, ihnen in die Karten. Sie versprachen nämlich die Gene so verändern zu können, dass der Alterungsprozess praktisch gestoppt werden könne. Experimente waren erfolgreich und vielversprechend.

Die ersten Arimeaner, die solch einer Behandlung unterzogen wurden, waren ausschließlich Sterbenskranke. Über achtzig Prozent von ihnen konnten geheilt werden und wurden um das Doppelte der normalen Lebenserwartung alt. Alles war gut. Bis es einigen Mächtigen im Rat und Senat in den Sinn kam, gegen gewisse Gegenleistungen es jedem zu ermöglichen.

Die fast aufgelöste *Bruderschaft* witterte die Gefahr von Korruption und erkannte den Handlungsbedarf. Zwanzig Jahre nach der Gründung formierten sie sich neu. Fortan nennen sie sich ›Sternenbruderschaft‹. Rasch wurde klar, wie weit die Verstrickung der Praktiken in die Gesellschaft reichten. Es kam einem Umsturz gleich, als es der ›Sternenbruderschaft‹ gelang, den Senat der Eigenmächtigkeit zu überführen. die Regierung wurde auf Bestreben unzähliger Anhänger der ›Sternenbruderschaft‹ abgesetzt, das Regelwerk umgeschrieben. Seitdem ist es Gesetz, dass die ›Sternenbruderschaft‹ mindestens ein Drittel im Senat und Rat besetzen muss, um die öffentliche Ordnung zu gewährleisten.

Leider waren nicht alle Mitglieder dieser Vereinigung gefeit vor den Vorzügen gewisser erreichter Lebensqualitäten. Um nicht in Verruf zu kommen, wurden die *Wächter* ins Leben gerufen, deren Aufgabe es ist, alles Schädliche vom Volk Arimeas abzuhalten, wobei sie verdeckt arbeiten.

In der zweiten Generation der *Wächter* wurde der Kodex eingeführt; ein Regelwerk, das durch Eid und ritualisierten Schwur genau vorgibt, was bei Zuwiderhandlungen zu geschehen hat. Mit der Zeit verfeinerte jede weitere Generation die Kodexpunkte, wobei der Kern bestehen blieb.

Lokar, der das sechzehnte Lebensjahr erreicht hat, ist Anwärter der *Wächter*. Sein Auftrag besteht darin, die auf den Randplaneten ausgeführten Experimente zu beobachten und zu kontrollieren. Dafür kommt erstmalig der Prototyp eines neuen Gefährtes zum Einsatz, der extra für diese Mission entwickelt wurde.

Mit einer ebenso neuen Tarnvorrichtung versehen, wartet das Gefährt im Frachtraum. Verbunden mit Lokars Augen-Sensoren wird er permanent über den Zustand informiert. Sollte das Gefährt erfolgreich die Mission beenden, stehen ihm weitere Einsatzbereiche bevor. Eine davon wird die Ausstattung befreundeter Spezies sein, die sich der ›Sternenbruderschaft‹ anschließen wollen.

Im Raumkreuzer ist es still. Lokar schlüpft leise in voller Montur aus der Schlafröhre. Auf Zehenspitzen schleicht er zur Tür. Lauscht ins Schiff hinein. Nichts. Vorsichtshalber kappt er die Verbindung zum Hauptrechner, mit dem die Besatzung stets vernetzt ist, und geht offline. Um keine verräterische Spuren zu hinterlassen, startet er eine winzige insektoide Flugdrohne, die permanent gutdosierte Störsignale aussendet.

Ebenfalls wird die neuartige Tarnvorrichtung zum Einsatz kommen. Die hebt er für den Ernstfall auf, sollte wider Erwarten etwas schiefgehen. Gut gerüstet verlässt Lokar seine Kabine.

Auf dem Gang leuchtet nur schwach die Notbeleuchtung. Im fahlen Schein erreicht er das Gangende. Das Schott zischt normalerweise, doch durch den Störsender gleitet es fast geräuschlos in die Seitenwand. Erleichtert verschwindet er durch die Öffnung und schließt den Gang wieder. Zwei Schotts weiter steht Lokar in der Schleuse. Auch hier sorgt der Störsender dafür, unerkannt in den Frachtraum zu gelangen. Der erste Teil wäre geschafft!

Zielgerichtet geht er in eine unscheinbare Ecke, die seltsamerweise leer steht und als ›Notbucht‹ gekennzeichnet ist. Lokar vergewissert sich unbeobachtet zu sein, dann gibt er in sein Armband einen Zahlencode ein.

Auf den eben noch leeren Platz materialisiert sich der Prototyp. Kaum sichtbar, setzt sich Lokar in die gläserne Kabine. Eine virtuelle Tastatur entsteht, auf der er einen weiteren Code eingibt. Sofort entmaterialisiert der Glaskasten mitsamt Insasse.

Nach Betätigung des letzten Zeichens entsteht ein Summen. Die ohnehin durchsichtigen Glaswände verschwinden ganz. Unbehagen erfasst Lokar. Aus allen Poren tritt Schweiß aus.

Die Sicht wird durch einen Schleier getrübt. Draußen herrscht totale Finsternis. Lokar schmunzelt. Ein Hochgefühl bemächtigt sich seiner, tritt an Stelle der Furcht.

Fünf Sekunden vergehen. Nichts deutet daraufhin, dass der Start gelungen ist. Das Schmunzeln weicht Besorgnis. Verdammt, er braucht bestätigende Daten! Durch die erregende Gehirnschwingungen entsteht in Augenhöhe ein Schwebebild, auf dem sämtliche Vorgänge des Gefährts aufgeführt werden. Es scheint alles in Ordnung. Doch weshalb kann er nichts sehen?

Weitere Sekunden verstreichen. Sekunden, die sich für Lokar wie Stunden anfühlen. Schon sieht er die Mission als gescheitert, als die Wände flimmern. Genau genommen sind es nicht die Wände; verantwortlich dafür ist die Absorbations-Schicht, die das Gefährt sowie den Reisenden auf seiner Fahrt durch Zeit und Raum schützt. Den Atem anhaltend, harrt er der Dinge. Vom Simulator her weiß Lokar, was jetzt kommt. Nicht der Wechsel zwischen den Zielpunkten ist entscheidend, sondern das Eintauchen in der jeweiligen Realität. Über Jahrhunderte haben die besten Wissenschaftler daran geforscht. Aus der Geschichte sind Lokar mindestens hundert Todesopfer bekannt. Der Gedanke daran beschleunigt Puls und Herzschlag. Was, wenn es doch nicht funktioniert und er zwischen den Zeiten sich auflöst? Nie würde man ihn finden! Es gibt keine Möglichkeit eines Verfolgungssignals.

Seine Befürchtungen jedoch bleiben aus. Nach dem Flimmern an den Außenwänden wird er in ein türkises Licht gehüllt, das an Intensität zunimmt, um endgültig in sich zusammenzufallen. In der Netzhaut glimmt das Leuchten nach. Doch dann entschädigt ihn eine fantastische Aussicht …

Laut Anzeige sind Millionen Jahre vergangen. Das Antlitz des Randplaneten hat sich völlig verändert. Aus der *Insel* sind mehrere geworden. Das Wasser aber ist geblieben. Lokar geht tiefer. Details werden erkennbar, die ihn erneut den Atem stocken lassen. Diesmal allerdings aus purem Staunen.

Die Kontinente überzieht eine wilde Vegetation. Unzählige Pflanzenarten kämpfen um ihr Anrecht auf Leben. Jeder Millimeter des Bodens bietet den unterschiedlichen Gewächsen Lebensraum. Wie in einem Gewächshaus auf Arimea! Nur dass hier der ganze Planet in Blüte steht.

Die atmosphärische Zusammensetzung und Dichte lässt auch Rückschlüsse auf andere Lebensformen zu. Aus dieser Höhe unmöglich, eventuell vorhandene Tiere zu sehen. Also steuert Lokar das Gefährt nach unten. Die Reaktionszeit zwischen Gedachtem und Ausführung ist beachtlich kurz. Die Benutzung des Gefährts ist kinderleicht und macht Spaß.

In zwei Kilometer Höhe stoppt Lokar und geht über in einen Schwebeflug. Unter ihm liegt der unendlich wirkende Ozean. Aus dem Wasser ragen mehrere, in Bewegung befindliche Formen organischen Ursprungs. Die Telemetrie erzeugt ein Abbild auf einem zweiten Schwebebild, welches Lokar händisch auf die Seite zieht; somit kann er gleichzeitig die virtuelle Sequenz und das Realbild beobachten.

Er geht tiefer, verringert die Distanz soweit, dass er gefahrlos ins Wasser springen könnte. Eine riesige Fontäne spritzt ihm entgegen, ohne spürbare Auswirkung auf die Flugstabilität. Im Wasser brodelt es. Eine Rotfärbung deutet auf einen Vorfall, den er gern gesehen hätte. Plötzlich entsteht eine Wölbung auf der Oberfläche des Ozeans, die unerwartet aufreißt und einen Giganten freigibt. Lokar reißt erschrocken das Gefährt höher, wobei er sich verschätzt und ins Trudeln gerät.

Fluchend korrigiert er die Flugbahn. Es kostet ihn eine Menge Nerven, bis er es endlich schafft, den ›R.Z.G‹ zu stabilisieren. Der überstandene Schlingerkurs ähnelte einer Parabel mit rasanter Eigendrehung. Nur die Auslösung der Automatik verhinderte den Absturz.

»Genug für heute«, murmelt er missgestimmt.

Mit zitternder Hand leitet Lokar die Rückkehrsequenz ein,

die ihn zum Startpunkt zurückbringen wird. Nur eine halbe Sekunde Ortszeit ist seit dem Aufbruch vergangen.

Als er endlich in seiner Schlafröhre befindet, pocht sein Herz immer noch. Diese Nacht wird er wohl nicht so schnell vergessen.

Am nächsten Tag führt Mila die vorgesehenen Experimente im Labormodul durch. Die Stunden verrinnen. Das vorgesehene Pensum verlangt konzentrierte Arbeit. Sie würden große Mühe haben alle Experimente zufriedenstellend abschließen zu können.

Nachts schleicht Lokar zum ›R.Z.G‹ und folgt seiner eigenen Mission. Die Natur hat wahrlich kreative Geschöpfe hervorgebracht. Aber die im arimeanischen Sinne genmanipulierten Wesen bleiben aus.

Während der Flüge dokumentiert der Computer sämtliche Routen, speichert relevante Szenen. Später sollen sie auf Arimea analysiert werden. Die Mission wird sich über knapp einhundert Millionen Jahre der Randplaneten-Zeitrechnung umspannen. Ein Ergebnis kristallisiert sich aber bereits schon jetzt heraus: Es gibt kein humanoides Leben in dieser Zeitspanne.

Zwanzig

Vereinigtes Königreich, Gegenwart.

Im Nachtsichtgerät des Majors werden grünschimmernde Umrisse erkennbar.

›Jetzt kriegen wir euch dran‹, triumphiert er stumm.

Die Warterei hat sich gelohnt! Ringsherum sind seine Männer postiert. Da die Fremden von oben gekommen sind, ist ein Durchbrechen des Ringes unmöglich. Fünf Helikopter stehen zum sofortigen Start bereit, um bei Bedarf den Luftweg zu versperren.

Hochmotiviert und voll mit Adrenalin ist der Major zu allem bereit. Sollte es unausweichlich sein, dann würden die Waffen sprechen. Um alles in der Welt will er einen dieser *Marsianer* habhaft werden. Schlecht wäre es allerdings nicht, wenigstens einen von denen lebend zu ergreifen. Doch für ihn zählt allein das Beweisstück. Und ein Körper ist ein aussagekräftiger Beweis!

»Wartet bis ich das Zeichen gebe«, raunt der Major dem Korporal neben sich zu. »Bereithalten! Gleich sind sie im Quadrant Zero.«

Die über den Tag gesammelte Feuchtigkeit steigt in Form dichten Nebels auf. Unbeeindruckt gehen die Schatten weiter. Sie scheinen sich auszukennen und sicher zu fühlen.

Im Geiste geht der Major seine Strategie nochmals durch. Die Männer sind instruiert. Da fällt ihm dieser Toby ein. Wo mag der nur stecken? Der wird doch nicht seine Anweisung eins zu eins umgesetzt haben und auf eigene Faust dem geflohenen Pärchen gefolgt sein! Für solche Dienste ist er absolut der Falsche. Hoffentlich verdirbt der nicht alles!

Jeden Augenblick werden die Nebelschatten den Zugriffs-Quadranten erreichen. Keine Anzeichen dafür, dass sie Verdacht schöpfen. Schade nur, findet der Major, das sie keine Kameraausrüstung auftreiben konnten. Das wäre der Hammer gewesen!

Beinahe stolz kommen die Ankömmlinge näher. Nur deren Silhouetten zeichnen sich vom helleren Hintergrund ab. Blass setzt der Korporal das Fernglas ab.

»Was ist?«, flüstert der Major im scharfen Befehlston, ohne sein Glas abzusetzen.

»Die müssen über zwei Meter groß sein«, raunt der zurück.

»Vermasseln Sie es nicht! Konzentrieren Sie sich gefälligst!«

»Ja, Sir.«

»Noch vier Meter, dann schnappt die Falle zu!«

Angespannte Ruhe. Nur leises Knacken ist hin und wieder zu hören. Die *Marsianer* scheinen unbewaffnet. Ihre Gestalt ähnelt denen von Insekten, nur dass sie auf zwei Beinen gehen. Außerdem wirken sie trotz ihrer Größe zerbrechlich.

Am Rande des Quadranten Zero machen sie Halt. Der Major unterdrückt einen Fluch im letzten Moment. Was soll das?! Es gibt doch keinen Grund!

Unerwartet frischt der Wind auf. Eine Bö ist so heftig, dass sie mittelgroße Äste abreißt. Krachen fallen diese zu Boden. Zwei Männer können sich nur knapp retten.

Von einem der *Marsianer* geht ein Licht aus. Gleißend hell blendet es die Soldaten. Durch die Nachtsichtgläser noch verstärkt, können die Betroffenen nichts mehr sehen. Panisch laufen sie durcheinander, stolpern, fallen. Auch der Major ist geblendet, hockt mit schmerzverzerrtem Gesicht auf dem Waldboden. Nur der Korporal bleibt weitestgehend verschont. Er erträgt nicht den Anblick der fremden Wesen. Als er dann noch, für einen winzigen Augenblick in das Gesicht des Einen sieht, verbirgt er sich verängstigt in dem Busch, hinter den er bisher Deckung fand.

Durch eine Lücke im Geäst verfolgt er nun das Geschehen. Eine überaus schmächtige Gestalt tritt an den Rand des Quadranten. Der muss das Sagen haben, denn die kleineren machen ihn Platz. Im Zwielicht erkennt der Korporal in der Gestalt eine etwa drei Meter hohe ›Gottesanbeterin‹.

* * *

Sie muss alle Überredungskunst aufbieten, die Deborah zur Verfügung steht. Gepaart mit ihrem Charme und Jugendlicher Attraktivität, lässt sich Gomery schließlich breitschlagen. Zähneknirschend gibt er grünes Licht für Deborah Shefields Anliegen. Die junge Polizistin grüßt und geht ins Labor. Dort hat sie ein Date mit Hal Milan, den sie ganz früh am Morgen schon telefonisch das Versprechen abverlangte, sich sofort an die Arbeit zu machen, sobald sie vorbeikäme. Die Gegenleistung ihrerseits ist ein banales Essen.

Zu Fuß geht Deborah ins Labor. Hal schaut kurz auf, nickt ihr lächelnd zu und setzt nach außen hin unbeeindruckt die Arbeit fort. Der jungen Frau bleibt nichts anderes übrig, als Geduld zu üben.

Eine geschlagene halbe Stunde später bittet er Deborah in den Nebenraum.

»Wo brennt's denn?«, kommt er ohne Umschweife zur Sache. Er klingt abgehetzt.

Kurz erläutert sie nüchtern die Sachlage. Verschwörerisch übergibt Deborah die Proben.

»Wird aber ein Weilchen dauern …«

»Es hat oberste Priorität«, ereifert sie sich. »Der Inspektor benötigt die Ergebnisse schnellstmöglich!«

Hal schaut ihr tief in die Augen.

»Gomery? Der braucht doch ständig was!«

Entschuldigend zuckt sie mit den Achseln.

»Ich tu, was ich kann«, sagt er fest.

Wieder auf den Weg ins Präsidium lacht Deborah über ihren wirklich gelungenen Bluff. Gomery weiß von nichts, allerdings findet sie es gut zu wissen, wie gefürchtet er ist.

* * *

Er schlägt die Augen auf. Verwirrt betrachtet er die Decke, die mehr an einen Urwald erinnert, als die eines Zimmers. Es dauert eine Weile, bis der Korporal die Lage begreift, in der er sich befindet. Gequält reibt er sich die Augen. So muss sich ein Kater nach einer durchzechten Nacht anfühlen! Was für höllische Kopfschmerzen!

Der Rücken schmerzt unerträglich. Wüsste er es nicht besser, dann läge er irgendwo auf der Erde, und nicht im Bett. Träge wechselt er die Lage, kommt auf der rechten Seite zu Liegen. Müdigkeit und Schädelbrummen schließen seine Lider.

Nicht sein Tag heute, wie er feststellt. Die Matratze hat ihre besten Tage wohl hinter sich. Überall kommen die Federn durch und piksen unangenehm. Gleich morgen wird er sie austauschen …

Ein kalter Wassertropfen trifft seine Nase. Davon aufgeschreckt will er sich setzen, dabei stößt er mit den Kopf heftig gegen die Urwalddecke. Stirn und Schläfen sind getroffen. Er hat das Gefühl von winzigen Nadeln getroffen worden zu sein. Eine Risswunde an der Schläfe blutet.

Vor Wut kochend, versucht er aufzustehen. Erneut kommt er damit nicht weit, denn überall versperrt widerspenstiges Gestrüpp den Weg. Langsam dämmert's ihn.

»*Shit*«, stößt er verkrampft hervor. »*Shit! Shit! Shit!*«

Gleichmäßig atmend zwingt er sich zur Ruhe. Seitlich entdeckt er ein Loch im ansonsten dicht bewachsenen Buschwerk. Bewußt langsam kraucht er zwischendurch. Endlich kann er aufstehen.

Sich den Kopf haltend, schaut er in die Gegend. Bei Tag verliert der Ort allen Schrecken. Friedlich und idyllisch lädt dieses Stück Wald zum Verbleib ein. Wie ein Hammerschlag pocht das abstruse, unwirkliche Schreckenserlebnis aus dem

Unterbewusstsein an seinem Verstand.

Wo sind die anderen?

Als ihm bewußt wird, allein zu sein, beschleicht ihn ein grässliches Gefühl. Hinzu gesellen sich Szenenfragmente der letzten Nacht, die dieses Gefühl unerträglich verstärken.

Benommen sucht der Korporal, so gut es seine derzeitige Verfassung zulässt, die Quadranten ab. Nichts deutet darauf hin, was vor kurzem hier passierte. Geknickt lässt er den Kopf hängen. Solcherart Tiefschlag gehört definitiv nicht in sein Leben. Betrübt durchstreift er ziellos und verunsichert den Wald.

* * *

Am frühen Nachmittag, kurz vor dem Tee, bekommt Deborah einen Anruf. Hal setzt sie kurz über den Verlauf der Untersuchungen in Kenntnis. Es täte ihm leid, dass es doch länger dauere, aber vielleicht könne sie ja beim Inspektor ein gutes Wort für ihn einlegen. Überhaupt gestalte es sich schwierig, den Splitter zu bestimmen. Dafür sei er viel zu klein. Aber er kenne jemanden, den er heute Abend treffen würde. Doch dann wird Deborah doch hellhörig, als er die beiden Gräserproben anspricht.

»Probe B ist herkömmliches Gras, meist in Waldnähe auffindbar. Unsicher bin ich bei Probe C. Farbe und Struktur gleichen denen von Probe B. Was stört, ist das Zellwachstum.«

»Das heißt?«

»Warten wir weitere Untersuchungen ab, Deborah. Aber eines ist schonmal sicher: Das Gras von Probe C ist nicht an der Fundstelle gewachsen.«

Deborah glaubt nicht richtig zu hören.

»Aber … du weißt doch, woher …«

»Alles gut und schön«, sagt Hal nachdrücklich. »Fakt ist aber, dass es eine völlig andere Grasart ist, dazu noch eine

Unbekannte.«

Einundzwanzig

Geschockt starren Dako und Waynúpa auf den Schirm, während Tokahe ihnen Getränke bringt. Die Bilder stammen aus dem Archiv des Mondstützpunktes. Früher ist er einmal der Außenposten des arimeanischen Machtbereiches gewesen. Nach dem Abzug der Truppen blieb er über Jahrzehnte verlassen, bis die Wächter ihn für ihre Zwecke entdeckten. Tokahe fand schließlich einen alten Zugang, den das Militär damals nutzte. Ein paar Suchroutinen später gelang es ihm schließlich die alte Firewall zu knacken.

Ein wahrer Fundus, einst streng geheimer Videos – die Meisten davon im flachen 2D-Format – wartet auf Entdeckung. Und Tokahe hat ihn entdeckt. Gleich die ersten Aufrufe schockieren ihn.

In einem steril wirkenden Raum arbeiten in Schutzanzügen einige Personen – vermutlich Arimeaner – mit Pipetten und diversen anderen Apparaturen. Dako vermutet Experimente mit noch nicht ersichtlichen Materialien. Tokahe sieht eine Ähnlichkeit zu irdischen Verfahrensweisen. Die Arbeiten scheinen ihnen viel Spaß zu machen. Lachend wird eine Flüssigkeit in einen Kolben gefüllt. Anschließend geht die Person mit dem Kolben zu einer geschlossenen Röhre. Durch eine Glasscheibe zoomt die Kamera auf einen behaarten Körper.

»Ein Affe?!«

Dem Tier hat man eine Haube aufgesetzt. Ein Bündel feiner Schläuche ragen aus dem Körper und sind mit eine sonderbar anmutenden Maschine verbunden. Der Kolbenträger hebt demonstrativ die Hand. In Nahaufnahme verfolgen die Drei gebannt, wie der Inhalt dem reglosen Tier injiziert wird.

Die nächste Einstellung zeigt einen verkrampften Körper in der Röhre mit entstellter Miene.

»Verfluchte Schweine«, schreit Waynúpa aus.

»Das Gleiche machen auch Menschen«, beschwichtigt Dako. »Diese Versuche dienen ausschließlich der Erforschung für verträgliche Mittel.«

Ungläubig ruht Waynúpas Blick auf dem Dakota.

Das nächste Video gleicht dem Ersten. Nur statt einem Affen liegt in gleicher Pose ein menschenähnliches Geschöpf darin.

»Dem Aussehen nach ist dies ein Frühmensch«, erklärt Tokahe.

»Fehlt bei allen Filmen der Ton?«

»Da uns ein Übersetzungsmodul fehlt, und keiner von uns die amerianische Sprache beherrscht, habe ich den Ton stumm geschalten.«

Waynúpa wendet sich angewidert ab. Das Wesen tut ihm leid und er kann nur hilflos zuschauen. Ihm entgeht, dass die Aufnahmen tausende von Jahren alt ist.

»Also – ich habe genug gesehen.« Verstört verlässt Waynúpa die Zentrale.

»Es gibt da noch etwas«, sagt Tokahe mit gedämpfter Stimme. »Deshalb habe ich euch gerufen.«

Da Dako nicht antwortet, startet er den Zeitzeugen.

Die Qualität lässt zu wünschen übrig. Das Bild ist körnig und teilweise verrauscht. Es wird ein Planet vom Orbit aus gezeigt, anscheinend während der Landung. Die Sicht ist klar. Ein Kontinent rückt ins Bild. Auch aus dieser Höhe ist die reichlich vorhandene Vegetation bemerkenswert.

Dann folgt ein harter Schnitt. Im Urwald steht ein Zelt, in das die Kamera geführt wird. Auf einer Trage liegt ein Mann mittleren Alters. Er lacht, hebt die Hand zum Gruß, winkt. Im Hintergrund stapeln sich Kisten. Eine Mitarbeiterin des Camps kramt in einer der Kisten, holt ein medizinisches Instrument heraus.

Ein weiterer Schnitt zeigt eine zweite, kleinere Trage. Auf ihr ist eine schmächtige Kreatur fixiert, mit trüben Augen. Die in der vorangegangenen Szene gezeigte Mitarbeiterin taucht auf, in der linken Hand eine Ampullen-Pistole. Sie setzt es an den Hals der behaarten Kreatur, drückt ab. Sekunden verstreichen ohne jegliche Reaktion. Plötzlich reißt die Kreatur die Augen weit auf. Es sind schöne, bernsteinfarbene Augen, mit einem Schimmer von Grün. In ihnen steht entsetzlicher Schmerz. Das Gesicht, eines Affen nicht unähnlich, verkrampft. Ohne ersichtlichen Grund bäumt das Tier sich auf.

Tokahe muss den Blick abwenden. Als er wieder aufblickt schaute er in das ganze Bild ausfüllende tote Gesicht.

»Ich dachte, nur Menschen sind so brutal«, sagt Dako mit brüchiger Stimme. »Ich habe mich geirrt.«

Szenenwechsel. Gleicher Ort, der selbe Mann, ein neues *Objekt*. Diesmal trägt die Frau keinen Schutzanzug. Auch die Kisten fehlen. Von dem auf der Trage geschnallten Affen entnimmt sie zwei Ampullen Blut. Weitere Einstellungen zeigen die verschiedenen Phasen der Versuchsanordnung. Schlussendlich wird das behandelte Affenblut dem auf der anderen Trage liegenden Manne injiziert. Er scheint Witze zu reißen, doch ohne Ton bleib es Auslegungssache der Zuschauer, die eigenartig vom Geschehen angezogen werden.

Tokahe stoppt die Wiedergabe.

»Es endet wie im ersten Versuch«, erklärt er. »Die Schrecken vor nichts zurück …«

Dass es Tierversuche gibt ist mir bekannt, auch wenn ich mir bisher keine weiteren Gedanken gemacht habe. Mir geht das Wesen nicht aus den Kopf. Wenn es sich wirklich um einen frühen Menschen handelt, bleibt die Frage, <u>warum</u> haben sie das getan?! Ein Vergleich zu heute fällt mir schwer. Wir haben kei-

Unerwartet erschallt der Alarm mit optischem Lichtsignal. Die Besatzung des Gleiters versammelt sich aufgeschreckt im Kommandoraum.

»Was ist passiert«, fragt außer Atem Dako, der als Letzter die Zentrale betritt.

»Das Raumschiff ist in unmittelbarer Nähe von Zartak zum Stehen gekommen.« Tokahe bewahrt die Fassung, aber eine Schwingung in der Stimme verrät eine Nuance von Angst. »Der Abtaststrahl hat eine Wölbung in der Wolke festgestellt. Die Wolke selbst ist undurchdringbar, aber an der Ausbuchtung will der Strahl eine fremde, nichtarimeanische Form erkannt haben. Deshalb der Alarm.«

Dako runzelt die Stirn.

»Hast du schon eine Simulation in 3D?«

»Hierfür reichen die Daten noch nicht aus.«

Konzentriert betätigt Dako einige Schalter und Tasten.

»Mal sehen, was uns der Plasma-Infrarot-Bereich zu bieten hat …«

Die ausgesandten atomisierend-pulsierende Wellen erzeugen beim Aufprall auf Materie ein Abbild, das jede einzelne Atome in ihrer Zusammensetzung untersuchen und anschließend als Computermodell darstellt. Da Glasobjektive nur begrenzt einsatzfähig sind und schnell an physikalische Grenzen stoßen, bieten diese Wellenabtaster eine ganz neue Alternative.

Im Laufe der arimeanischen Geschichte wurden später mit ihrer Hilfe neue Maßstäbe in der Vermessung des Universums gesetzt.

»Sieh mal einer an«, nuschelt Tokahe.

Die Dunkelwolke gibt auf der Wölbungsseite einen Teil einer abstrusen Konstruktion frei. In Echtzeit wird zeitgleich am Bildschirm die Abbildung ergänzt. Automatisch beginnt das System einen Suchlauf mit den bisherigen Daten in der integrierten Vergleichsdatenbank. Ungeduldig lässt keiner der Drei den schwebenden Bildschirm aus den Augen; zu groß die Erwartung des nun Kommenden.

Unsagbar der emotionale Ausbruch. Das Raumschiff, fast so groß wie der Mond Uridräo, wird nach und nach sichtbar, bis es in voller Pracht uns präsentiert. Und was für eine voluminöse Präsenz es ausstrahlt! Gigantisch nicht allein die Ausmaße! Fühlbar ist die von ihm ausstrahlende Energie, die ich als bedrohlich einordne. Im Mittelpunkt des schraubenförmigen Baus beginnen unzählige Lichtpunkte aufzuleuchten. Gefesselt beobachte ich ihr Spiel.

Das Schiff ähnelt weitestgehend einer Riesenkrake, die in Angriffsposition mit den Tentakeln voraus auf ihr Opfer stürzt. Das Lichterspiel indes versiegt. Geräuschlos kommen die Tentakeln, für ihre Größe verhältnismäßig schnell, in eine Position, die ich mit dem Gerippe eines Regenschirmes vergleichen möchte. Jede Tentakel ist in sich gedreht. Dadurch wird die ganze Macht der Fremden demonstriert. Eindeutig geht das Raumschiff in Parkposition. Für die Zeit seines Hierseins wird Zartak zwei Monde haben.

Zweiundzwanzig

Deborah glaubt nicht, was Hal Milan während zwei Bissen sagt. Sie hält sich eigentlich für eine intelligente Frau. Aber das ist ihr zu hoch. Sie schluckt das zu Brei zerkaute Fleisch hinunter.

»Deine Analyse in alle Ehren«, sagt sie süß mit einem koketten Augenaufschlag. »Aber ich verstehe nicht ganz.«

Hal lächelt geschmeichelt.

»Du hast schöne Augen, weißt du das?«

Seine Worte machen sie doch verlegener, als sie zugeben würde. Flirtet er wirklich mit ihr?

»Ach ja? Dann macht es dir doch bestimmt nichts aus, wenn du es nochmal erklärst?«

»Was verstehst du daran nicht?«

Deborah atmet tief ein. Wenn Sie jetzt sagen würde *alles* wäre es zwar die Wahrheit, aber diesen Triumph will sie dem Schnösel nicht geben. Hal ist nett, aber spielt nicht in ihrer Liga. ›Das Essen wird eine Ausnahme sein‹, schwört sie sich.

»Mich interessiert der Splitter«, antwortet sie und schneidet ein weiteres Stück Fleisch ab.

»Erste Analysen ergaben eine kristallene Zusammensetzung. Aber wie gesagt, für ein endgültiges Ergebnis ist die Probe zu klein.«

»Mehr war nicht da.«

»Ich zweifle nicht an deiner Gründlichkeit. Aber die Fakten sprechen für sich.«

»Also ein *Kristall*? Welcher?«

Nach einem Schluck Weißwein meint er: »Keine Ahnung. Wir gleichen noch ab. Bis jetzt gleicht er keinem Bekannten.«

»Fassen wir also zusammen.« Deborahs Ton wird sachlich. »Wir haben ein Stück Kristallsplitter, der aber kein Kristall ist. Und wir haben eine Grasart, die es überhaupt nicht geben dürfte. Nicht viel, oder?«

Hal überlegt.

»Da beides aber nun mal existiert, wird es die auch geben. Sie sind nur noch nicht erforscht.« Wieder lächelt er.

»Wenn etwas noch nicht katalogisiert ist, an wen wendet man sich dann im Idealfall?«

»An ein Labor?«

»Und an wen noch? Ich meine, ihr wisst doch sicherlich auch nicht alles …«

»Es gibt nicht vieles, was mir unbekannt ist«, wirft Hal betroffen ein.

»Hm«, macht Deborah.

Muss es ausgerechnet Deborah Sheffield sein, die ihn ein derart schwieriges, schier unlösbares Rätsel aufgibt? Ausgerechnet das Mädchen, auf das er schon lange ein Auge geworfen hat? Er könne viele Frauen haben, wenn er denn wolle. Mit seinem Fachwissen hat er schon etliche Frauen eingewickelt. Allerdings handelt es sich dabei um solche Mitglieder des schwachen Geschlechts, die ihn schnell langweilen oder so gar nicht sein Fall sind.

»In Zweifelsfragen wende ich mich an Professor Nightingale.«

»Nightingale? Von welcher Universität?«

»Ich treffe mich morgen früh mit ihm, wenn du willst, kannst du mitkommen.«

Genau das will sie ja nicht! Doch in Hal hat eine Veränderung stattgefunden, und das macht Deborah jetzt doch neugierig.

Das Nightingale-Anwesen liegt eine Stunde Autofahrt entfernt, weit außerhalb des Städtchens. Während der Fahrt ist Deborah kurz angebunden. Hal gibt sich Mühe, einen Gesprächsfaden zu finden – zu seinem Bedauern leider erfolglos. Die letzte halbe Stunde herrscht pures Schweigen. Nur der Fahrtwind bricht sich geräuschvoll an offenen Fenstern.

Riesig ist die Toreinfahrt. Hal lässt den Motor laufen, steigt aus, spricht über die Wechselsprechanlage. Als er wieder im Wagen sitzt, fährt das schwere Eisentor auf die Seite und gibt den Weg frei. Ganze fünf Minuten benötigen sie zum pompös gestalteten Villeneingang im frühen viktorianischen Stil.

»Bist du sicher, dass wir richtig sind?«

»Traust du mir nichts zu?«

Wie sie solche Spielchen hasst! Männliches Ego *versus* Frauenpower.

»Nightingale wird doch hoffentlich da sein!«

Hal schaut sie eigenartig an.

»Na ja, ist er nicht irgendwo Dozent oder geht seinen Verpflichtungen nach?«

»Der Professor ist im Ruhestand, Lo. Aber wenn es dich tröstet, dann frage ich ihn nachher, ob du sein Laboratorium besichtigen kannst. Außerdem hat er zahlreiche Bücher und Artikel in Fachzeitschriften veröffentlicht.«

Sie unterdrückt ihren Ärger. Unverschämt, ihren Namen derartig zu verstümmeln! *Lo!* So hat sie noch niemand genannt – geschweige nennen *dürfen*! Dass Hal es auf sie abgesehen hat ist ihr nicht ergangen. Er flirtet was das Zeug hält; mal mehr, mal weniger charmant. Für eine Beziehung, und dann noch unter »Kollegen«, ist sie nicht bereit; noch nicht einmal für eine Affäre. Sie wird mit Hal ein ernsteste Wort reden müssen.

»Deborah!«

Aus den Gedanken gerissen starrt sie den Labortechniker an.

»Ich denke, wir haben noch etwas vor.«

Nickend kommt sie nach. Er läutet. Sofort wird die schwere Tür geöffnet und ein Bediensteter begrüßt sie. In der Eingangshalle kommt ihnen bereits der Hausherr entgegen.

»Mister Milan! Schön dass Sie einen alten Freund beehren!«

»Professor, Sie sehen gut aus.«

Ein kräftiger Handschlag zeugt von freundschaftlicher Vertrautheit.

»Darf ich Ihnen Miss Sheffield vorstellen, Professor?«

Nightingale mustert Deborah eindringlich.

»Sehr erfreut, Miss. Mr Milans Freunde sind auch meine Freunde.«

»Angenehm, Professor Nightingale.«

Der folgende Smalltalk wird nur durch das Kredenzen von Tee unterbrochen. Austausch von Förmlichkeiten liegt Deborah gar nicht, zumal wenn sie den Gesprächspartner nicht kennt. Fast schüchtern beobachtet sie den Professor, dessen Alter sie um die Siebzig schätzt. Kaum eine Falte in seinem etwas verwitterten Gesicht sowie volles, ergrautes Haupthaar lassen sie unsicher werden. Nightingale hat eine sehr gute Allgemeinbildung, lässt die Gäste ausreden, hört genau zu. Überrascht ist Deborah über Hal, der es blendend versteht, auf das eigentliche Kernthema das Gespräch zu lenken.

Nightingale lauscht konzentriert den Ausführungen des Labortechnikers und stimmt ihm zu. Zwischendurch wandert sein Blick zwischen beiden hin und her, ruht manchmal länger auf Deborah, als ihr lieb ist.

»Lieber Mr Milan, es gibt immer wieder Pflanzenarten, die relativ spät bekannt und katalogisiert werden. Lassen Sie mir doch – mit Ihrem Einverständnis Miss Sheffield – doch eine Probe zukommen. Dann sehen wir, was ich für Sie tun kann.«

Hal grinst spitzbübisch.

»Du hast doch nichts dagegen«, sagt er zu Deborah gewandt und greift in einen abgenutzten Stoffbeutel. Die ganze Zeit über war etwas anders an Hal gewesen; jetzt weiß sie was: Dieser Beutel.

Ohne ihre Antwort abzuwarten überreicht er den Professor drei silberne Kästchen.

»Ich war so frei und hoffte, Sie würden danach fragen, Sir.«

»Ich schätze Ihre Intelligenz, Mr Milan. Werde mich umgehend an die Arbeit machen. Wenn Sie wollen, können Sie mich begleiten.«

Im Kellergeschoss sieht es aus wie in einem modernen Institut. Alles was ein Forscherherz höher schlagen lässt ist vorhanden. Es müssen fünfzig Leute hier unten arbeiten. Hal hat keine Augen dafür, deshalb glaubt Deborah, er ist schon öfters hier gewesen. Die Männer gehen relativ vertraut miteinander um, also wird sie Recht mit ihrer Vermutung haben. Dass Hal an die Proben gedacht hat, beschleunigt die Sache ungemein. Ob er doch mehr aufzubieten hat? In Deborah erwacht eine sehnsuchtsvolle Neugier. Und sie weiß, wohin diese führen kann.

Bis zwei Uhr nachmittags analysieren die drei gebildeten Teams unter Professor Nightingales Führung. Deborah kann zum ersten Mal in ihren Leben verfolgen, was Laborarbeit bedeutet. Unendlich lange Zahlenkolonnen, deren Bedeutung sich ihr nicht erschließt. Leicht und souverän dagegen wertet der Professor aus, verwirft erste Ergebnisse, korrigiert sie wieder. Hal hat Mühe mit der Logik des eingefleischten Wissenschafters Schritt zu halten, schlägt sich jedoch tapfer.

Dann fasst Nightingale zusammen: »Probe B ist normales Gras, meist zu finden an Straßenrändern und in Waldnähe. Probe C dagegen ist sehr interessant. Struktur ähnelt Probe B bis aufs i-Tüpfelchen. Aber die Zellen können nicht natürlichen Ursprungs sein. Sie alle sind identisch. Außerdem fehlt Chlorophyll.«

»Hier Professor«, unterbricht einer seiner Laborassistenten und überreicht ihn ein Stapel Ausdrucke. Nightingale studiert diverse Tabellen, Diagramme, Zahlen mit immer ernster werdender Miene. Deborah kommt es vor, als wird er blass.

»Ist das alles?«

»Ja, Professor. Das ist alles. Die Probe ist zu klein.«

Nightingale nickt verstehend.

»Professor, geht es Ihnen gut«, wagt Deborah zu fragen,

beißt sich aber gleich darauf auf die Unterlippe.

»Mir geht es gut, Kindchen. Aber das ergibt keinen Sinn.«

In Gedanken versunken geht er neben dem Tisch auf und ab. Immer wenn er stehen bleibt, setzt er an um etwas zu sagen, winkt dann aber ab und setzt seinen Gang fort. Eine geschlagene viertel Stunde verstreicht.

»Es gibt nur eine logische Erklärung, aber die ist zu utopisch …«

»Und die wäre?« Selbst Hal hält es nicht länger aus.

»Nun«, setzt Nightingale an, schüttelt mit den Kopf. »In der Fachliteratur wird seit langem über die Möglichkeiten diskutiert, die von einem Ausgangsmaterial eine exakte Kopie erzeugt. Soviel mir bekannt ist, und mir bleibt wirklich nicht viel verborgen, gibt es niemanden, der eine dementsprechende Technik beherrscht. Sämtliche Versuche bis dato schlugen fehl.«

»Sie sprechen doch nicht etwa von …« Nun entzieht es Hal die Farbe aus den Gesicht.

»Doch mein Junge. Vom Klonen …«

Dreiundzwanzig

Vergangenheit, Arimea – Provinz Arkonim.

In den Katakomben der dritten Nebeninsel findet die Versammlung der *Wächter* statt. Alle Mitglieder des Bundes sind zusammengekommen. Natürlich steht an erster Stelle Lokars Bericht und die Aufzeichnungen des ›Raum-Zeit-Gleiter‹. Gebannt schauen die Anwesenden auf die Bilder, die die gesamte Katakombe dreidimensional ausfüllen. Die Wiedergabe gleicht perfekt der Wirklichkeit, wie Lokar sie auf dem Randplaneten vorgefunden hat. Manche raunen bei dem, was sie gerade sehen. Die Vielfalt der Pflanzen erschlägt die Zuschauer fast. Sogar die Gerüche erzeugt der Kristalloktagon wohldosiert. Hierbei treffen Wellenimpulse verzögert auf die Schleimhaut, die dadurch angeregt dem Gehirn den jeweiligen Geruch suggeriert.

Die Vorführung spricht für sich. Lokar ergänzt nur mit Fakten die ein oder andere Einstellung, die nicht ersichtlich sind. Lange Szenen beschleunigt der Kristalloktagon selbstständig.

Angesichts der Riesenkreaturen, deren Abbild durch die Zuschauer stapfen, rümpfen nicht wenige die Nase oder halten Stoff davor. Orinario, der Älteste unter ihnen, streckt seine Hand aus, nicht beachtend, dass die Abbilder rein elektromagnetischen Ursprungs sind. Fühlen kann er dementsprechend nur Luft, dennoch ist er gerührt.

Nach der Vorführung brandet spontaner Applaus auf.

»Das hat unsere Erwartungen schier übertroffen«, meldet sich Orinario zu Wort. »Wie verliefen eigentlich die Experimente?«

»Soweit ich es beurteilen kann positiv. Allerdings verzichtete Mila auf eine erneute Injizierung.«

»Mit welcher Begründung?«

»Amerona hat es Mila untersagt.«

Sofort entsteht protestierendes Geraune.

Orinario hebt beide Arme, das Zeichen für Ruhe.

»Hat die Kommandantin deine *Reisen* bemerkt?«

»Nein, Ältester. Ich handelte wie Ihr es mir aufgetragen habt. Dank der genialen Tarnung war es ein Kinderspiel.«

»Gut. Dennoch sollten wir auf der Hut sein. Der ›Raum-Zeit-Gleiter‹ darf nicht in falsche Hände geraten.«

Tuteno, Vorsitzender des *Wächter*-Magistrats, erhebt das Wort.

»Hast du dabei, um was ich dich bat?«

»Ja, habe ich.«

Einer weiteren Aufforderung bedarf es nicht. Sofort geht Lokar zum Vorsitzenden und überreicht Tuteno die Begleitdrohne. Den Kopf kurz zum Gruß neigend, kehrt Lokar zu seinem Platz zurück.

Kritische Worte, hauptsächlich gegen Amerona, machen in der folgenden Diskussion die Runde. Mehrmals wird die Forderung erhoben, die Kommandantin des Kreuzers »Sternengral« überwachen zu lassen. Seit längerem steht sie im Verdacht, für die *Blender* tätig zu sein; eine Gruppe fanatischer Anhänger der alten Gilde. Mit Lügen und gezielten Halbwahrheiten *täuschen* sie die Arimeaner, die – aus den unterschiedlichsten Gründen – dafür empfänglich sind, und mit Überzeugung diese Falschmeldungen weiterverbreiten.

Man müsse die heiße Spur zu den Hintermännern folgen. Wenn die Chance dazu verstreicht, käme das einem Verstoß des Kodexes gleich.

Jeder meldet sich zu Wort, brüllt geradezu seine Meinung in die Versammlung, während andere eigene Themen lautstark austauschen. In diesem Wirrwarr von Stimmen und Emotionen harrt Orinario geduldig aus. Ihm obliegt es, für Ruhe und Ordnung zu sorgen. Sein Wort hat Gewicht, wird gehört und befolgt. Aber noch wartet er.

Auch Lokar beobachtet nur. Vielleicht ist er auch zu jung,

um mitsprechen zu können. Er hat eine Meinung. Ob sie zählt? Interessiert hört er aus allen Richtungen Wortfetzen oder Halbsätze, die sich ein verbales Duell liefern. Verstärkt durch das Katakombengewölbe entsteht der Eindruck, tausende von Arimeanern redeten gleichzeitig. Es schallt in den Ohren. Auf dem Höhepunkt der Diskussion verstummen allmählich erste wortführende Stimmen. Anscheinend fanden sie nicht die erwünschte Zustimmung.

Langsam erhebt sich Orinario, schreitet gemächlich in die Mitte des Versammlungsortes. Die noch im Redeschwall befindlichen Stimmen verstummen. Ohne eine Geste schafft der Älteste, allein durch seine Ausstrahlung von Weisheit und Güte, dass Ruhe einkehrt. Allein deswegen fürchten sich die *Blender* vor Orinario. Dort, wo er präsent ist, schweigen die Gegner.

Mühelos spricht er laut und überall vernehmlich die Sprache, die unmissverständlich klar und deutlich anspricht, was jeder Arimeaner versteht. Ihm gelingt den Zusammenhalt herzustellen, der ansonsten längst verloren gegangen wäre. Er weiß um die Macht der Worte. Jede noch so gespannte Situation entschärft er mit Intellekt.

»Mitglieder des Kreises«, erschallt seine kräftige Stimme. »Hört mich an! Sät keinen Hass aus. Diese Saat ist uns unwürdig! Begebt Euch nicht auf die Ebene unserer Gegner. Sie warten nur darauf, Euch bloßzustellen. Gedenkt der Mitstreiter, die ihr Leben aufgaben für unsere Sache. Heute fristen sie ein unwürdiges Dasein im Außenring. Keiner wird je wieder zurückkehren. Sät stattdessen gelassene Entschlossenheit! Lasst Euch nicht provozieren von minderwertigen Äußerungen, die uns nur schaden wollen. Tretet ein für unsere Sache, der Sache des Kreises!«

Einstimmig jubeln die Mitglieder ihrem Ältesten zu. Er bleibt regungslos stehen.

»Wählt aus Eurer Mitte fünf der fähigsten Mitstreiter, die

einen Plan ausarbeiten werden, der weitere Schritte festlegt. Wir sind auf einem guten Weg, *unseren* Weg! Verlasst ihn nicht und hindert die, die ihn verlassen wollen. Glaubt an Euch, glaubt an die hohen Ziele der *Wächter*. Unsere Gilde wurde einst ins Leben gerufen, dass eine Krise, wie wir sie jetzt erleben, erfolgreich abgewendet wird. Heute stehen wir vor der wichtigsten Entscheidung unserer Existenz. Grundlegende Entscheidungen müssen gut durchdacht sein, damit sie Bestand haben in einer ungewissen Zukunft. Sagt dem Eigennutz den Kampf an! Überwindet die *Blender* mit Achtung und Respekt.«

Erneut brandet Beifall auf. Nicht nur Lokar springt von seinem Sitz auf, um seine Unterstützung kundzutun. Der Reihe nach erheben sich alle.

Im Anschluss spricht der Magistrat-Vorsitzende. Er dankt Orinario und verkündet den Ablauf der Wahl. Am nächsten Tag zur selben Stunde lädt er zur Folgeversammlung ein. Dann solle des Ältesten Vorschlag umgesetzt werden.

In den Katakomben gibt es einen in Waben eingeteilten Wohnbereich, mit allen Bequemlichkeiten, die Arimea zu bieten hat. Küche und Gemeinschaftsraum stehen allen offen. Schlaf- und Wohnraum sind nur durch ihren Besitzer zugänglich.

Lokar genießt die Ruhe. Als Neuzugang der Gilde bewohnt er eine kleine, aber ansehnliche Wohnwabe. Auf eigenen Wunsch wurde eine Schlafröhre installiert, die denen der arimeanischen Raumschiffe nachempfunden ist. Hier kann er relaxen und zurückgezogen meditierende Ruhe genießen. Die Einrichtung der Wabe liegt ganz in den Händen der Bewohner, die ihre eigene persönlichen Vorstellungen ausleben.

Lokar sinniert über Orinarios Worte, deren Wirkung nachhalten. Er mag den Mann, ist gerne in dessen Nähe. Bei ihm stimmt alles. Orinarios Aura verbreitet Wohlwollen, Liebe und Empathie. Selten vereint ein einzelner Arimeaner diese Eigenschaften. Alte Erzählungen berichten von diesen Arimeanern als Erwählte des viergehörnten Basilisken. Der Älteste ist der lebende Beweis für eine erfolgte Neugenetisierung. Viele lehnen die Auslegung ab. Aber Lokar ist sich sicher, dass es Dinge gibt, die nicht erklärbar sind.

Er seufzt. Angesichts der bevorstehenden Wahl muss er endlich die Gedanken darauf lenken, wem er seine Stimme gibt. Leider kennt er kaum jemanden genauer, dem er es zutrauen würde, er würde alles für den Kreis tun.

Lokar verlässt seine Wabe und schlendert in die Küche. Dort angekommen hofft er auf Zerstreuung. Schnurstracks betritt er den Getränkebereich. Hier wählt er mit gedanklicher Kraft einen leichten Trank. Gemacht aus den wichtigsten Obstsorten, ist es genau das, was Lokar jetzt guttun wird. Die prickelnde trübe Flüssigkeit wirkt erfrischend und belebt seine Geschmackssinne. Im Gegensatz zu den proteinhaltigen Getränken belebt dieses Lokar ungemein.

Kurz gerät er in Versuchung, ein weiteres sich von dem Automaten mixen zu lassen. Nur: die Nacht wird so schon kurz werden und morgen liegt einiges an. Vor der eigentlichen Versammlung hat ihn Tuteno einbestellt. und nach der Wahl geht es zurück zur »Sternengral«.

»Du hast gute Arbeit geleistet«, spricht ihn ein Mädchen an. Lokar kennt Eliwor von früher. Gemeinsam wuchsen sie auf, verbrachten manchmal mehrere Wochen gemeinsam. Kinder werden auf Arimea allzeit gut betreut. Erfahrene Arimeaner lehren sie alltägliche Abläufe, führen die Kinder ein in gesellschaftliche Prozesse. Sowohl zukünftige Pflichten als auch Rechte werden ihnen näher gebracht, ausführlich erläutert, bis sie zwölfjährig als Vollmitglied zu ihren Familien zurückkehren. Ein arimeanisches Jahr entspricht etwa neunzehn heutige Erdenmonate. Wachstum und Entwicklung unterscheiden sich hingegen kaum voneinander.

»Eliwor! Das ist ja mal eine Überraschung!«

»Ist lange her«, lächelt sie verzückt. »Bist du schon länger im Kreis?«

»Seit ich sechzehn bin.«

»Freut mich, dich wiederzusehen.«

»Wie ist es dir denn ergangen? Ich hab dich nie wieder in Burali gesehen?«

Eliwors Gesicht verliert das Lächeln, das Lukar so sehr an ihr mag.

»Meine Eltern sind nie wieder zurückgekommen. Seit dem Einfall der Urigoren werden sie vermisst.«

Vage kann sich Lukar an die Geschichte erinnern, hat sie allerdings verdrängt, weil er es einfach nicht wahrhaben wollte.

»Ich wußte nicht …«

»Schon gut.«

Geschockt weiß Lokar nicht, mit der Situation umzugehen.

»Hast du Hunger?«, fragt sie beinahe schüchtern.

»Eigentlich nicht, aber zur Feier des Tages …«

Bis tief in die Nacht erzählen sie sich alte Geschichten, lachen zusammen über gemeinsam ausgeheckte Späße. Die Jahre der Trennung haben keinen Riss hinterlassen. Fast scheint es, sie wären nie getrennt gewesen.

Vierundzwanzig

Schattenhafte Silhouetten umringen ihn. Geblendet vom grellen Licht erkennt er keine Gesichter. Benommen kann er nur mühselig wahrnehmen, was um ihn herum geschieht. Kalte Schauer jagen über seine Haut. Ein leichter Windhauch streift seine Halspartie. Er friert. Deutlich spürt Joshua, wie die Poren sich schließen. Seine Haut ähnelt der einer federlosen Ganz.

Im trüben Umgebungslicht entsteht ein dünner, geisterhaft erscheinender Körper. Zwei riesige Facettenaugen queren seinen Blick. Der Gang des Körpers wirkt unbeholfen staksig. *Das kann nicht real sein*, kommt es Joshua in den Sinn. Es muss einer dieser schrecklichen Alpträume sein, die ihn seit Jahren heimsuchen. Müde schließt er die Lider. Mithilfe erlernter Yogatechniken zwingt er seinen Geist den Traum abzustreifen. Und tatsächlich verblasst allmählich das Bild, bis ihn schützende Dunkelheit umgibt.

✦

»Essen ist fertig«, schrillt Mutters Ruf.

Josh hockt in einer Ecke der Scheune. Es ist *sein* Rückzugsort, wenn er den bösen Wesen entfliehen will. Bis hierher haben sie den achtjährigen Jungen noch nicht verfolgt. Hier kann er ohne Angst schlafen. Hier kann er unbekümmert Kind sein. Hinter einem morschen Bretterverschlag ist er so gut wie unsichtbar. Durch die Ritzen im Holz fällt Zwielicht in sein Reich. Da die Wesen diesen Ort nicht betreten, muss er in Joshs Augen verzaubert sein. Und nur er, der kleine unscheinbare Junge, darf ihn betreten.

Mutters Stimme hallt nach. Sie mag nicht, wenn sie ihn immer suchen muss. Wiederwillig gehorcht Joshua, verlässt sein Reich und schleicht hinaus. Die Sonne scheint. Kraftvoll vertreibt sie die Überbleibsel des eisigen Winters. Bald wird man sich an die Kälte nur noch erinnern und irgendwann auch das vergessen.

Neben den Brunnen macht Joshua Halt. Er glaubt, einen der Wesen entdeckt zu haben. Aber er kann nichts weiter sehen, als Mutter, die ängstlich und auch ein bisschen wütend Ausschau nach ihm hält. Noch einmal ruft sie, dann geht Mutter ins Haus. Aus dem Stall dringt ein unruhiges Wiehern. Sonst bleibt alles still.

Unwohl verlässt Josh die Deckung des Brunnens. Zaghaft setzt er einen Fuß vor den Anderen. Die Dielen knarren unter seinem Gewicht.

»Da bist du ja, Josh. Komm, setz dich.«

Auf dem Herd dampft der Kessel. Es riecht angenehm nach ausgekochten Knochen und Brennnessel. Mutter taucht die Kelle ein, rührt kurz um und füllt einen Becher.

»Iss, damit du groß und stark wirst.«

Auf der Suppe schwimmen Fettaugen. Josh pustet sie auseinander, beobachtet wie sie wieder zusammentreiben.

»Keinen Hunger?«

Er schlürft statt einer Antwort. Im Verhältnis zu anderen Tagen schmeckt die dünne Suppe heute kräftiger.

»Der Kessel reicht vier Tage. Also iss dich satt, mein Junge.«

Sie legt ihrem Kind ein Stück harter Krume hin. Dankbar krümelt er die Hälfte in den Becher mit den schwimmenden Fettaugen. Mit den Fingern verrührt er alles. Schluck für Schluck wandert die Mahlzeit in seinen hungrigen Magen. Heute muss ein Festtag sein, wie sonst ist es möglich, sich satt zu essen?

Mit zwei Fingern putzt er die eingeweichten Restkrümel aus dem Gefäß.

»Willst du noch?«

»Nein. Morgen werd ich wieder Hunger haben.«

Trotz seiner jungen Jahre weiß Josh bereits, wie wertvoll Essen ist. Mutter lächelt ihn verlegen an. Was würde sie doch nicht alles tun, damit ihr Kind nicht hungern bräuchte! Doch die Steuerabgaben zehren das Meiste auf.

»Hab dich lieb, Mum.«

Sie lächelt. Dann ist Josh schon wieder hinaus gelaufen.

✧

Die Kälte reißt ihn aus der umklammernden Finsternis. Er zittert am ganzen Leib. Doch Joshua kann sich nicht rühren. Gefangener im eigenen Körper zu sein ist ihm nicht neu. Es geschieht immer dann, wenn der Nebel erscheint und mit ihm die Schattenwesen. Es ist immer so gewesen und wird niemals enden. Nach dem Warum fragt er sich schon seit Ewigkeit nicht mehr. Ist egal geworden. Denn tun kann Joshua dagegen nichts. Das Schicksal hat ihn erwählt. Es bestimmt über sein Leben, welches doch nicht seins ist.

Durch die halbgeöffneten Lider erblickt er sie. Sie – die Gottesanbeterin in Schwarz.

Ich weiß, dass du mich hören kannst, erfüllen ihre Gedanken seinen Kopf. *Du hast uns stets ausgezeichnete Dienste geleistet.*

›Niemals war ich euch zu Diensten‹, antwortet sein Geist. ›Ihr habt sie euch einfach nur genommen.‹

Du ließest es zu.

›Meine Kraft ist der euren unterlegen.‹

Nein, Joshua. Du hast eingewilligt in unseren Pakt.

›Was habt ihr aus mir gemacht, ihr Mistviecher!‹, schreien seine Gedanken der Gottesanbeterin entgegen.

Doch du kannst jederzeit entscheiden, deine Dienste zu beenden.

›Ach ja!? Warum tust du das?‹

Weil du ein Mensch bist.

›Und warum ausgerechnet ich?‹

Ihr habt etwas, was wir nicht haben.

›Und was soll das sein?!‹

Deine Seele ist uns fremd. Wir können sie nicht messen. Sie kann Zeit und Raum gefahrlos überwinden. Deshalb haben wir dich ausgewählt.

Joshua kennt die Meinung der Gottesanbeterin. Wie oft verlief der Gedankenaustausch auf diese Weise! Joshua sieht keinen Grund, weiter darauf einzugehen. Denn sie werden ihn niemals in Ruhe lassen!

✦

Ein schweres Unwetter zieht auf. Vater ist noch draußen, verriegelt alles. Es wäre ihr Untergang, wenn die Familie noch mehr verlieren würde. Mutter verbietet Josh, aus Sorge, das Haus zu verlassen. Was aber, wenn die Wesen ihn kommen holen? Mutter und Vater können ihm nicht helfen; die schlafen dann immer so fest. Dabei müsste der Lärm sie doch wecken!

Der Weg in die Scheunenecke ist versperrt. Vater nagelt gerade das letzte Brett vors Fenster. Auch den darunter befindlichen Spalt, durch den sich nicht einmal die Katze hindurch quetschen kann, dichtet er ab. Unheimliche Düsternis herrscht nun vor. Es wird schwer werden, die Wesen rechtzeitig zu entdecken. Obwohl ein Fluchtversuch auch nicht hilft.

Josh hockt sich vor den Herd und stiert in die züngelnden Flammen. Knackend birst das Holz in der Hitze, wirbelt wild Funken auf. Josh lacht. Es ist nicht nur schön warm, es macht Freude dem Feuer bei der Arbeit zuzusehen. Leider ist das Scheitel gleich abgebrannt. Also was liegt näher, als ein weiteres in die Flammen zu werfen? Vater prüft noch einmal alle angebrachten Bretter. Mutter muss bei ihm sein, denn der Raum ist leer.

Unzählige Funken spritzen knisternd auf, nachdem die Hitze die im Scheitel befindlichen Wasserreste verdunstet hat. So manche Feuerfigur entsteht. Der kleine Josh ist fasziniert vom Schauspiel. Er vergisst Mutter und Vater und das drohende Unwetter. Sogar der Gedanke an die Wesen wird weit in die Tiefen des Vergessens geschoben. Die Welt ist in Ordnung.

Ein Blitz zerreißt die Düsternis. Tropfen treffen aufs Dach. Vater schimpft, hat er doch noch eine Lücke schließen wollen. Doch Mutter ist dagegen, denn der Sturm hat bereits den Horizont erreicht. Kaum fällt die Tür ins Schloß, rütteln erste Ausläufer am Dach.

»Ich sagte doch, kein Feuer!«, brüllt Vater erbost.

»Ist doch gleich runtergebrannt«, schlichtet Mutter.

»Dein Wort in Gottes Ohr, Weib!«

Donner grollt. Josh zuckt zusammen. Sind das etwa die Wesen? Wenigstens sind Mutter und Vater hellwach.

Ein Blitz jagt den Nächsten. Heftige Böen durchrütteln das Haus. Ängstlich sucht der Junge Schutz bei seiner Mutter. Ein weiterer Donnerschlag lässt den Boden vibrieren. Josh schmiegt sich schutzsuchend an die Mutter.

✧

Weißkittel umringen ihn. Er will schreien. Genug ist genug! Doch die Stimme versagt. Joshua bekommt Panik. Luft! Es ist so stickig hier. Panisch ringt er nach Sauerstoff, doch etwas verschnürt seinen Hals.

›Wollen die mich umbringen? Oh mein Gott, nicht jetzt – bitte nicht jetzt!‹

Wie gewöhnlich liegt er gelähmt auf einen Tisch. Etwas allerdings ist diesmal anders, nur was? Vergeblich versucht er die Lider zu öffnen. Sie wiegen schwer, es ist ihm unmöglich sie wenigstens einen Spalt zu heben.

›Bist du da?‹, formt er in Gedanken. Keine Antwort. Aber sie muss da sein! Ohne ihre Anwesenheit unternehmen die anderen doch nichts. Das sind doch nur ausführende Sklaven der Gottesanbeterin. Sie befiehlt; die Drecksarbeit übernehmen die Anderen, wie willfährige Drohnen.

Die Insekten-Wesen haben offensichtlich neue Befehle erhalten. Anders ist es nicht erklärbar. Vermutlich hat er seine Schuldigkeit getan, und sie benötigen seine Dienste nicht länger. Dienste! Er würde lachen, wenn es denn so wäre. Ausgenutzt haben sie ihn. Er war stets nur Proband. Gott, wie diese Einsicht schmerzt!

Von weitem dringt leise ein anschwellender schriller Ton heran, den er nicht einordnen kann. Wenigstens bekommt er besser Luft, wenn auch etwas seinen Hals zuschnürt.

Die Müdigkeit wird stärker. Nur das schrille Geräusch stört. Er will nur schlafen. Am liebsten die ganze Nacht und den ganzen Tag. Nur schlafen …

Allmählich zieht es die Weißkittel weg von ihm. Sie verblassen immer mehr, werden endgültig von Schleiern verschluckt. Dann umhüllt Joshua unendliche Dunkelheit …

* * *

Unentwegt schrillt der Alarm. Der Chefarzt stellt das Gerät stumm. Sie haben alles getan, um den Unbekannten zu retten. Doch jede Hilfe kam zu spät. Ein Assistenzarzt schaltet die Monitore ab. Gefühlvoll entnimmt er den eingesetzten Tubus. Das weiße Laken, das bisher als Decke diente, zieht er über den Kopf. Die Krankenakte »John Doe« wird geschlossen.

◆

Mutter wimmert, Vater murmelt ein Gebet. Josh umklammert völlig verängstigt seine Mutter. Diesmal versetzen ihn nicht die Wesen in Schrecken. Der Donnergott brüllt unentwegt und macht seinem Ärger Luft. Regen trommelt sintflutartig gegen das einfache Haus. Der Sturm rüttelt daran, als wolle er herein. Noch halten die angebrachten Bretter.

Ein lauter Knall lässt den Kirschbaum neben der Scheune in tausend Stücke bersten. Der Geruch von verbranntem Holz weht herein. Vater springt zur Tür.

»Nein, nicht!«, schreit Mutter noch. Doch Vater hat schon die Tür geöffnet. Eine Windbö erfasst das Türblatt, wirft es mit dämonischer Kraft gegen die Wand, sodass die Bretter brechen. Ein erneuter Stoß reißt die Reste aus den Angeln.

Dicker Qualm weht ins Haus. Tosend wütet der Sturm im Raum. Mutters Schreie werden fortgetragen, um niemals gehört zu werden.

Wieder blitzt und kracht es. Josh kann sich nicht länger an Mutters Kleider festhalten. Aufschreiend rutscht er ab. Plötzlich ist es taghell. Tausende Volt schlagen ein. Nun lodern riesige Flammen auf, umzingeln den kleinen Josh, der nie fragen kann, wie ihm geschieht.

Fünfundzwanzig

Zartak-System, Gegenwart.

Der *Krake*, wie Waynúpa das Raumschiff getauft hat, verhält sich auffallend ruhig. Aus Sicherheitsgründen entschied Dako kurz nach der Ankunft, den Abstand zu Zartak zu vergrößern. Somit hofft er unentdeckt im Schatten des Riesenplaneten zu bleiben und aus nächster Nähe beobachten zu können, was das Raumschiff vorhat. Aber nicht nur Dako befürchtet, der *Krake* habe etwas mit ihnen zu tun.

Zwei Erdentage befindet sich der Gleiter an Ort und Stelle. Das Warten zermürbt die Crew, einschließlich des Mohrenmakis. Eine Entscheidung steht an. Dako sitzt die meiste Zeit am Schirm. Waynúpa hingegen fühlt sich fehl am Platz und ist gelangweilt. Tokahe bereitet sein Armstumpf Schmerzen, den er mit einer alten indianischen Tinktur einreibt.

Am zweiten Abend herrscht untereinander eisiges Schweigen. Blank liegende Nerven sorgen für knisternde Spannung, die sich bald entladen wird, sollte der Status Quo sich nicht ändern. Doch danach sieht es nicht aus …

Waynúpa ärgert es, kein Buch oder eine Sportzeitschrift dabei zu haben. Lesen entspannt, unterhält und kann sehr lehrreich sein. Aber leider lässt sich nicht ändern, was nicht ist! Langsam bläst er die Wangen auf, bis der Druck soweit ansteigt, um überschüssige Luft abzulassen. Ein Ruck geht durch seine Muskeln. Er steht auf, geht einige Schritte.

›Ich sitze hier fest‹, denkt er schroff. ›Gefangener in einer Blechbüchse, weit weg von daheim!‹

Seine Zunge schnalzt. In letzter Zeit macht er es öfters, wenn er nicht weiter weiß; langsam wird's zur Manie. Er geht das kurze Stück wieder zurück, hält abermals inne. Die jetzige Konstellation verheißt, sich zu ergeben in ein nicht veränderbares Schicksal.

Schicksal! Eine unumstößliche Fügung? Etwas unaufhaltsames? Damit abfinden? Keine Chance. Waynúpa wird alles daran setzen, dass Karma – sein Karma – zu beeinflussen, und zwar positiv. Für heute hat er genug.

Dako schreckt auf. Etwas stimmt nicht, sagt ihm seine Intuition. Schnell überfliegt er die Anzeigen. Alles scheint in Ordnung. Sonderbar. Dabei hätte er schwören können, dass gerade etwas vonstatten geht …

Das »Zweite Gesicht« hat ihn noch nie getrogen. Im Gegenteil, er kann sich darauf verlassen. Die Weißen nennen diese Art Gabe den »Siebten Sinn«. Von Vorahnungen reden sensibilisierte Menschen, die etwas zu fühlen glauben, was (noch) nicht eingetreten ist. Eine höchst zweifelhafte Auslegung, wie Dako findet. Es zeugt von einer kindlich naiven Einstellung der Zivilisation, die jeden Bezug zur Natur verloren hat. Wie froh er doch ist seine Instinkte bewahrt zu haben. Die Welt hat sich verändert. Dako aber gibt die Hoffnung nicht auf.

Er reibt sich verschlafen die Augen.

›Was macht eigentlich der *Besuch*?‹

Neugierig ruft er das Schwebebild mit dem entsprechenden Informationen auf. Das Raumschiff liegt unverändert auf seiner Position. Mechanisch zoomt Dako ins Bild. Durch die hohe Auflösung sind einzelne Details des Schiffes erkennbar. Zudem verstärkt die ausgeklügelte Software die vom Objekt zurückgesandte Atome, sodass sogar die Farbe der in Dunkelheit liegenden Strukturen naturgetreu wiedergegeben werden. Anthrazitfarbene Schuppen überziehen jeden Quadratmillimeter des Rumpfes. Ist es bei arimeanischen Raumschiffen üblich, einen Schriftzug an die Außenhaut anzubringen, fehlt hier dieses Merkmal.

Dako wechselt den Blickwinkel des Bildausschnitts. Jetzt ist eine riesige Luke zu sehen. Der Anzeige nach misst das Lukentor über einhundert Meter im Durchmesser. Rechts daneben flirrt ein kugelartiges, durchsichtiges Gebilde, dessen Größe langsam konstant abnimmt. Es wirkt im Verhältnis wie ein Staubkorn. Ohne Dakos Neugier wäre es unentdeckt geblieben. So sehr er sich anstrengt und die Einstellungen manuell anpasst beziehungsweise verändert, bekommt er keine aussagekräftigen Daten darüber. Die Automatik versagt den Dienst, so muss er händisch die Kamera steuern. Geistesgegenwärtig zeichnet Dako die *flirrende Kugel*, einschließlich ihrer Route auf.

Als sich nach weniger als neunzig Sekunden die *Kugel* scheinbar in Luft aufgelöst hat, überprüft er weitere diverse Blickwinkel. Dabei überraschen ihn die gewaltigen Ausmaße der Tentakeln. Dako führt die Messung insgesamt drei Mal durch, weil er es einfach nicht glauben kann. Die größeren haben eine Länge von siebenhundert Metern, die Kleineren kommen auf immerhin dreihundertachtzig! Der Durchmesser der Großen beträgt fünfundfünfzig, die kleineren Tentakeln neunzehn Meter.

Der Dakota lehnt sich zurück. Ein wahrer Gigant! Stumm starrt er auf den Schirm. Was ist das, was etwas außerhalb des Ausschnittes und im Halbdunklen liegt?! Die Vergrößerung bringt ein Blattwerk ans Tageslicht. Es besteht eine überraschende Similarität mit einer Rose.

Verwirrt von den Eindrücken steht Dako auf. An Schlaf ist nicht mehr zu denken. Verstört über das Herausgefundene braucht er dringend Bewegung und eine Stärkung.

Habe schlecht geschlafen. Wache mit schwerem Kopf auf, das Denken fällt mir schwer. Eine Schmerztablette werde ich bestimmt nicht finden. Muss mit Dako reden. Vielleicht hat er was.

Schau ich aufs Schiff, dessen Bild im Panoramaschirm unheilvoll prangt, werde ich unruhig. Warum kann ich nicht sagen. Vertraut und gleichzeitig fremd wirkt es auf mich. Ich bekomme beklemmendes Magendrücken. Erinnerungen? Angst? So ratlos war ich schon lange nicht mehr. Was gäbe ich dafür, wenn ich Karoline um Rat fragen könnte!!!

Das Licht am Ende des Tunnels, was ich gestern glaubte zu erkennen, ist erloschen. Ich will nur noch nach Hause.

<u>Nachtrag</u>: Sobald ich die Augen schließe, erwachen die Alpträume. Dann sehe ich immer die schemenhafte Umrisse des dunklen Turms. Sicht und Atmung fallen schwer; es scheint unmöglich zu sein, in dieser brodelnden Hölle zu überlegen.

Der *Krake* verharrt weiterhin regungslos. Anzeichen von Leben existieren nicht und wenn doch, dann schirmt seine Außenhaut hermetisch alles ab. Eindeutig stößt die Technik an ihre Grenzen. Doch ist das möglich?

Auch Dako muss sich immer wieder vor Augen halten, dass Arimea in der jetzigen Zeit nur eine Schattenexistenz seiner Selbst darstellt. Das ist der springende Punkt. Die Glanzzeiten der arimeanischen Hochkultur liegen Millionen Jahre in der Vergangenheit. Soviel Dako weiß, benutzten die Arimeaner keinen Kalender, so wie heute. Ihre Zeitrechnung ist nur schwer zu verstehen, wenn es denn eine war.

Ihm wird bewußt, dass er doch viel zu wenig von Arimea und dem Alltag derer weiß, deren Geschick heute als Meilenstein gelten würde, wenn das alte Wissen den Menschen zugänglich bekannt wäre. Nur der alte Kodex des *ahbleza* soll eine Weitergabe verhindern.

Dem Mythos nach gab es einen Versuch, arimeanischen Wissen weiterzugeben. Bedroht von Inquisition im Namen Gottes, verhinderte diese *Offenbarung*. Dem damaligen Gewahrer gelang es durch geschickter Täuschung eine Legende zu erschaffen, deren Arm bis weit in die menschliche Zukunft reichen wird. Diesen Clou ist einst die Legende des *Heiligen Grals* entsprungen.

Im *Edikt des Kreises* ist eindeutig geregelt, wann der Mensch von Arimea erfahren darf. Es müssen Vorraussetzungen erfüllt werden, die dem *homo sapiens* wohl nie gelingen werden. Dako war einer der Verhinderer gewesen. Und tief in seinem Herzen ist er es noch immer.

»Wir haben ein Problem, Waylon«, eröffnet Dako mit versteinerter Miene. »Tokahe ist verschwunden und das Äffchen ist auch weg …«

Waylon erstarrt. Wie kann jemand von hier verschwinden! Unmöglich! Das Schott läßt sich im All nicht öffnen. Unverhohlen gibt er Dako seine Ungläubigkeit kund.

»Es ist möglich, auch wenn ich es ihm nicht zugetraut hätte. Nicht das er es nicht kann – nein, nein. Es gehört aber schon viel Wagemut dazu in der hiesigen Konstellation.«

Vielleicht liegt es an seinem ehrgeizigen Drang zu beweisen, dass Dako sich irrt, ja irren muss, denn Waylon beginnt den Gleiter zu durchsuchen. Hektisch und ungestüm betritt er in jeden Raum. Letztendlich gesteht er sich ein, dass Dakos Aussage zutrifft.

»Aber wie soll das gehen?«

»Die Glaskapsel«, flüstert Dako, einer Eingebung folgend.

So schnell er kann begibt er sich in den Frachtraum. Waylon hat Mühe, dem in die Jahre gekommenen Dakota zu folgen. Der Transmitter ist verschwunden! An seiner Stelle liegt ein Blatt Papier.

»Solltet ihr diese Zeilen finden, dann ist mein Plan (wieder einmal) gescheitert«, liest Dako mit seltsam brüchiger Stimme vor. »Meine Idee ist es, das fremde Raumschiff auszukundschaften. Die Glaskabine denke ich, ist der passende Schlüssel dazu. Sucht nicht nach mir! Es wird euch nicht gelingen, mich zu finden. Weihe ihn ein, Dako. Er hat ein Recht darauf. *Pila maye* alter Freund. Und Waylon: Wiederhole Du nicht meine Fehler.«

»Was meint er mit: *Ich habe ein Recht darauf?*«

»Später, Way. Wir müssen zuerst herausfinden, was er vorhat!«

»Ich rühre mich erst vom Fleck, wenn ich eine Antwort erhalte!«

Aus seinen Worten hört Dako feste Entschlossenheit heraus.

»Hör mir gut zu, Waylon Latham! Ich sage es nur einmal! Wir müssen wissen, was dein älteres Ich, Tokahe, getan hat! Es hängt wahrscheinlich unsere Existenz davon ab!«

Dako wendet sich ab, doch Waylon hält ihn am Arm fest.

»Was hat er damit gemeint?!«, zischt er bedrohlich. »Was verheimlichst du mir?! Mit was hattest du ihn in der Hand? Ich will es jetzt wissen. Also? – Auch ich wiederhole mich nur ungern.«

Es ist lange her, dass ein Mensch Dako derartig angreift. Verdutzt fehlen ihn die Worte.

»Es ist keine Zeit für das Austragen einer Fehde«, sagt Dako in einem ruhigeren Ton. »Sei vernünftig!«

»Nein. Sag es mir. Hier und jetzt!«

Sichtlich kämpft Dako mit sich, ringt nach Worten.

»Also? Was ist?«

Der Dakota lässt den Blick sinken.

»Er ist … er ist mein Sohn, *micinksi.*«

Durch den Rumpf geht ein alles vibrieren lassendes Summen. Beide schauen sich verblüfft an. Dann durchdringt der Alarm die Stille.

Sechsundzwanzig

Arimea – Provinz Arkonim, Vergangenheit.

Vier Tage später sind Eliwor und Lukar ein Paar. Für arimeanische Verhältnisse ein ganz normaler Vorgang unter den Heranwachsenden. Von Anfang an zelebrieren sie ihre Verliebtheit öffentlich. Nur einer beobachtet es skeptisch, obwohl es ihm egal sein sollte. Mit beiden Teenagern hat er nichts zu tun gehabt, bis sie den *Kreis* betraten. Doch Orinario wird weit mehr nachgesagt, als allgemein bekannt ist. Die Fähigkeit, weit in die Seelen seiner Mitarimeaner blicken zu können. In den letzten dreißig Jahren hat der Kreisälteste oftmals bewiesen, wie fortgeschritten seine Fähigkeit dahingegen ausgeprägt ist.

In Lukar sieht er einen hochintelligenten, engagierten und aufstrebenden jungen Burschen, dem es schlichtweg an Erfahrung fehlt, um die Tragweite seines Handelns vorausschauend erfassen zu können.

Was Eliwor betrifft, ist sich Orinario unschlüssig. Ihm gelingt der Zugang zu Eliwors Inneren nicht. Entweder ist sie eine der wenigen Arimeaner, deren verändertes Erbgut einen natürlichen Schutz ausgebildet hat, oder sie blockiert Orinario bewußt. Letztere Möglichkeit bedeutet, sie gehört den Kreisgegnern an. Wäre nichts besonderes, denn viele bekennen sich offen dazu. Bei Eliwor sieht die Sachlage prekärer aus. Denn sollte sein Verdacht sich bewahrheiten, kommt nur ein logischer Schluss infrage: Sie spioniert! Und das hieße, die *Blender* fahren andere Geschütze auf, um den *Kreis der Wächter* zu destabilisieren und zu schwächen.

Was für Orinarios These spricht ist die Tatsache, dass Lukar nicht mehr allein anzutreffen ist. Auch seine Aura zeigt einen heftigen Schwingungsausschlag, der für sich spricht. Zwar reagiert die Aura von Verliebten durchaus unsymmetrisch und impulsiv, aber nicht fast farblos.

Es heißt, dass farblose Auren ein Beleg dafür sind, ihr Träger sei in einem zweifelhaften Zustand, der unweigerlich nicht mit der Gemeinschaft konform geht. Alle fünfhundert Jahre tritt laut Statistik dieses Phänomen auf, was zurückgeführt wird auf einen fehlenden DNS-Baustein, der durch einen überschüssigen Destersteronanteil zerstört wird. Normalerweise gleichen das weibliche Gene aus. Warum es allerdings zu dieser Verstümmelung kommt, haben die Biologen noch nicht herausfinden können.

Orinario wird darüber mit Tuteno sprechen müssen. Das allein gebietet der Respekt gegenüber dem Amt des Magistratsvorsitzenden. Er muss entscheiden, wie weiter vorgegangen wird. Sein Gespür sendet Orinario eindeutig warnende Wellen aus, dass die Zeit knapp werden wird.

Die geheime Unterredung verläuft sachlich und emotionslos. Als Ältester hat Orinario überall in der Katakombe uneingeschränkten Zutritt. Tuteno unterbricht ihn mit keiner Silbe. Was im Vorsitzenden vorgeht, weiß nur er selbst. Hin und wieder flackert es in dessen Blick. Dann erkennt Orinario blanke Furcht.

»Was schlägst du vor?«

»Der Magistrat sollte darüber entscheiden. In einigen Tagen wird Lokar wieder an Bord gehen. Dann ist er auf sich allein gestellt und wir können nichts tun.«

»Er ist ein sehr fähiger Arimeaner. Klug und mutig sein Handeln.«

»Wie ich hörte, wird Eliwor ihn begleiten.«

»Das überrascht. Dass Amerona da mitspielt und nicht interveniert …«

»Es heißt, sie schlug Eliwor vor.«

Nun macht Tuteno doch ein betroffenes Gesicht.

»Wenn das wahr ist, Orinario, dann wird es schwer, weiter unseren Einfluß aufrechtzuerhalten.«

Der älteste nickt.

»Amerona gehört also den *Blendern* an«, fasst Tuteno zusammen. »Lässt sich das nicht für unsere Zwecke ausnutzen?«

»Auf keinen Fall sollte Lukar eingeweiht werden. Eliwor würde es bemerken und alles wäre hinfällig.«

»Deine Weisheit verblüfft mich immer wieder, Orinario. Du denkst stets weit voraus und berücksichtigst aktuelle Ereignisse.«

Der Älteste deutet eine Verbeugung an. Weiter geht er nicht darauf ein.

»Es sei, Orinario. Veranlasse alles was notwendig ist.«

Entgegen Lukars eigentlichem Plan, im Anschluss der Zusammenkunft sofort wieder an Bord der »Sternengral« zu gehen, will er gemeinsam mit Eliwor einen Abstecher nach Burali unternehmen. Die Abreise steht unmittelbar bevor, als ihn der Ruf Tutenos ereilt. Der Vorsitzende bittet um eine Vier-Augen-Unterredung von gewichtiger Tragweite.

Erstaunt über die plötzliche Wendung, werden sie wohl noch eine Nacht in den Katakomben verbringen. Es muss sehr wichtig sein, wenn Tuteno extra einen Boten nach ihm aussendet! Das muss sofort Eliwor erfahren.

Begeisterung sieht anders aus, auch wenn sie sich mit ihm freut. Doch bei allem Verständnis wird sie nachher abreisen.

»Warum das? Ist doch nur eine Nacht!«

»Ich treffe mich aber noch heute mit einer Freundin.«

»Davon wußte ich nichts.«

»Lokar, dass hat sich ergeben. Sie hat Neuigkeiten für mich, bezüglich meiner Eltern.«

Das erklärt natürlich alles.

»Komm einfach nach, Lo.«

Sieht so etwa das fantastische Leben eines glücklichen Paares aus? Seine Vorstellungen scheinen altgebacken zu sein.

»Ja, wenn du meinst«, sagt er gedehnt und enttäuscht.

»Wir haben uns nun nach Jahren endlich gefunden, Lo. Da werden wir doch ein paar Stunden überstehen?!«

»Ja, sicher. Werden wir …«

Ein Kuss schließt seine Lippen. Es überrascht ihn nicht im geringsten, wie gut es ihm dabei geht.

Der Abschied fällt kurz aus. Eliwor steigt in den Kurzstreckenschweber. Noch einmal winkt sie ihm zu und deutet lächelnd einen Kuss an. Geräuschlos hebt das Gefährt ab. Lukar kann kaum erwarten, sie morgen wiederzusehen.

Burali trägt mit den tiefen Seen und Mooren viel für entspannende Momente seiner Besucher bei. Ein tägliches Bad beinhaltet alle wichtigen Spurenelemente, die der Körper benötigt. Dementsprechend voll ist der Ort. Im Zentrum der Stadt steht ein Häuserkomplex, der allen Badenden Unterkunft und Verpflegung bietet. Hier herrscht hektisches Kommen und Gehen, denn die Plätze sind vor kurzem limitiert worden. Dies war notwendig geworden, da das Wasser stark durch eingeschleppte Bakterien aus anderen Gebieten Arimeas belastet wird. Die Heilwirkung zog über Jahrhunderte die Arimeaner an. Und das in einem Gebiet, das vorher keine natürliche Verbindung zu den angrenzenden Landstrichen hatte. Umgeben von massiven Gestein, liegt Burali in einem Tal. Seine Flora ist außergewöhnlich reich. An diesem Ort gedeihen fast ausschließlich Pflanzen, die es nirgendwo sonst auf den Planeten gibt. Und eine weitere Besonderheit weist Burali auf: Sein Boden liegt zwei Kilometern tiefer als der Meeresspiegel. Kein Wunder, dass in früheren Zeiten das Gebiet unberührt blieb, denn Wege nach unten gibt es nicht.

Eliwor verlässt gezielt das Zentrum. Im Gemenge fällt sie kaum auf, zumal sie die hier üblichen Gewänder trägt. Eigentlich meidet sie größere Ansammlungen von Arimeanern. Heute jedoch muss es sein. Ein gewisses Unbehagen begleitet sie dennoch.

Endlich hat Eliwor sich erfolgreich durch die ins Zentrum zurück strömenden Massen geschlängelt. Sie verschnauft. Die ungewohnte körperliche Anstrengung erfordert sehr viel Kraft. Aber in Burali verzichten die Verantwortlichen bewußt auf den innerstädtischen Einsatz von Schwebern. Früher war das anders, jedenfalls was die Arimeanermengen betrifft. Da trollten sie als Kinder gefahrlos durch die Gegend. Spielten unbekümmert auf den Plätzen und Wegen. Jetzt ist Eliwor froh, eine Sitzgelegenheit zu erhaschen, die auch gebührende Bewegungsfreiheit verspricht. Erschöpft setzt sie sich.

Eine Weile wird es noch dauern, bis sie das Röhrengebäude erreicht haben wird. Dort wird sie auf die Freundin treffen. Bis dahin bleibt noch genügend Zeit zur Akklimatisierung.

Sie geht langsam weiter. Überall wohin sie schaut, verbindet Eliwor mit kindlichen Erinnerungen. Ihr ist, als sei sie vor gar nicht allzu langer Zeit das letzte Mal hier gewesen. Dennoch liegt es viele Jahre zurück, und viel ist inzwischen passiert. Als Lukars Partnerin steht es ihr offen, ihn auf seinen Reisen zu begleiten. Eliwors altes Leben wäre somit nur noch ein Teil der Vergangenheit. Dieses Leben aufzugeben, wird ihr schwerfallen, da ist sie sich sicher. Deshalb kam der Gedanke auf, nach Burali zu fliegen.

Sie kommt gut voran. Nur wenige der Arimeaner verirren sich hierher. Einheimische meiden die Tageszeiten, in denen es nur so wimmelt von Besuchern. Die Häuser sind nur schwer als Unterkünfte erkennbar. Anders als in anderen Provinzen bevorzugt man in Burali die vollständige Symbiose mit natürlichen Ressourcen. So lebten schon die Ureinwohner, erzählt man. In Wahrheit weiß niemand genau, ob hier überhaupt welche lebten. Bis jetzt wurden noch keine alten Hinterlassenschaften gefunden.

Je weiter Eliwor sich ihrem Ziel nähert, umso felsiger wird der Weg. Eine weitere Pause muss eingelegt werden; Füße und Rücken schmerzen und beim Atmen sticht es in der Seite. Aus diesem Grund gibt es überall und jederzeit erreichbare Luftduschen, die Eliwor nun dankend in Anspruch nimmt.

Sie muss eingeschlafen sein. Im zwielichtigen Dämmerlicht benötigt Eliwor eine Weile zur Orientierung. Dass sie so erschöpft gewesen war, ist ihr gar nicht so bewußt gewesen. Dafür kann sie jetzt gekräftigt weitergehen.

Nach zwei Minuten beschleicht sie ein Gefühl, nicht allein zu sein. Gewohnt ruft sie über den Kommunikator die Abtastungssensoren auf. Erst nach weiteren erfolglosen Versuchen erinnert sie sich, dass sämtliche technische Geräte in Burali gar nicht funktionieren.

›Was soll schon passieren‹, beruhigt sich Eliwor. ›Es gibt nichts, wovor ich mich fürchten müsste.‹

Weder in unmittelbarer Nähe, noch in weiterer, überschaubarer Umgebung, erkennt sie irgendwelche Unstimmigkeiten. Eliwor erhöht das Schritttempo. Aufgrund der fortschreitenden Dunkelheit will sie schnellstmöglich das Röhrengebäude erreichen.

Ohne viel Zeit zu verlieren überwindet sie einen leicht ansteigenden Hang, an dessen Ende eine breite Steintreppe weiter nach oben führt. Oben angelangt, kann sie das am Ende des Weges liegende röhrenförmige Gebäude erkennen.

Jählings muss Eliwor im Gehen innehalten. Ein zum Teil durchsichtiges Kugelgebilde materialisiert sich direkt vor ihr. Überrascht stolpert sie, fällt hart zu Boden. Trotz des Zwielichts kann sie eine sitzende Person in der Kugel sehen. Ihr kommt die Person seltsam bekannt vor. Gestalt und Haltung ähneln Lokar. Jeglicher Bewegung unfähig treffen sich ihre Blicke. Auch die Person in der Kugel reagiert überrascht. Noch ehe Eliwor die Situation erfassen kann, verschwindet flimmernd die Kugel samt Insasse wieder.

Aufgewühlt und mit zitternden Knien kommt Eliwor auf die Beine. Das Herz rast. Weiträumig umläuft sie die Stelle, an der dieses Kugelgebilde gerade noch stand, was weitere Zeit kostet. Atemlos erreicht sie das Gebäude, in dessen Eingangshalle die Freundin wartet.

»Was ist mit dir, Eli?«

»Amerona …«, beginnt sie, kommt aber nicht weiter. Vor Erschöpfung versagen ihr die Beine und sie sackt zusammen.

Die Eröffnung Tutenos überrascht und freut ihn gleichzeitig. Der Magistrat hat einstimmig beschlossen, Lokar mit sofortiger Wirkung in den *Kreis* aufzunehmen. Dies sei die logische Antwort auf seine hervorragende Arbeit. Der Vorsitzende spart nicht mit überschwänglichen Lob, und er hebt Lokars Loyalität besonders hervor. Er, Lokar, solle stets die Augen offen halten. Die *Blender* schliefen nicht, sind aktiver als jemals zuvor. Am Schluß des Monologs verabschiedet ihn Tuteno mit den besten Grüßen an seine Partnerin.

Die Nacht über schläft er kaum. Aufgewühlt verlässt er ziemlich oft die Röhrenkoje, wandert in seiner Wohnung umher.

Wie wird Eliwor reagieren, wenn er ihr die freudige Mitteilung überbringt? Dann wird er nachdenklich. Darf Lokar ihr überhaupt davon erzählen? Schließlich ist Eliwor *nur* Anwärterin! Er hingegen Teil des Systems.

›Ich hätte fragen sollen‹, denkt er verärgert.

Wieder in der Koje, schließt Lokar die Röhre vollständig. Das Überwachungsprogramm übernimmt es, ihn in einen tiefen, traumlosen Schlaf zu schicken.

Siebenundzwanzig

Die Nachricht vom Tod des ›John Doe‹ – nicht identifizierbare männliche Personen werden polizeiaktenkundig so genannt –, erschüttert Gomery. Ermittlungen verlaufen im Sande, insgesamt treten sie auf der Stelle. Kein Erfolgserlebnis also. Auch Arhoffs Bericht lässt zu wünschen übrig. Nichts sagende Fotos, belangloses Gefasel im Bericht. Wieder eine Niete!

Der Inspektor streckt sich im Stuhl. Wann war er jemals an einen Fall so gescheitert? Sicher, es gab einige Fälle, die verzwickter waren als der Aktuelle. Gab er auf? Nein! Denn der Weg ist das Ziel!

»Ein Anruf auf Leitung eins, Sir«, tönt es aus dem Lautsprecher. Gomery hebt den Hörer ab. Ein Lieutenant meldet einen Zwischenfall, ganz in der Nähe des verschwundenen Hauses. Gomery wird hellhörig. Soll es doch vorwärts gehen?

»Bleiben Sie vor Ort«, befiehlt er.

Kraftstrotzend erhebt er sich. Jetzt geht's richtig los. Motiviert wie selten rennt er fast aus dem Büro. Ruft seiner Sekretärin noch, dringend Miss Sheffield ausfindig zu machen. In spätestens fünf Minuten ginge es los.

Deborah ereilt der Ruf, als sie gerade das Präsidium betritt. Rechtzeitig erreicht sie den Inspektor. Gemeinsam brausen sie im Wagen davon.

»Haben Sie den Bericht fertig?«, fragt, für ihr Verständnis ein wenig gereizt, der Inspektor. Gomery hat die Akte in den Händen der jungen Frau bemerkt.

»Ja, Sir.«

Deborah reicht ihm die bisherigen Ergebnisse.

»Hoffentlich fallen die positiver aus«, murmelt ihr Chef. Mit geschultem Auge überfliegt Gomery die Papiere, verzieht dabei keine Miene. Besonders aufmerksam liest er die Analyse des Grases und des winzigen Splitters.

»Nightingale? Sie legen sich ja mächtig ins Zeug!«

»Er ist der Einzige, der eine halbwegs plausible Erklärung bieten kann, Sir.«

Ausführlich berichtet Deborah die Hintergründe. Er mag engagierte Mitarbeiter, vor allem solche, die mitdenken. Miss Sheffield hat wirklich gute Arbeit geleistet, die ihm eine gewisse Anerkennung entlockt. Doch aus der Erfahrung heraus, hält er sich mit überschwänglichem Lob vorläufig zurück. Viel zu oft schon stellte es sich heraus, es handele sich um sogenannte Eintagsfliegen, oder sie hatten einfach nur einen »Schuss ins Blaue« abgegeben und damit Glück gehabt.

»Wann liegt das Endergebnis vor?«

»Spätestens in vierzehn Tage, Sir.«

Gomery nickt. ›Die Kleine ist wirklich gut.‹ Der Rest der Fahrt verläuft schweigend. Kaum angekommen, springt er behände aus dem Fahrzeug. Lieutenant Miller führt den Inspektor einen schmalen Weg entlang. Im Gehen erklärt er Gomery den Sachverhalt.

»Hat der Korporal einen Namen?«

»Er hat keinen Dienstausweis dabei.«

»›Hundemarke?‹ In der Army tragen sie die doch, oder?«

»Um den Hals, ja. Können wir ja gleich nachschauen, Sir.«

›Wieder ein *John Doe*?‹ Um einen halben Schritt fällt er zurück. Sein erfahrener Blick hat neben einen abgestorbenen Baumstumpf ein Stück verbeultes Blech entdeckt. ›Ein Bruchstück‹, wie Gomery blitzschnell kombiniert. ›Wo eines ist, sind üblicherweise zwei!‹ Nur in diesen Fall bleibt es bei einem. Kurz überlegt er stehenzubleiben, verwirft aber sofort den Gedanken.

»Da hockt er, Sir.«

Des Lieutenants Anmerkung ist überflüssig. Was Gomery sieht, verstört ihn dann doch. Zunächst empfindet er Mitleid. Wenn es bei dem Manne sich wirklich um einen Angehörigen der Army handelt, dann muss er Schreckliches erfahren haben.

So, wie jemand einen Geist gesehen hat, und absolut unfähig ist, dies mit Logik und Verstand erklären zu können. Denn Geister gibt es nicht! Und was es nicht gibt, darf auch nicht sein!

»Ist er ansprechbar?« Gomery zweifelt.

»Auf Fragen reagiert er nicht. Er wirkt in sich zurück gezogen. Wenn er etwas sagt, dann nur stammelnd.«

»Was sagt der Doc?«

»Sie liefern ihn in die Klinik ein. Der Korporal braucht Ruhe.«

»Woher wissen Sie, dass er Korporal ist?!«

»Das ist eines der wenigen Worte, die wir verstehen, Sir. Korporal und Major.«

Gomery ist elektrisiert.

»Major? Sind Sie sicher?«

Lieutenant Miller nickt.

»Interessant …«

Teilnahmslos stiert der aufgefundene Verwirrte in die Gegend. Gomery folgt dessen Blick. Vereinzelt stehende Bäume auf einer Lichtung, dessen Grund von Gras überwuchert ist. Dazwischen ein mittelgroßer Felsbrocken. Alles in allem ein typisch-normales Waldstück in dem Gebiet.

»Sonst noch was, Sir?«

Gomery verneint. Der Arzt misst gerade den Blutdruck des Korporals. Anschließend helfen zwei Sanitäter dem Verstörten auf und stützen ihn bis zum Krankenwagen.

Deborah ist hinter ihren Chef zurückgeblieben und sieht sich um. Dabei kommt sie vom eigentlichen Weg ab. Ein Gebüsch versperrt ihr den Weg. Sie will umkehren, da wird sie auf einen streichholzschachtelgroßen Gegenstand aufmerksam, der vom Geäst festgehalten wird. Vorsichtig geht sie tiefer. Etwa dreißig Zentimeter trennen Deborah noch vom Gegenstand. Im Halbschatten des feinen Geästs glimmt ein fahles Leuchten. Sie hält inne. Nein, es glimmt nicht – es gibt einen zarten Schein orangegelben Lichts ab.

Entzückt verharrt sie regungslos. Ein angetanes Lächeln zaubert der Fund ihr ins Gesicht. Quälend langsam schiebt Deborah ihre Hand nach vorn. Sie möchte nichts riskieren. Wer weiß, was das überhaupt ist! Ihre Hand beginnt zu zittern. Der Abstand schrumpft auf wenige Zentimeter.

Irrt sie sich, oder hat das Leuchten zugenommen? Deborah hält die Luft an, lässt die Hand ruhen. Herzklopfen zeugt von hoher Erregung der jungen, sonst taffen Frau. Konzentriert im hohen Maß gewahrt sie nicht, dass jemand näher kommt.

»Was tun Sie da«, ertönt ballernd Gomerys Stimme. »Pflücken Sie etwa Beeren?«

Bis in den Hals schlägt ihr das Herz, sosehr erschrickt sie. Wie eine Furie springt Deborah auf, sodass der Inspektor im ersten Moment zurückzuckt.

»Na, na, na«, wehrt er ab. »Ich wusste ja nicht … Wie sehen Sie eigentlich aus?«

Deborah hat kaum Gesichtsfarbe, und ihre verbissene Miene ist fratzenhaft entstellt. Schwer atmend wirkt sie auf Gomery nicht zurechnungsfähig. Nur langsam beruhigt sie sich.

»Sorry«, stammelt sie gepresst hervor. »Ich … ich …«

Mitleidig mustert Gomery die junge Kollegin. Sie steht da wie ertappt! Was hat sie nur gemacht? Heftig hebt und senkt sich ihr Brustkorb. Mädchenhaft steht Deborah vor ihm, den rechten Zeigefinger eigenartig verkrampft Richtung Gebüsch zeigend.

»Geht es Ihnen nicht gut?«

Er erwartet keine Antwort. Nachdenklich zögernd folgt Gomery dem ausgestreckten Finger. Ihre aufgelöste Art, ihr Gesichtsausdruck, ihre Gestik und wie sie da steht – dies alles hat ihn angesteckt. Nun kann auch der Inspektor seine Aufregung kaum noch verbergen. Eine Vorahnung dessen, was ihn nun erwartet, lässt Gomery hadern. Doch es ist zu spät. Gebannt erfasst er wie im Rausch Deborahs Fund …

* * *

Zwei Stunden sind seither vergangen. Hinter einer riesigen Spiegelwand sitzt teilnahmslos der Korporal, nach wie vor stierend in die Luft schauend. Gomery, Deborah sowie zwei weitere Beamte beratschlagen, wie es weitergehen soll. Bis vor kurzem versuchte die Polizeipsychologin in den Verwirrten einzudringen. Leider ohne Erfolg. Da ist nichts zu machen.

»Mr Korporal gehört in eine Klinik«, legt die Psychologin Gomery nahe. »Dort kann ihm am ehesten geholfen werden.«

»Haben Sie eine Idee, was ihn in diesen Zustand versetzt haben kann?« Jedes Wort wägt Gomery ab, um nicht den Eindruck zu vermitteln, er habe kein Verständnis oder er sei herzlos.

»Definitiv ist ein Trauma ursächlich dafür verantwortlich. Was genau werden wir vielleicht nie herausfinden, solange der Patient blockt.«

»Verstehe«, erwidert der Inspektor geknickt. »Veranlassen Sie alles Notwendige?«

»Ich kümmere mich drum«, lächelt die Psychologin und fügt mit zarter Stimme ein »Tut mir Leid« hinzu.

Wieder einmal führt eine heiße Spur ins Nichts. Kaum Hoffnung geschöpft, den langjährigen Feind endlich habhaft zu werden, zerplatzt alles wie eine Seifenblase. *Plopp!* Wär ja auch zu einfach gewesen.

»Was meinen Sie eigentlich zu einem Essen, Sheffield?«

Deborah sieht ihn überrascht an.

»Sie zahlen?«

»So ist der Plan. Ich muss hier raus. Etwas Ablenkung wird uns guttun, denke ich.«

Bevor sie das Präsidium verlassen, ereilt Deborah beim Pförtner ein dringender Anruf.

»Miss Deborah«, ruft der ihr hinterher. »Telefon, Miss! Professor Nightingale.«

* * *

Sensationell plastisch zieht das alles ausfüllende Bild die Zuschauer in seinen Bann. Diese werden regelrecht eingesaugt ins wiedergegebene Geschehen. Die Wucht der Szenen spricht die Sehnerven an, sodass alle störenden Einflüsse eliminiert werden. So gibt es nur noch den Zuschauer selbst, der direkt integriert wird in die Handlung und zu einem Teil derselben wird.

Die Aufzeichnung entführt Deborah, Gomery und den Professor in eine ferne Galaxie. Tausende Sterne, Monde, Planeten, Wanderer und Asteroiden ziehen ihre Bahnen. Unweit von Deborah kollidieren zwei Planeten miteinander. Tosend stieben glühende Bruchstücke auseinander, überziehen die Dunkelheit des Alls mit kleinen Sternenschnuppen. Atemberaubend klar sind Einzelheiten erkennbar. Deborah streckt die Hand aus, will einen fliederfarbenen Mond berühren. Ihre Hand fährt jedoch hindurch und durchbricht die bisherige Hologramm-Illusion.

»Wo mag das sein?«, fragt Deborah gerührt.

»Ich schätze, das sind die Anfänge des heutigen Universums«, erklärt der Professor. »Sicher bin ich mir zwar nicht, aber es wäre eine logische Schlussfolgerung.«

Nightingale ist ebenso fasziniert. Nachdem Deborah ihm ihren Waldfund zukommen lassen hat, selbstverständlich mit Gomerys Einverständnis, macht sich der Professor sofort an die Untersuchung. Als er das Gerät in der Hand hält, wird dem Professor seltsam zumute. Erst denkt er an eine in ihn schlummernde Krankheit. Nachdem er allerdings das Gerät weglegt, verschwindet auch ebendieses Gefühl. Nightingale ist danach klar, dass an die Sache mit unkonventionellen Mitteln heranzugehen ist. Seinen Mitarbeitern gibt er frei. Niemand soll Zeuge von etwas werden, dessen Tragweite nicht absehbar ist. Nightingale soll damit Recht behalten.

Über eine Stunde liegt das Gerät auf den Tisch aus feinstem Mahagoniholz, der ihm als Schreibtisch seit mehr als vierzig Jahren dient. Dem Professor bleibt nicht die im Objekt gespeicherte Energie verborgen. Allein vom Nachdenken und Ansehen werden keine Rätsel gelöst. So entschließt er sich doch dazu, Hand anzulegen. Unter der beleuchteten Tischlupe offenbaren sich Nightingale dann bisher verborgene Details. Kreisförmig sind winzige Löcher angebracht. Gegenüberliegend drei weitere, längliche. Auf Berührung reagiert eins davon. Allen Mut zusammennehmend, belässt er die Fingerkuppe auf dem der reagiert und das Kribbeln erfüllt sofort seinen gesamten Körper.

Doch nicht nur das! Mit einmal sieht Nightingale im Geiste klarer. Vergleichbar etwa, wenn man ein Lexikon aufschlägt und gezielt nach einem Begriff sucht, der dann erklärt wird. Professor Nightingale weiß plötzlich, was für ein Objekt er vor sich hat. Vermutlich setzt das Gerät bestimmte Wellen aus, Neuronen werden stimuliert und übergeben ein Signal an die Synapsen zum Öffnen des angesprochenen Gehirnareals, das bisher brachlag. Eben wie ein Lexikon das Wissen speichert, beinhaltet dieses Areal ebenfalls altes Wissen. Doch woher kommt es? Die Antwort wird dem Professor sofort offenbart, allerdings muss er die erstmal geistig verdauen.

Bei dem streichholzschachtelgroßen Gerät handelt es sich um einen Hologramm Rekorder. Vom Träger aktiviert, zeichnet der Rekorder alles herum dokumentarisch auf. Einzelne Szenen können während der Wiedergabe übersprungen werden, was Nightingale jetzt tut.

Von zahllosen funkelnden Sternen umringt, erscheint im Bild ein unförmiges, langgezogenes Objekt, das in seiner Spiralform einem Korkenzieher gleicht. Ein Schwenk der Kamera gibt einen Eindruck des gigantischen Objekts preis.

»Es handelt sich hier um ein Raumschiff irrationalen Ausmaßes«, verlautbart Nightingale gedämpft.

»Ist nicht Ihr Ernst, Professor!«

Gomery ist fassungslos. Ein Wissenschaftler und eine Science-Fiction-Äußerung?

»Schauen Sie genau hin!«

Das als Raumschiff identifizierte Objekt verändert ohne ersichtlichen Grund die Erscheinung. Aus den einen ›Korkenzieher‹ werden Dutzende. Breitflächig entsteht ein wahrlich abstruses Gebilde, das mit nichts vergleichbar ist, was Menschen je erbaut haben.

Wieder wechselt die Szene.

»Ist das die Erde?«

Die Antwort liefern die angeordneten Kontinente, beide Pole und die beeindruckende Wasserflächen. Rasant beginnt eine Kamerafahrt, die nicht nur Deborah zusetzt. Auch Gomery muss hohe Konzentration aufbringen, um nicht das Gleichgewicht zu verlieren. Nach den Umrissen der angesteuerten Landmasse zu urteilen, geht es direkt aufs – Vereinigte Königreich zu.

»Es landet?!« Deborah ist außer sich.

»Wenn mich nicht alles täuscht, ist das genau das Gebiet mit dem fehlendem Haus«, merkt Nightingale an.

Tatsächlich, jetzt erkennen es beide Polizisten auch. Eine überschlanke Schattengestalt nähert sich dem verfallenen Gebäude. Deborah bekommt Gänsehaut. Der Schatten misst um die drei Meter. Ein paar Fühler ragen empor. Die sehr dünne Taille der Gestalt passt proportional nicht zum kräftigen Oberkörper. Die Physiologie ist nicht menschlich, sondern *Insektoid*!

Äste fliegen umher. Über dem leerstehenden Haus durchbricht ein kleineres, um die eigene Achse rotierendes Raumschiff die Wolkendecke. Ein Vorhang aus leuchtenden Lichtstrahlen senkt sich herab, umhüllt das Gebäude vollständig. Als der Lichtvorhang wieder verschwindet, fehlt auch das Haus.

Das Hologramm zerfällt in seine Bestandteile.

»Moment bitte«, sagt entschuldigend der Professor. »Bin noch nicht so geübt damit.«

»Wie sind Sie überhaupt darauf gekommen, dass dieses Ding ein …«

»Ich hatte plötzlich das Gefühl, ich kenne das Gerät, Miss Sheffield. Der Holograph muss etwas ausgelöst haben, dass ich mich erinnern konnte.«

»Wie soll das gehen?«

»Dafür sind andere da, die sich damit auseinandersetzen werden müssen. Ich denke auch, dass jeder das außerirdische Gerät bedienen kann.«

Zum ersten Mal wurde ausgesprochen, was seit Längeren in der Luft schwirrt.

»Das glaubt uns doch keiner!«, prustet Gomery heraus. »Niemand wird den Bericht für voll nehmen! Sie werden uns in die Psychiatrie einweisen.«

Die Unterbrechung ist behoben. Allem Anschein nach setzt die Wiedergabe mitten in der Szene ein, die Menschen in einem Wald zeigt. Gomery glaubt einen davon zu kennen. Und richtig, einer von ihnen ist der Korporal! Den Atem anhaltend verfolgt der Inspektor das Geschehen. Eine herausragende Gestalt tritt in den Mittelpunkt. Alles überragend, ist sie wirklich nicht zu übersehen. Die strahlt eine besondere Art von Macht aus, die selbst diese Konserve vermittelt.

Die Männer sind beim Anblick erstarrt. Nur einer legt die Waffe an und zielt. Dann geht alles blitzschnell. Einige der kleineren ›Ameisen‹ stürzen sich schützend auf diesen Mann, dessen Gesicht nur schemenhaft zu sehen ist. im selben Augenblick wird alles von dem schon bekannten Lichtvorhang eingehüllt.

Unwirklich und fremd wirken die anschließenden Bilder. Alle Männer sind spurlos verschwunden. Die Riesengestalt scheint den ›Ameisen‹ Anweisungen zu geben, die daraufhin fort stapfen. Zurückgeblieben nähert sich die Riesengestalt der Kamera.

»Unmöglich«, flüstert Deborah. Ihr wird schlecht.

Vor ihr steht, mit sich bewegenden Mundwerkzeugen, wahrhaftig eine *Gottesanbeterin*! Deborah wendet sich ab. Taumelnd verlässt sie den Hologramm-Bereich und würgt. So sieht sie nicht, wie Hubschrauber die Fremden bedrängen und das Feuer eröffnen. Wie ein Feuerball die Helikopter verschluckt und unzählige Trümmer herabregnen. Und ihr entgeht, wie die Kamera den Halt verliert.

* * *

Zwei Wochen später schließt Gomery die Akte. Der Korporal wird in eine Klinik eingewiesen, die er wahrscheinlich nie wieder verlassen wird. Die Identität des Nackten kann niemals geklärt werden, da es keine Vermisstenanzeigen gibt, die seiner Beschreibung entsprechen. Deborah Sheffield versieht wieder ihren normalen Streifendienst und hat um ihre Versetzung gebeten.

Achtundzwanzig

Aus dem Frachtraum dringen Stöhn-Geräusche und das vertraute *Flippern*. Dako und Waynúpa hören deutlich, wie etwas Schweres zu Boden fällt. Sie eilen herbei. Inzwischen ist der Alarm verstummt. Vor der geschlossenen Tür bleibt Dako stehen. Sein Gesicht zeigt tiefe Sorgenfalten.

»Und was, wenn es nicht Tokahe ist, sondern welche vom Schiff?«

»Ist es für deine Vorsicht jetzt nicht zu spät?«

»Wir müssen vorsichtiger werden …«

Leise zischt das Schott. Auf alles vorbereitet gehen beide hinein. Dakos Logik sagt ihm, es könne nur Tokahe sein. Denn der Alarm hat sich schließlich selbstständig abgeschaltet. Dies ist nur dann der Fall, wenn dem System bekannte DNA-Strukturen an Bord gelangen.

Und da liegt er. Hustend und schnaufend. Tokahe kommt nur schwerfällig auf die Füße.

»Was glotzt ihr so! Wollt ihr mir nicht helfen?!«

Sie glotzen wirklich, denn der Tokahe, der da vor ihnen liegt, ist nicht der Tokahe, der er noch gestern war! Nur der Maki ist wie immer ganz aus dem Häuschen, wenn er Dako wieder sieht.

»Also gut«, beginnt Tokahe. Sichtlich geschwächt lehnt er sich an den Transmitter. »Sagt mir nur eines: Sind die Fremden noch da draußen?«

Dako nickt.

»Hätte ich mir denken können. Kann man nichts machen.«

»Wie siehst du eigentlich aus?« Waynúpa kann nicht länger warten. Sein älteres Ich strotzt vor Kraft, wenngleich er außer Atem ist. Er trägt das Haar kurz und der lange Bart ist ab. Und natürlich ist da der linke Fuß …

»Tja«, lacht Tokahe auf. »Da staunst du, Kleiner!«

Waynúpa will protestieren, doch die versöhnliche Handbewegung Tokahes lässt ihn schweigen.

»War ich lange weg?«

»Vielleicht einen dreiviertel Tag«, antwortet Dako.

»Nach meiner Rechnung ist ein halbes Jahr vergangen. Aber dank dieser ausgezeichneten Erfindung«, er tätschelt liebevoll die Glaskabine, »sind nur ein paar Stunden vergangen. Wäre mein Gedächtnis besser, dann hättet ihr es gar nicht gemerkt.«

Verschmitzt lächelt er die Kameraden an.

»Wie wär es jetzt mit einem Drink?«

Natürlich sind Dako und Waynúpa auf eine Erklärung gespannt. Doch Tokahe lässt sich nicht drängen. Völlig ausgehungert, wie nach einer entbehrungsvollen Zeit, isst er erst einmal ausgiebig. Für die Gefährten heißt es also warten!

Nach einer geschlagenen Stunde, ausgefüllt mit Schmatzen und Schlürfen, unterdrückt Tokahe einen Rülpser.

»Entschuldigt Leute. Aber ich hab seit Wochen nichts Anständiges mehr gegessen! Ihr müsst wissen, dass nach Glaskabinenzeit knapp sechs Monate verstrichen sind.«

Dako wirft Tokahe einen warnenden Blick zu, der jedoch ignoriert wird.

»Sag bloß, du hast ihn immer noch nicht eingeweiht. Na ja, verstehen kann ich es schon. Schließlich ist *er* ich, als ich dreißig war.«

»Was soll das schon wieder! Bin ich hier etwa euer Depp?!«

»Nein, Waynúpa. Ganz bestimmt nicht«, beeilt sich Dako ihn zu versichern.

»Und das soll ich dir jetzt glauben? Ich dachte immer, du wärst mein Freund!«

»Das bin ich, junger Waylon. Lass uns später darüber reden, wenn wir daheim sind.«

»Wir kommen hier doch eh nie mehr weg ...«

»Also ich war früher nicht so pessimistisch«, wirft Tokahe ironisch ein.

»Oh doch«, widerspricht Dako energisch. »Deine Fehler von damals wollen wir doch nicht aufzählen?«

Beide ziehen unwillkürlich den Kopf ein.

»Und jetzt erzähl endlich, Tokahe!«

»Warum hast du wieder deinen Fuß und die Hand!«

»Die Erklärung ist simpel, mein junges Ich! Ich kam dir einfach zuvor.«

»Ich versteh nicht ...«

»Wirst du gleich, Waynúpa. Damals, draußen im Wald, bekam ich übelste Kopfschmerzen. Es war wie ein schreckliches Gewitter in meinem Hirn. Ich konnte mir keinen Reim drauf machen. Bis ihr mich gefunden habt, zog es sich hin. Die Schmerzen waren die Hölle, das könnt ihr mir glauben. Und dann war der Spuk vorbei und ich konnte wieder klar denken. Aber Hand und Fuß waren verloren ... – Weißt du noch, was ich dir damals sagte? – Nein? – ›Dies ist das Ergebnis unserer zukünftigen Zusammenarbeit!‹«

Waynúpa erinnert sich sehr vage daran.

»Kurz vorher, bei einem wiederholten *Kopfgewitter*, fiel ein Schleier von meinem Erinnerungsarsenal. Ich weiß, was passiert war beziehungsweise noch passieren wird. Du, Waynúpa, wirst der Schlüssel dazu sein.«

»Ich? Ich hab doch ...«

»*Noch* hattest du nichts getan. Ein feiner Unterschied. Gestern – nach Bordzeit – wäre es soweit gewesen. Für mich liegt die Erinnerung über Jahre zurück. Ich brauchte daher länger, um zu verstehen. Ich erinnerte mich plötzlich haargenau, als wir vorm Panoramaschirm saßen. In der Nacht wollte ich, also du, klammheimlich aufstehen und dem Raumschiff drüben einen Besuch abstatten. Irgendetwas tun, um Gewissheit zu erlangen. Und genau das hätte den *Unfall* heraufbeschworen.

Nur der Unfall war keiner. Sie hätten dich bemerkt und eingefangen. Die Glaskabine ist kein Kreuzer und schon gar nicht bewaffnet. Doch du wusstest es nicht! Sie fingen dich ein. Als du fliehen wolltest, schossen sie dir erst in die Hand und dann in den Fuß. Da keine Erste Hilfe geleistet werden konnte, hast du dir den Fuß abgeschnitten. Ich fühle noch den Schmerz!«

»Aber ich kann mich an nichts …«

»Von deiner Warte aus ist es niemals passiert, Waynúpa! Da ich aufbrach – und *nicht* du –, veränderte sich *unser* Leben. Mir wurde es klar, als ich das Raumschiff drüben näher inspiziert habe. Ich wollte wissen, wer die sind. Aber keine Chance! Sie bleiben Unbekannte. Also vermied ich den Punkt, an dem sie dich entdeckt haben, wie immer das auch möglich sein könnte. Ich verschwand in den Tiefen der Zeit.

Dann begann ein wahrer Irrflug. Ich wusste ja nicht, wohin ich sollte. Planlos zu reisen ist genauso gefährlich, wie als Nichtschwimmer ins Meer zu gehen. Also kehrte ich auf Uridräo zurück, und zwar zu der Zeit, die zwischen meinem ersten und zweiten Aufenthalt lag. Ich wollte einfach vermeiden, noch einmal mir zu begegnen. Es ist ja schon so kompliziert genug.

Irgendwann nach drei, vier Tagen beschloss ich etwas zu unternehmen. Auf dem Mond gibt es keine Spuren der *Wächter*. Sie müssen erst später aufgetaucht sein. Dies wollte ich nutzen. Es dauerte, bis ich in den Stützpunkt hinein kam. Mir ist, als sei es gestern erst gewesen, als ich den Code knackte; dabei waren Monate ins Land gegangen. Ist schon eine Sache für sich, dass mit der Zeit.

Es dauerte nochmals einige Zeit, bis ich Rebeccas Raum fand. Dort habe ich alles auf den Kopf gestellt. Bis ich endlich fand, wonach ich suchte …«

Tokahe griff in seine Hosentasche und zieht ein längliches Päckchen hervor.

»Ist es das, was ich glaube?«, fragt Dako.

»Sieh nach.«

Der alte Dakota wickelt langsam den Inhalt aus.

»Was ist das?«

»Das, Waynúpa, ist unser Ticket nach Haus.«

Vor ihnen liegt der Kristall! Dako erklärt Waynúpa dessen Bedeutung.

»Morgenkristall?«

»Ja. Er eröffnet einem die Tür nach Uridräo.«

»Was hat das mit ›Morgen‹ zu tun?«

»Warte noch vierzig Jahre, dann verstehst du es«, sagt Tokahe etwas unwirsch.

»Wenn ich dann so werde wie du, dann verzichte ich.«

»Du bist ich, schon vergessen?!«

»Deine Überheblichkeit kotzt mich an!«

»Keinen Zwist, Jungs!«, schreitet Dako ein. »Reißt euch gefälligst zusammen!«

»Aber …«

»Er hat es nicht so gemeint! Wenn ihr euch prügeln wollt, dann nicht hier!«

»Tut mir Leid, Dako …«

»Manchmal ist es besser, selbst zu erleben«, erklärt Tokahe im ebenfalls friedlicheren Ton.

Um die Spannung nicht noch weiter anzuheizen, legen sie eine Pause ein.

* * *

Unbeobachtet kommt Bewegung in die *Krake*. Die Tentakeln werden eingefahren, was in Anbetracht der monströsen Konstruktion zügig vonstatten geht. Als alle eng anliegen und das Schiff wieder die Form einer Spirale eingenommen hat, beginnen zum ersten Mal Lichter zu blinken. Schwerfällig kommt der Rumpf in Fahrt, dreht ab. Minuten vergehen, bis die *Krake* den Rand des Sonnensystems erreicht hat. Das jetzt eingeschaltete Energiefeld stößt vereinzelt Blitze ins All; ein Zeichen für den bevorstehenden Start. Eruptiv entsteht ein blauweißer Lichtball, der sekundenschnell in sich zusammenbricht. Er hinterlässt eine Leere, als sei nie der *Krake* anwesend gewesen.

Neunundzwanzig

Arimea, Vergangenheit.

Schockiert betritt Lokar das Zimmer. Amerona hat ihn vom Vorfall in der Abenddämmerung berichtet. Eigentlich ist er zweimal überrascht. Denn mit der Kommandantin der »Sternengral« hat er definitiv nicht gerechnet. Ausgerechnet sie ist die Freundin, mit der sich Eliwor getroffen hat!

Das Zimmer ist wohltemperiert. Eliwor sitzt an einem der Fenster, die einen grandiosen Ausblick auf das Tal freigeben. Sie sind allein

»Wie geht's dir?« Seine Stimme klingt porös und zittert.

Eliwor springt auf und fällt ihn um den Hals.

»Gut das du da bist«, schluchzt sie. »Es war so schrecklich.«

Zärtlich streichelt er sie. So eine Situation kennt Lokar nicht. Immer ist alles friedlich und besonnen verlaufen. Vor allem in Burali. Kein Arimeaner würde einem Anderen etwas zuleide tun. Das den Planeten umspannende Sicherheitssystem ist ausschließlich zur Überwachung von außen gedacht. Selbst bei Meinungsverschiedenheiten, wie zwischen der *Wächtern* und *Blendern* herrscht nur eine verbale Auseinandersetzung.

»Magst du mir davon erzählen?«

»Da war plötzlich ein *Flirren* und ein mir nicht bekanntes Flugobjekt erschien. Lokar, es war einfach da!«

»Wie hat es denn ausgesehen, Liebes?«

Eliwor schnäuzt sich die Nase.

»Rund und durchsichtig ist es gewesen.«

Rund und – durchsichtig? Ein vager Verdacht drängt sich Lokar auf. Doch das kann unmöglich sein!

»Und was noch?« Es kostet ihn einiges an Kraft, beherrscht und neutral zu klingen.

»Da war noch dieser … dieser … ja, es muss ein Typ gewesen sein … «

»Wie hat er ausgesehen?«

»Lokar! Es war so furchtbar …« Eliwor verfällt erneut in einen Schluchzanfall. Schon lässt sie sich beruhigen, bevor er seine Frage wiederholt.

»Fremd … Er war kein Arimeaner … ganz … ganz bestimmt nicht.«

Dies elektrisiert Lukar noch mehr. Wenn sein Verdacht sich bewahrheitet, und es ein ›RZG‹ war, muss geklärt werden, wer die neue Technologie noch einsetzt. Seines Wissens niemand außerhalb des arimeanischen Einflussbereiches. Befreundete Planeten hätten Arimea darüber in Kenntnis gesetzt. Bleiben nur die Urigoren und deren Verbündete!

»Wenn ich mich nicht irre – es ging alles so verdammt schnell – hat er eine untypische Haartracht getragen …«

»Erinnre dich, Eliwor. Es könnte ausschlaggebend sein.«

»Ich versuch es ja …«, ruft sie erbost aus. »Langes Haar, hinten zusammengebunden und vorn auch …« Während sie mit geschlossenen Augen sich konzentriert, gestikuliert Eliwor eifrig mit den Armen.

»Vorn?« Lokar versteht nicht.

»Ja, im Gesicht da hing ein Zopf herab …«

Kein bekanntes Volk hat diese Merkmale!

»Von der Statur würde ich sagen, sah er aus wie …«

»Ja?«

Eliwor schließt nochmals die Augen, ruft im Geist die Erinnerung auf. »… wie … wir …«, ergänzt sie gedehnt.

◎

Was bleibt Lokar weiter übrig, als den Ältesten über den mysteriösen Vorfall zu unterrichten? Es ist seine Pflicht, alles erdenklich mögliche zu tun, damit die Sache aufgeklärt wird. Nicht nur wegen Eliwor, sondern allein des Kodexes wegen.

Wider Erwarten empfängt ihn Orinario in seinem Privatgewölbe. Der Älteste zeigt wirkliche Freude über den unverhofften Besuch, lässt sich aber nichts anmerken, wie sehr ihn dieser überrascht.

Lokar teilt Orinario ausführlich die bekannten Fakten mit. Der Älteste hört ruhig zu. Nach außen hin scheint er gelangweilt zu wirken; in seinem Inneren aber brodelt es. War der Bau des ›RZG‹ doch ein Fehler? Viele waren dagegen gewesen. Doch Orinario stellte sich auf Seiten des verantwortlichen Leiters, versprach der Einsatz doch ungemein viele Vorteile. Besonders auf die bevorstehenden Einsätze auf den Randplaneten. Der Wissenschafts-Rat drängte darauf, endlich die erforderlichen Untersuchungen abzuschließen, damit baldigst Ergebnisse vorlägen.

Auch er empfand es an der Zeit, die Lebensinjizierung voranzutreiben. Der allererste Einsatz des ›Raum-Zeit-Gleiters‹ unternahm Orinario gemeinsam mit Fourlo, der ihn entwarf und konstruiert hatte. Am Ende waren beide erschüttert. Nicht über den Gleiter, sondern über die Zukunft Arimeas. Die älteste Zivilisation war dem Untergang geweiht! Und zwar selbstverschuldet.

Dies geht alles durch Orinarios Kopf. Nachdem Lokar fertig ist, erwägt der Kreisälteste ihn als Verbündeten einzuweihen, hadert jedoch damit.

»Bist du dir sicher?«

»Eliwor hat einen Mann beschrieben, der außer den Haaren

uns gleicht. Ja, ich bin mir sicher, dass es eine uns ähnliche, aber trotzdem fremde Spezies handelt.«

Eine gewagte, aber durchaus begründete These und nicht einmal abwegig!

»Wann musst du im Schiff sein, Lokar?«

»In drei Tagen.«

»Geh und warte in deiner Wabe. Zu niemanden ein Wort! Ich melde mich, sobald ich weiß, was wir tun werden.«

Lokar deutet ein Verbeugung an. Die Unterredung ist beendet und er geht auf kürzesten Weg in seine Wohnung.

Orinarios Einfluss ist größer, als Lokar dachte. Überraschenderweise führt nicht Amerona die »Sternengral«, sondern Teasar. Der ist leidenschaftlicher Befürworter und Unterstützer des *Kreises*. Somit kann Lokar sich voll und ganz seiner Mission widmen, ohne Gefahr zu laufen, entdeckt zu werden. Außerdem sind drei weitere *Wächter* an Bord, die Lokar den Rücken freihalten.

Gleich nach Ankunft auf dem Randplaneten, bereitet Lokar alles gewissenhaft vor. Mithilfe des ›RZG‹ kann er mehrere Epochen in der Zukunft aufsuchen und nachprüfen, ob und wie erfolgreich sie sind. Eng arbeitet er mit Mila zusammen, der Lokar nach jeder *Reise* Bildsequenzen überlässt.

Die »Sternengral« verbleibt auf unbestimmte Zeit auf dem Planeten. Teasar zählt als einziger die Sonnenauf- und Untergänge und dokumentiert. Bald zieht eine gewisse Routine ein. Draußen im Laborcamp werden die einzelnen Versuchsanordnungen geplant, vorbereitet und durchgeführt.

Bis es soweit sein wird, verfolgt Lokar den vom *Kreis* autorisierten und reglementierten Aufgabenkomplex. Oberste Priorität ist es herauszufinden, woher der ›Raum-Zeit-Gleiter‹ kam, der in Burali gesichtet wurde und Eliwor in Angst und Schrecken versetzt hat. Lokar gibt die genauen Koordinaten und Zeitangaben ein, die aus ellenlangen Zahlen und Zeichen bestehen, die das System vorher berechnet hat. Ein ausgeklügelter Sichtschutz, der das auftreffende Licht auf den ›RZG‹ so ablenkt, dass er unsichtbar bleibt, sorgt für unerwartete Entdeckung. Der Sichtschutz arbeitet völlig autark, ist also kein fester Bestandteil der Glaskabine. Sollte die *Kugel*, die vor Eliwor auftauchte, aus ferner Zukunft kommen, darf nichts an der bisherigen Struktur einschließlich Technologie verändert werden!

Teasar steht im Schott zum Frachtraum und beobachtet Lokars Tun. Sein Freund ist nicht wieder zuerkennen, seit der letzten Reise.

»Hab nie für möglich gehalten, dass du auf unserer Seite stehst«, sagt Lukar, als er den Kommandanten bemerkt.

»Es sind schwierige Zeiten.«

»Wem sagst du das.«

»Ich habe immer gedacht, dass du eher neutral bist.«

»Ach ja?«

»Amerona ist eine gute Beobachterin. Sie hat dich immer im Auge.«

Lokar schluckt.

»Sie hat sich mir gegenüber niemals geäußert.«

»Bei ihr kann man nie sicher sein, Lokar. Ich kenne die Frau ziemlich gut. Ist sie dein Freund, hast du nichts zu befürchten. Aber wehe, sie mag einem nicht …«

»Woher kennst du sie eigentlich?«

»Ich komme aus dem Inneren Ring Arimeas. Amerona aus dem Mittleren. Als ich so alt war wie du, traf ich sie an der Grenze. Wir verstanden uns sofort. Ihr verdanke ich, dass ich zur Crew gehöre.«

Lokar schmunzelt.

»Hattest du was mit ihr?«

Der Freund senkt den Blick.

»Ich will dich nicht aufhalten, Lokar. Sei vorsichtig.«

Ohne ein weiteres Wort verlässt Teasar das Schott.

Wüsste es Lokar nicht besser, dann hätte er jetzt den Eindruck, dass Teasar doch zu den *Blendern* gehört. Doch vielmehr sorgt er sich um Eliwor. Er begreift nicht die Freundschaft mit Amerona. Entweder sind seine und Teasars Rückschlüsse falsch, oder aber …

›Falscher Zeitpunkt, Lo!‹, unterbricht er die Überlegung. ›Konzentrier dich auf die Aufgabe!‹

Gleich kommt Eliwor die Stufen herauf. Zeit und Ort stimmen überein. Lokar checkt noch einmal die Sensoren, schaltet den Abtaster ein. Hinter den Bergmassiv verschwindet die Sonne. Hier wird es früher dunkel als im Umland. Das fällt einem erst dann auf, wenn man längere Zeit nicht in Burali war.

Nur selten nimmt jemand den Weg, der ins Röhrenhaus führt. Somit besteht kaum Gefahr eines ungewollten Zusammenstoßes. Lokar ist angespannt, obwohl kein Grund dafür besteht. Sollte etwas schief laufen, kann er jederzeit diesen Trip wiederholen.

Die Sensoren melden Eliwors Kommen. Er lächelt angenehm berührt. Sie ist erschöpft, ihre Herzfrequenz erhöht.

Luftmoleküle flirren. Auf einer Fläche, die des eigenen ›Raum-Zeit-Gleiters‹ entspricht. Lokar hält den Atem an. Was er dann erblickt, raubt ihm fast die Fassung. Eliwor hat nicht übertrieben, aber es ist etwas anderes, es mit eigenen Augen zu sehen. Der Insasse wirkt ebenso verwirrt und paralysiert wie die junge Frau. Froh darüber, dass alles aufgezeichnet wird, schaltet Lokar geistesgegenwärtig die Verfolgungsautomatik ein. Denn schon beginnt die Entmaterialisierung des Apparates. Die anhand der aufgewirbelten Atomteilchen hinterlassene Spur, nimmt die Automatik die Verfolgung auf, ohne die wäre Lokar chancenlos.

Kaum verschwindet der Fremde, gerät auch Lokar in den

Zeitenstrudel. Es ist nichts erkennbar. Schlieren deuten auf die hyperschnelle Geschwindigkeit hin. Alles verläuft reibungslos. Heikel dagegen wird die Ankunft werden. Da die Automatik sich an den vorauseilenden ›RZG‹ orientiert und genau denselben Weg nimmt, wird es unausweichlich zur Kollision kommen. Und die Landung kann jeden Augenblick erfolgen!

Die Zeit drängt also. Nie war er so sehr von der Angst beseelt wie eben. Die Gedanken in seinem Kopf wirbeln durcheinander. Haben die Konstrukteure das Problem erkannt und berücksichtigt? Mit schwitzenden Fingern ruft Lokar das entsprechende Programm auf. Jetzt rächt sich seine Unkenntnis darin. Er flucht. Gehetzt ruft er gesetzte Parameter auf. Woher soll er wissen, was diese Zahlen bedeuten?! Sein logisches Verständnis will versagen, ihn in die Irre führen. Eine tödliche Irre!

Da – das könnte es sein. Eine Viererkette! Länge, Breite, Höhe, Zeit! Das muss es sein! Während der Verfolgung kann er nicht eingreifen. Kommt sein ›RZG‹ an, dann ist es zu spät. Schweißperlen überziehen seine Stirn. Nur keinen Fehler machen! Panisch überfliegt er weiter unten stehende Werte. Und da prangt das Zeichen für ‹Ziel-Versatz›! Daneben das Feld ist leer. Lokar überlegt. Muss da die tatsächliche Entfernung eingesetzt werden, oder die übliche Quadranten-Unterteilung? Also hundert Meter werden geviertelt. Ein Quadrant entspricht fünfundzwanzig Meter. Gibt er die Zahl einhundert ein, und die Berechnung erfolgt anders, wird die Entfernung mehr als verdoppelt.

›Immer noch besser, als eine Kollision‹, durchfährt es Lokar. Also einhundert!

Etwas ruhiger verfolgt er die Reise, die bald darauf prompt enden wird …

Dreißig

Zartak-System, Gegenwart.

Äußerst heftig fällt der Schlag aus, der Lokar trifft. Mit voller Wucht wird er erst aus den ›RZG‹, anschießend gegen eine harte Wand geschleudert. Benommen bleibt er in verrenkter Haltung liegen.

Nachdem der dunkle Schleiernebel von ihm ablässt, bleiben wahnsinnige Kopfschmerzen, die im Rhythmus des Herzschlages hämmern. Begleiterscheinender Brechreiz hält Lokar gefangen. Wenn er versucht ruhig liegen zu bleiben, ist der Zustand auszuhalten. Wäre da nur nicht der Atemreflex. Mit jedem Heben und Senken des Brustkorbes werden die Schmerzen neu entfacht.

So muss Lokar hinnehmen, wofür er momentan keine Kraft hat: Sich ergeben im Schicksal des folgenschweren Unfalls. Ausgeliefert einer fremden Welt, einer fernen Zeit und ohne Medizin.

Die Frau geht ihm nicht mehr aus dem Sinn. Interessanterweise sieht sie Karoline ähnlich. Sein Verstand sagt Tokahe, dass es nicht sein kann. Das Herz dagegen spricht die Sprache der Sehnsucht. Übereilt ist er aufgebrochen; will er nicht riskieren, gefasst zu werden. Dank des Transmitters ein Leichtes. Er hat sich für Uridräo entschieden. Dies ist der einzige Ort, wo er bedenkenlos landen kann.

In der Hektik muss ihn ein Fehler unterlaufen sein, denn als er materialisiert befindet er sich direkt vor den Stufen der Pyramide.

›Ist eh keiner da‹, denkt Tokahe erleichtert. ›Dann stolpert auch keiner darüber.‹

Ganz ungesichert will er den Transmitter aber nicht zurücklassen. Zum Glück haben die Konstrukteure eine Sicherung gegen unbefugtes Eindringen eingebaut. Das Schönste daran: Nur *er* kann sie wieder deaktivieren. Dank irgendeinem Muster, das er aussendet. Tokahe hat das nie verstanden, auch wenn Dako es ihm noch tausendmal erklären würde. Hauptsache es funktioniert.

Es ist schon komisch, dass er wieder auf dem Mond ist. Dieser Ort scheint ihn magisch anzuziehen. Wenn immer etwas Unvorhergesehenes eintritt, landet er hier!

Wenigstens kann Tokahe jetzt ausschnaufen. Ohne in der *Sardinenbüchse* von Gleiter ständig mit Dako und Waynúpa aufeinander zu hocken. War es anfangs ein Abenteuer, entwickelte sich das Ganze in eine ihm nicht zusagende Richtung.

Erstmal ins *Appartement*! Manchmal sehnt man sich nach einem vertrauten Hort, an dem man unbekümmert sein darf. Keine Verpflichtungen, keine nervigen Mitbewohner und Ruhe. Ja, die braucht er jetzt.

Der Bach plätschert. Reines, frisches Wasser! Freudig rennt er zu dem Wasserlauf, sinkt auf die Knie, schöpft mit den Händen das köstliche Nass. Allein der Geruch wirkt belebend. Strömt Wasser überhaupt einen Duft aus? Egal! Hauptsache satt trinken!

Immer noch pocht und hämmert es in Lokars Schädel. Einfach liegenbleiben und abwarten bringt nichts. Er muss sich aufrappeln, koste es, was es wolle. Um auf die Beine zu kommen, reicht die Kraft nicht aus. Solche Pein hat er noch nie erfahren. Für derartige Vorfälle ist Arimeas Hilfesystem sehr gut gerüstet. Sobald ein Notfall eintritt, schwärmen die IATRAs aus; biologisch gezüchtete Roboter mit Erstversorger-Ausrüstung. Wobei die dortigen Unfälle meist harmlos sind.

In der Ferne ist Lokar auf sich allein gestellt. An einen I-ATRA hat er auch nicht gedacht. Was sollte denn schon großartiges passieren? Naivität rächt sich eben bitter.

Lokar versucht gleichmäßig flach zu atmen. Es klappt. Paar Zentimeter kann er der Arm bewegen, das Bein auch. Lokar fasst Mut, hält die Luft an und presst an gegen den wallenden Schmerz. Auf den Ellenbogen sich stützend, dreht sich das Unterste nach oben. Die Lungen brennen. Vorsichtig tastet er sich mit der freien Hand ab, bewegt ein Bein.

›Nichts gebrochen‹, stellt er beruhigt fest.

Zentimeter um Zentimeter arbeitet sich Lokar höher. Im Sitzen erfasst ihn eine neue, extremere Schmerzwelle, die sein Blickfeld stark einengt. Brechreiz setzt ein, er würgt. Der Schwall von bitter Erbrochenem, setzt einen Mechanismus in Gang, den er in diesem Ausmaß nicht kennt. Alles was der Magen noch nicht verdaut hat, ergießt sich vor Lokar.

Nach der erlebten Zerstörung des Mondes, ist es ein wahres Wunder, das Baumhaus im tadellosen Zustand vorzufinden. Tokahe ist ergriffen. Dank des Zeittransmitters darf er sein *Appartement* noch eine Weile nutzen. Wenn er es klug anstellt dann lebenslang! Eine Träne stiehlt sich aus dem Auge. Eine Träne wahrhaftigen Glücks.

Mit vollem Elan nimmt er die Sprossen, überwindet im Handumdrehen die Distanz zum Einstieg. Vertrauter Duft schlägt ihm entgegen. Gedankenvoll streicht er liebevoll über das Flechtwerk. Alles steht an seinem Platz, genauso wie es verlassen wurde. Gänsehaut-Feeling pur! Die Glaskabine ist Segen und Fluch zugleich. Ohne den Transmitter gäbe es alles nicht mehr und er würde nicht hier stehen. Mit der Paläotechnik werden Erinnerungen hautnah erlebbar.

Schnell ist der Raum inspiziert, sind die Flechtfensterläden geöffnet. Glücklich streckt er sich auf der Pritsche aus. Entspannt gleitet sein Blick über jeden Winkel. Er seufzt, schließt die Augen. Tokahe ist daheim …

Anfangs hat Lokar große Mühe, fest auf den Füßen zu stehen. Bedrohlich schwankt er, findet allerdings bald den richtigen Bewegungsablauf, der seinen Schmerzen und dem Gleichgewichtssinn gerecht wird. Eine Erfahrung, auf die er gerne verzichtet hätte.

Vor Lokar befindet sich eine grüne Wand hiesiger Vegetation. Vom ›RZG‹ ist jedoch nichts zu sehen. Hoffentlich ist der noch intakt, sonst stünde Lokar auf verlorenem Posten – im wahrsten Sinne des Wortes.

Fieberhaft hält der Gestrandete Ausschau. Er steht auf einer Aufschüttung, die ein steinernes Monument mit der Wildnis verbinden. Das aufgeschüttete Material besteht aus Felsbruch, dass von Witterungseinflüssen verfestigt wurde. Beide Hänge führen, angesichts Lokars Lädierungen, in schwindelerregende Tiefe.

»Ist wohl nicht mein Tag«, presst er gequält hervor.

Die Pflanzen befindet Lokar als nicht vertrauenserweckend.

»Also zum Monument …«

Seine Füße gehorchen ihm nur wiederwillig. Es kostet unheimlich an Kraft, ein, zwei Schritte zu gehen. Schmerzhaft wird ihm bewusst, wie angeschlagen er ist. Außer Atem pausiert Lokar. Er überlegt, wenn er drei Pausen einlegt, ist die Wahrscheinlichkeit am größten, halbwegs unbeschadet hinüber zu gelangen.

›Nur nicht stürzen‹, hämmert es in ihm. Wie fatal dies wäre, will er sich besser nicht vorstellen. Bei seinem derzeitigen *Glück* fiel er nicht nur hin, sondern rutscht garantiert die Geröllböschung hinab. Da unten bestünde erstrecht keine Chance für Lokar.

Ein kurzer Blick folgt seinen Gedanken in die Tiefe. Hätte er es lieber gelassen – dort unten liegen die Reste seines

›Raum-Zeit-Gleiters‹!

Eine halbe Stunde mag vergangen sein. Erfrischt erhebt sich Tokahe. Es war kein Traum; tatsächlich ist er im *Appartement*. Manchmal ist der Wunsch Vater des Gedankens, diesmal die Wirklichkeit Hort der Erfüllung.

Gutgelaunt und schwungvoll steht er auf. Die lieb gewonnene Unterkunft ist de facto Balsam für die Seele. Nach all den Jahren, in denen es kein richtiges Zuhause mehr gab, ist dies Urlaub pur! Mehr braucht Tokahe nicht. Kein Luxus würde ihn mehr entschädigen!

Am Meer entlang zu spazieren ist ebenfalls Luxus. Der Ozean ein Zeichen für unendliche Freiheit. Wellen umspülen seine Füße. Das Wasser kühlt angenehm. Gemächlich schreitet er, dem Felsvorsprung zugewandt, weiter. Eigentlich kann man's hier aushalten. Alles, was zum Leben gebraucht wird, lässt sich hier finden.

»Ein wundervoller Ort um in Rente zu gehen.«

Hört sich nach einem Plan an! Und was für einen! Es wird Zeit für einen kategorischen Schlussstrich.

Auf dem Monument angekommen, versagen Lokar doch noch die Kräfte. Die Überwindung des Absatzes zwischen der Aufschüttung und dem eigentlichen steinernen Zeugen, erweist sich als beinahe unüberwindbar. Dank eines inneren Antriebs, ausgelöst von der Angst, auf den fremden Planeten die letzten Tage fristen zu müssen, gelingt Lokar das schier Unmögliche.

Doch er gönnt sich nur eine kleine Verschnaufpause. Alles andere würde ihn nur unnötig schwächen und eine Rückkehr möglicherweise ausschließen. Vielleicht helfen ja langsame

Bewegungen, hofft Lokar innig. Einen Versuch ist es allemal wert.

Er findet heraus, dass er auf dem Dach des alten Monumentes steht. Sofort befällt ihn erneute Sorge, doch vielleicht die andere Seite hätte auswählen sollen. Wie soll er hinunterkommen? Angesichts der erlittenen Verletzung kein leichtes Unterfangen.

Dann entdeckt Lokar hinter der nächsten Ecke, einen Ausschnitt in der Brüstung. Neugierig kommt er näher. Aus dem Ausschnitt wird wundersamer Weise eine steinerne Treppe.

Fünfunddreißig Stufen zählt er. Nach der Ersten schwindet die soeben geschöpfte Hoffnung; sie weicht der schmerzenden Realität, die der Abstieg Lokar bereitet. Mit zusammengebissenen Zähnen überwindet er ein Viertel der endlos erscheinenden Treppe. Die ungewöhnlich hohen Stufenabsätze erschweren zusätzlich das Heruntersteigen.

Auf dem Sand liegen Tokahes Kleider, die er achtlos zu Boden gleiten ließ, um selbst ins herrliche Wasser, des bis an den Horizont reichenden Meeres, zu gehen. Kräftige Schwimmzüge bringen ihn weit hinaus. Er fühlt sich neu geboren. Lange her, dass er rundum ausgeglichen ist.

Was wird wohl am anderen Ufer zu finden sein? Nein, um dorthin zu schwimmen, ist es zu weit. Aber es interessiert Tokahe im Moment ungemein. Unvorstellbar, dass nur das Stückchen Land existieren soll. Da fällt ihm ein, dass er nur den Felsvorsprung und die Pyramide kennt. Ob da noch mehr ist?

Er taucht unter und vollführt eine Kehrtwende unter Wasser. Herrlich, wie leicht man sich im Wasser bewegen kann. Unter Wasser wird das Licht diffuser, wenngleich nicht uninteressant. Bewegungslos lässt er sich treiben. Die Luft geht ihm aus, trotzdem verbleibt er unten. Erst im letzten Augenblick, als die Lungen brennen und nach Sauerstoff gieren, und gerade rechtzeitig, bevor der Reflex einsetzt, durchbricht sein Kopf die Wasseroberfläche. Ein kräftiger Lungenzug inhaliert das dringend benötigte Atemgemisch.

Lachend schlägt Tokahe mit der flachen Hand aufs Wasser. Das ist *das* Leben, wie es ihm gefällt!

◎

Alles tut Lokar weh. Er ist total ausgepowert, nachdem er endlich festen Erdboden unter den Füßen hat. Aber er hat es geschafft! Matt nimmt er auf der letzten Steinstufe Platz, atmet einmal richtig durch. Schwindel und Schmerz waren auszuhalten. Es ging besser, als befürchtet. Viel besser. Um die Erfahrung reicher, zu was unter erschwerten Umständen ein Arimeaner fähig ist, macht Lokar stolz.

Ganz zufrieden ist er natürlich nicht. Da wäre noch ein ungelöstes Problem: Wie geht es weiter? Wird er jemals den Planeten verlassen können und die Seinen wiedersehen?

Entmutigend, wenn man die Antwort nicht kennt. Lokar muss sich eingestehen, hilf- und ideenlos zu sein!

Eliwors Gesicht erscheint vor seinem geistigen Auge. Sie lächelt zärtlich. Ihre bronzenen Augen sind wunderschön, besonders wenn sie diesen besonderen Glanz haben. Lokar will am liebsten in ihnen versinken. Er schaut sie an, hält Eliwors Bild im Geiste fest. Doch dann beginnt es allmählich zu verblassen. Ruckartig reißt sich Lokar aus der Erinnerung. Es hat keinen Sinn, darin zu schwelgen!

Wieder auf den Beinen, wankt er kurz. Bewegen – er muss in Bewegung bleiben!

Aus der Hosentasche dringt ein Summton. Der Kommunikator! Umständlich fischt Lokar das Gerät heraus; mit steifen Fingern, die nicht ganz machen wollen, was er will, keine leichte Sache. Als er den Kommunikator in der Hand hält, glaubt er beinahe nicht, was er sie sieht. Auf dem Display prangen in tiefvioletter Schrift drei Buchstaben: RZG.

Dies bedeutet, dass ein ›Raum-Zeit-Gleiter‹ ganz in der Nähe steht! Aber wie kann das sein? Hat er nicht die Trümmer selbst gesehen? Dies würde ja bedeuten – es gibt mehrere!

Neuen Antrieb spürend, folgt Lokar dem eindeutigen Signal. Was ihm verschwiegen wurde, wird jetzt offenbart. Nähert sich ein verletzter Arimeaner dem ›RZG‹, gibt sich das Gefährt zu erkennen. Alle anderen Sicherungen werden außer Kraft gesetzt.

Lokar muss nicht lange suchen. Das Signal führt ihn direkt an den Standort. Etwa eine Armlänge weiter, beginnt die Luft zu flimmern. Da steht er! Die gleiche Bauart, selbe Größe. Nur der Sitz ist ergonomischer.

Sichtlich erleichtert stolpert Lokar in den Gleiter. Tränen der Freude laufen über die verschmutzten Wangen. Ein einziger, kurz aufflammender Gedanke genügt, um den Start einzuleiten: ›Nach Hause …‹

Tokahe sucht vergeblich nach den Transmitter. Fünf Sonnenaufgänge genoss er die wiederentdeckte Lebensfreude. Doch kann er seine Freunde im Stich lassen? Die Antwort ist eindeutig: *Nein*! Nun muss er sich etwas einfallen lassen, um den Mond zu verlassen. Und das kann dauern …

Einunddreißig

Im Orbit des Zartak-Systems.

Aufgeheizte Gemüter sind nur schwer zu bändigen. Auf engem Raum fast ein Unding. So gut es geht, gehen sich die Waylons aus dem Weg, was in der natürlichen Begrenztheit des Gleiters einem Lotteriespiel gleicht. Als guter Menschenkenner versucht Dako sein Möglichstes und vermittelt. Tokahes Charakter unterscheidet sich nicht viel von Waynúpas. Außer einer gewissen Reife sind sie auffallend identisch.

Ein paar Stunden Ruhe bewirken Wunder. Tokahe nutzt die Zeit für ein Schläfchen. Danach fühlt er sich wie ausgewechselt. Alte Querelen haben an Bedeutung verloren. Und, mal ehrlich, ein Streit mit sich selbst hat noch niemals zu ernsthaften Schaden geführt. Lächelnd und mit einem Lied auf den Lippen verlässt er seine Kabine.

Im Kommandoraum trifft er auf Waynúpa. Der scheint ebenfalls die Streitlust verloren zu haben. Stattdessen bemüht sich Waynúpa gekonnt in der Kunst des Ignorierens.

»Wollen wir das Kriegsbeil begraben?«, fragt Tokahe ruhig. Da Dako anwesend ist, benutzt er den alten indianischen Ausdruck.

»Hat der *alte Mann* keine Kraft mehr?«

»Der ›Alte Mann‹ hat etwas viel besseres, was dich vielleicht interessieren wird.«

»Lebenserfahrung vielleicht? Kein Interesse.«

»Könnte ich mir denken, Kleiner. Dann wirst du es weiter mit deinem Traum aushalten müssen.«

Waynúpa schaut ihn entsetzt an.

»Nennen wir es einen Deal, Kleiner. Du hörst mich an, ohne mir ins Wort zu fallen, dann entscheidest du, ob unser Egokrieg fortgesetzt wird.«

»Abgemacht«, entgegnet Waynúpa nach einer Weile, in der er das Für und Wider abwägt. »Aber nenn mich nie wieder

Kleiner!«

»Begonnen hat alles damals, als du, Dako, verschwunden bist«, beginnt Tokahe. »Ich habe es bis heute nicht verstanden, mit einem Unterschied: Heute akzeptiere ich es. Es ließ sich nicht ändern. Großmutter schwieg, Mum und Dad ebenfalls. Nachts weinte ich heimlich. Niemand sollte meine Tränen sehen. Einmal rutschte mir eine Bemerkung heraus. Wie Kinder eben sind, verplappern die sich schnell. Großmutters Ohrfeige spür ich jetzt noch. Aber war okay.

So gingen die Wochen ins Land. Allmählich verblasste dein Gesicht. Neue Eindrücke traten in mein Leben, neue Menschen. Dann lernte ich Joshua kennen. Ein Junge in meinem Alter. Er war anfangs sehr in sich zurückgezogen, lachte kaum. Mit der Zeit freundeten wir uns an.

Eines Tages spielten wir zusammen. Es war ein seltsames Spiel, was er sich da ausgedacht hatte. Aber ich wollte meinen neuen Freund nicht enttäuschen. Das Spiel ging folgendermaßen: Er legte sich auf den Boden und ich musste hölzern auf ihn zugehen. Hölzern heißt, wie eine Marionette in diesen Theatern, die früher umherreisten. Ich fand es blöd. Doch Joshua bestand darauf.

Kam ich ihm zu nah, schrie er wie am Spieß. Er brauchte lange, sich zu beruhigen. Lange Rede, kurzer Sinn … Irgendwann fragte er mich, ob ich schweigen könne. Na klar kann ich das, und wie!

Immer Freitagnacht bekäme er Besuch von der ›Göttin‹. Kinder haben oft große Fantasien. Auch einen ganz bestimmten Blick fürs Wesentliche. Na klar glaubte ich ihm! Mein Horizont war ja grenzenlos. Er lud mich ein, die ›Göttin‹ zu sehen. Ich wollte wissen, wie das gehen soll! Freitags sei er immer allein, ich könne bei ihm übernachten. Ich musste nur Mum um Erlaubnis fragen. Wir legten uns eine plausible Geschichte parat, die wirklich funktionierte.

Ich zählte die Tage, dann die verbleibenden Stunden. Endlich Freitagnachmittag! Joshua und ich gingen zu ihm nachhause. Wir vertrieben uns die Zeit mit Geschichten. Ich erzählte von dir, Dako; er von seiner ›Göttin‹. Da ich wusste, dass es dich gibt, glaubte ich auch an Joshuas ›Göttin‹. Es war wundervoll, endlich frei reden zu können und jemanden zu haben, der zuhört. Mir tat das sehr gut.

Es muss nach Mitternacht gewesen sein. Wir lagen nebeneinander in seinem Bett und tuschelten. Voller Erwartung waren wir hellwach.

Ein Geräusch ließ uns verstummen. Ich werde nie diese Anspannung vergessen. Wie wohl wird sie aussehen? Wie wird sie sein? Ist sie nett?

Licht umflutete uns. Nicht das einer Lampe oder eines Strahlers. Es war viel heller! Unheimlich grell!

Unter der Decke stieß mich Joshua an; unser vereinbartes Zeichen! Jetzt hieß es still sein! Ich war so aufgeregt …

Mitten im Licht kamen sie dann. Schemenhafte, nichtmenschliche Gestalten! Das ganze Zimmer nahmen sie ein. Dann endlich erschien die ›Göttin‹. Groß, vollkommen schlank. Eine wahrhaftig majestätische Erscheinung!

Die Wesen starrten auf uns. Ich bekam Angst. Es fiel kein einziges Wort. Trotzdem war es nicht still. In meinem Kopf gab es Unmengen von Stimmen, die immer lauter wurden. Ich hielt mir die Ohren zu, was aber nichts nutzte. Die Stimmen blieben!

Bald verschwand das unwirkliche Gemenge. Dafür erklang eine dominante, herrschsüchtige Stimme. Ich verstand nur ein Wort: ›… beide …‹! Dann ging die ›Göttin‹ hinaus und das Licht erlosch. Unendliche Müdigkeit erfasste mich …

Als ich die Augen aufschlug, war ich allein in einem schmalen Zimmer. Das Bett war weich. Am Fußende flammte ein in der Wand eingelassener Bildschirm auf. Eine warme Frauenstimme begrüßte mich. Ich stand auf und schaute mich interessiert um. Die Einrichtung kam mir vertraut vor. Über einem verchromten Schalensitz hingen Kleider. Hinter dem Bildschirm befand sich eine Nasszelle. Angenehm klimatisiert verrichtete ich meine Notdurft und ließ mich von prickelndem Wasser berieseln. Von der Decke sank ein ebenfalls verchromter Ring herab, der mich auf angenehme Weise trocknete.

Ich zog die bereitliegenden Sachen wie selbstverständlich an. Ohne dass ich dazu aufgefordert wurde, trat ich an die Tür, die automatisch auseinander glitt. Dahinter befand sich die Luftschleuse. Seitlich hing ein Ganzkörperoverall. Das Kleidungsstück schmiegte sich fest an den Körper. Als der letzte Knopf geschlossen war, legte sich ein dünner Helm um den Kopf und schloss mich hermetisch von der Außenwelt ab.

Für mich war das alles eine ganz selbstverständliche Prozedur, und kein Grund zur Sorge. Hinter mir schloss sich die Tür und das Außenschott ging auf. Wie gesagt, ein ganz normaler Vorgang. Zwei Schritt trat ich hinaus, blieb stehen. Denn ich wusste, dass ich es schon öfters getan habe.

Links und rechts neben mir standen bis zum Horizont die Anderen. Wir alle standen da und warteten. Über viele Kilometer reichte die Menschenreihe und die zu uns gehörende Containerunterkunft.

Vor mir waberte eine grau-braune zähe Atmosphäre. Im Helm donnerte eine Stimme. An den genauen Wortlaut erinnere ich mich nicht mehr, aber es ging um die tägliche Zuteilung einer Aufgabe, die es zu erfüllen galt. Die Stimme war mechanisch und monoton.

Sie erwählten mich! Stolz reckte ich die Brust, ging einen Schritt nach vorn. Als ich mich umsah, stand ich allein da. Dann kämpfte ich gegen einen heftigen Wind an. Ich kam sehr langsam voran. Quälte mich vorwärts, als hinge mein Leben davon ab. Die zähe Luft machte es mir schwer. Doch ich kämpfte mich weiter, bis ich die Flügelsäule erreichte.

Nun musste nur noch der Eingang gefunden werden! Der

lag in zwei Metern Höhe. Nach einigen überlegen kletterte ich kurzerhand an der Säule empor. Wie es mir gelang, nicht abzustürzen, dazu fehlt mir die Fantasie. Oben angelangt zog ich mich ins Innere. Das Ziel war erreicht, die Aufgabe erfüllt. Vor mir schwebte im Kraftfeld der neunte Kristall …«

Nachdenkliche Stille setzt ein, nachdem Tokahe geendet hat.

»Was ist mit dem Kristall geschehen?«, durchbricht Dako die Ruhe.

»Ich kehrte zurück zum Container«, antwortet Waynúpa, der die Erinnerung wieder erlangt hat. »Einer meiner Nachbarn war Joshua. Ich wusste, dass er die Aufgabe nie lösen werden konnte. Dafür muss man geboren sein. Deshalb holten sie ihn immer wieder.«

»Was ist aus ihm geworden?«

»Kurz nach dieser Nacht, zogen sie weg. Ich habe Joshua nie wiedergesehen …«

Dako gibt nicht auf.

»Und der Kristall?«

»Den habe ich unter einer losen Bodenplatte deponiert. Ich wollte, dass Josh ihn bekommt.«

»Die ›Göttin‹ durfte den Kristall nicht bekommen«, ergänzt Tokahe. »Denn sie hätte ihn vernichtet.«

»Gut und schön«, denkt Dako laut. »Aber wäre es *schlimm* gewesen?«

»Schlimm?!«, schreit Waynúpa. »Es wäre verheerend gewesen! Wir würden *alle* nicht mehr hier sein!«

Nun ist Dako schockiert.

»Heute weiß ich, dass der *Neunte* der Schlüssel ist, die Zeitirritation umzukehren …« Tohake vergräbt das Gesicht in den Händen.

Zweiunddreißig

154 Millionen Jahre in der Vergangenheit.

IATRAs sind autarke, ausgeklügelte medizinische Dienstleistungseinheiten, die im Bereich der Nanobiologie arbeiten. Sie scannen den Betroffenen, analysieren und leiten die entsprechende Erstbehandlung ein. Auf Arimea sind schwere Unfälle selten. Meistens werden leichte bis mittelschwere Blessuren behandelt. Alles in allem Routine.

Wegen ihrer kompakten Bauweise, die über die Jahrhunderte entstand, sind die IATRAs fester Bestandteil in Raumschiffen. Diese medizinischen Einheiten gibt es in zwei Ausführungen: Eine Mobile für die Grundversorgung und eine Stationäre. Beide können die in ihren Rahmen vorgegebenen Eingriffe eigenständig ausführen. Komplizierte Operationen wohnen sogenannte IATRA-Operatoren bei.

In einer stationär betriebenen Einheit liegt Lokar, der sofort nach seiner Rückkehr behandelt wird.

»Milzriss, die obere Lunge ist stark gequetscht, zwei angebrochene Rippen, Erschütterung des Gehirns«, zählt der Operator auf. Die erlittenen Abschürfungen hat bereits die Mobileinheit versorgt. Durch den Zellwachstumsbeschleuniger sind davon nicht einmal Narben geblieben.

»Er muss hart aufgeschlagen sein«, kombiniert der Operator schließlich. »Ein Wunder, dass er noch lebt.«

Teasar schluckt.

»Ich werde ihn weiter im künstlichen Schlaf belassen.«

»Hauptsache, er wird wieder …«

»IATRA überwacht ihn ständig. Morgen wissen wir mehr.«

Der Operator geht hinaus. Zurück bleibt ein geschockter Kommandant der »Sternengral«. Er mustert Lokars Gesicht. Es bedrückt Teasar, seinen Freund so zu sehen. Eingepackt im Verifizierungskokon und von Biosensorik überwacht. Ohne des technischen Aufwands liegt die Wahrscheinlichkeit einer vollständigen Genesung unter zwanzig Prozent.

»Ach, hier bist du«, hört er eine Stimme sagen. »Wie geht es Lokar?«

»Es besteht Hoffnung«, antwortet er knapp.

»Das ist gut«, sagt Mila. »Dann können wir ja weiter machen.«

»Warum sollten wir es nicht tun?«

»Ich dachte, wir brechen ab.«

Teasar schaut der Biologin tief in die Augen.

»Nein, Mila. Die Expedition wird fortgesetzt.«

Am darauffolgenden Tag geht es Lokar bereits viel besser. Der Zellwachstumbeschleuniger hat gute Arbeit geleistet. Weitestgehend schmerzfrei kann er die Station verlassen und seine Kabine aufsuchen. Dort nimmt er sofort Kontakt mit Orinario auf.

Zusehends erschüttert Lokars Bericht den Ältesten.

»Also ist es wahr«, sagt Orinario resigniert. »Wir sind ausspioniert worden.«

»Ich bin mir da nicht sicher«, entgegnet Lokar. »Es war jedenfalls kein Arimeaner.«

»Das will nichts heißen. Vielleicht stecken die Urigoren dahinter.«

Vehement verneint Lokar. Mit eigenen Augen hat er zwar noch keinen Urigoren gesehen, aber anhand von Videoaufzeichnungen und Datenbank-Beschreibungen kann er dieses kriegerische Volk ausschließen.

»Die Urigoren sind zwar Hominiden, unterscheiden sich aber von uns. Sie atmen noch nicht einmal das gleiche Luftgemisch wie wir.«

»Ich bin offen für Ideen, Lokar. Wenn wir dieses Rätsel nicht aufklären können, müssen folgenschwere Entscheidungen getroffen werden. Sie würden uns um viele Jahresdekaden zurückwerfen.«

»Sobald ich kann, werde ich die Mission wieder aufnehmen, Orinario.«

»Genese erst einmal. Unterdessen werde ich eigene Untersuchungen in die Wege leiten. Erwarte meinen Anruf.«

Die Verbindung ist unterbrochen. Lokar empfindet Hilflosigkeit. Kann er denn gar nichts tun? Eine Option muss gefunden werden. Wie sie aussehen könnte, steht in den Sternen …

Unterdessen nehmen Milas Experimente an Fahrt auf. Sie hat von Einzellern deren DNA entschlüsselt und sucht jetzt fieberhaft nach dem Strang, der die Injizierung arimeanischer Stammzellenenzyme aufnimmt und Erfolg verspricht.

Ist dies abgeschlossen, wird die »Sternengral« den Randplaneten verlassen. Eine nächste Expedition wird die Crew in ein späteres Zeitalter führen. Dann stellt sich heraus, wie die Entwicklung voranschreitet.

Orinario betritt den Schwebelift. Per Gedanke wählt Orinario die nur ihn zugängliche Kuppelgrotte, verborgen tief unter der Erde. Dort unten hat niemand Zugang. Keiner weiß davon. Die geheime Grotte ist ausschließlich dem Ältesten bekannt. Durch eine Genmutation dazu auserkoren, darf er sich eines langen Lebens erfreuen. Etwa alle fünfhundert Jahre wird ein Kind mit diesem *Defekt* geboren. Trotz der weit fortgeschrittenen Medizin auf Arimea ist die Ursache unbekannt. Sie ist eine Laune der Natur; Fluch und Segen zugleich. Ist doch damit das Leben vorbestimmt.

Entdeckt wurde das *defekte* Gen zufällig. Das ist knapp zweitausend Jahre her. Es wird deshalb als *defekt* bezeichnet, weil es den von der Evolution vorgegebenen Alterungsprozess stark verzögert, in seltenen Fällen sogar ganz neutralisiert. Vier der Alt-Arimeaner leben noch heute abgeschirmt auf der Inselenklave Methua. Hielt man es anfangs als Krankheit, stellte sich im Lauf der Zeit die wahre Bedeutung heraus.

Geräuschlos bringt der Lift Orinario in die Tiefe. Von dem Manne, der nach außen stets vor Kraft strotzt, ist jetzt nicht mehr viel übrig. Seine Schultern hängen, er geht gebückt und im Gesicht hat er tiefe Falten. Der gesamte Körper hat an Spannung verloren.

Der Älteste schlurft zu einer Schalenwanne, die seitlich eingelassen ist und lässt sich rücklings hinein sinken. Daraufhin wird die automatische Routine einer altbewährten Apparatur in Gang gesetzt. Mehr als ein Dutzend Roboter schweben über Orinario. Türkisblaues Licht bestrahlt den müden Körper.

In der Zeit der *Zellerneuerung* hält Orinario die Augen geschlossen. Früher benötigte er kaum den Zellstrahler. Die körpereigene Produktion funktionierte einwandfrei. Doch das änderte sich, zum Leidwesen des Ältesten. Gerade in den aufregenden Zeiten wie jetzt. Sein Ego will dabei sein, wenn es gelingt, arimeanischen Leben zu einem externen Planeten zu exportieren. Es ist unausweichlich geworden. Für Orinario, der eine ganze Schar Gleichgesinnter hinter sich weiß, ein logisch notwendiger Weg, um Arimea nicht im Chaos versinken zu lassen. Verfallserscheinungen der Gesellschaft gibt es zuhauf. Sie fallen nicht sofort auf, sondern haben sich eingeschlichen. So wie schleichend der Prozess des Alterns bei ihm einsetzte. Eine für den Alten erschreckende Parallele.

Aufgrund Orinarios Präsenz hält die ins Leben gerufene Allianz für den Erhalt ursprünglichen Lebens. Wenn es etwas zu erhalten gibt, dann die erste Rasse im Universum, die jemals hervorgebracht wurde.

Er sieht die fühlbare Gefahr ganz deutlich. Einige Arimeaner haben den Respekt gegenüber dem Leben verloren. Achtlos wurde gebrochen, was Orinario als Pakt bezeichnet. Ein Pakt zwischen dem Planeten und dessen Bewohner. Von einigen wird allerdings gebrochen.

Der Zellerneuerungsstrahler vollendet die Sitzung. Orinario bleibt noch einige Zeit liegen und genießt die neugenerierten Kräfte. Sorgen bereitet ihn der abnehmende Zyklus, in den er den Strahler mittlerweile benötigt. Aus dem *Ab und Zu* wurde eine erschreckende Regelmäßigkeit. Er fühlt, wie seine Zeit langsam, aber unaufhaltsam abläuft.

Gestärkt erhebt er sich. Bis die Kur sichtbar wird, bedarf es nur Geduld. Derweil verbleibt Orinario in der Grotte. An der Decke funkeln unzählige Kristalle, wie es sie auf Arimea öfters gibt. Es gab eine Ära, in der fungierten sie als Zahlungsmittel. Ihr wahrer Wert blieb dagegen lang verborgen. Über Jahrmillionen entstanden, speichern die Gebilde Energien, die wiederum – mit entsprechendem Verfahren – entnommen werden kann. Schier unersättlich ist dieses Reservoir.

Andere Untersuchungen haben zudem ergeben, dass während des *Entladens* im bestimmten Umkreis, der wiederum abhängig ist von der Größe des Kristalls, molekulare Veränderungen stattfinden. Noch können solche Veränderungen nicht beeinflusst, sondern nur nachgewiesen werden.

Orinario nutzt die permanente Energieabgabe der Kristallkuppel als unterstützende Maßnahme seiner Kur. Dank der geheimen Grotte hofft er noch viele Jahre die Geschicke des Planeten mitzugestalten.

Zufrieden blickt er in die dunkelste Ecke hinüber. Erkennbar ist nichts, doch Orinario kennt das Geheimnis der Kuppelgrotte. Denn das Mysterium hat ihn erwählt.

Diesmal landet der ›RZG‹ sicher. An dieser war Lokar hinausgeschleudert worden! Noch einmal wird ihm das nicht passieren. Gewisse Fehler macht man nur einmal.

Am Abhang stehend, eruiert er neben den Splittern des Prototyps fußähnliche Abdrücke. Lokar sieht sich um.

›Wo bist du, Mann aus der Zukunft?!‹

Der Hang hat einen ungefähren Neigungswinkel von fünfundfünfzig Grad. Aber der felsige Schutt kommt ihn nicht
gerade vertrauenserweckend vor. Und seine Verletzung noch
im Hinterkopf keine Alternative! Also nimmt Lokar den längeren, instinktiv sicheren Weg über das steinerne Monument.

Anstrengend sind die Stufen. Viel zu hoch im Tritt! Lokar
muss aufpassen. Welchen Zweck wohl das Monument gedient
haben wird? Keine leichte Frage. Ob eine Altersbestimmung
Lokar weiterhilft? Auf dem nächsten Absatz angelangt, sendet
er eine Drohne aus.

Für seine Verhältnisse schafft er den Abstieg in respektab-
ler Zeit. Unten angekommen schaut er empor.

»Das müssen an die achtzig Meter sein«, murmelt er.

Rechtsseitig führt ein Pfad durch den Dschungel. Lokars
Ortssinn sagt ihm, dass die Richtung stimmt. Vorsichtig und
mit Unbehagen geht er weiter.

An manchen Stellen sind Äste abgeknickt. Im Boden Fuß-
spuren.

›Du bist hier gewesen!‹, denkt Lokar.

Etliche Meter weiter muss er geduckt gehen. Nur die relativ
frischen Abdrücke im lockeren Boden weisen ihn den Weg.

Aus dem Dickicht dringen unidentifizierbare Laute. Er
zwingt sich ruhig zu bleiben. Wenn der Mann aus der Zukunft
hier durch gegangen ist, dann schafft er es auch!

Hinter einer grünen Pflanzenwand kommt völlig unerwartet
die Aufschüttung zum Vorschein. Und er findet hunderte Splitter seines ›Raum-Zeit-Gleiters‹.

Der Aufprall muss mit unwahrscheinlicher Wucht erfolgt
sein. Lokar hebt einige kleine Teile auf, steckt sie ein. Sich
darüber bewußt werdend, welch sagenhaftes Glück er hatte,
sieht er die Trümmer mit anderen Augen.

Dreiunddreißig

Aufgeregt springt der Mohrenmaki umher. Wilde Schreie ausstoßend hetzt das Äffchen durch den Gleiter. Sein Blick fordert nach Aufmerksamkeit. Leider Gottes verstehen die Menschen nicht im geringsten, was es ihnen damit sagen will. Menschen haben eine schlechte Auffassungsgabe. Ausdauernd vollführt es akrobatische Sprünge, klettert kreischend an einer Wandverkleidung empor, und landet im weiten Satz direkt auf Dakos Rücken. Anschließend huscht der Maki von dem Verdutzten hinunter.

»Was ist denn in den gefahren?!«, fragt Tokahe. »Ist der vom Affen gebissen?«

Dako sieht das Verhalten mit Sorgen. Ohne Grund würde das Äffchen nie so ausflippen. Ahnungsvoll folgt der Dakota blass dem gereizten Tier.

»Was ist denn los?« Waynúpa wirkt ratlos. Tokahe legt den Zeigefinger auf seine Lippen und deutet mit dem Kopf nach draußen.

»Wie der Herr meint«, schimpft Waynúpa leise vor sich hin. »Immer das Gleiche ... ich könnte ...«

Weiter kommt er nicht. Vertieft in seine *Ich-lasse-Luft-raus-Maßnahme*, prallt er gegen Dako. Eine Entschuldigung auf den Lippen, verstummt er ohne etwas zu sagen. Wie die Anderen auch schaut Waynúpa in ein gähnend leeres Loch, indem eigentlich der Zeittransmitter stehen sollte ...

Die entbrannte Diskussion will nicht enden. Aufgestauter Frust macht sich Luft, sprudelt wie eine Fontäne. Haltlose Unterstellungen bis reine Fakten prallen hart aufeinander. Mittendrin sitz treu und brav der Maki, ohne richtig zu verstehen. Dabei wollte er nur hinweisen, dass nur wenige Minuten vorher seltsame Dinge im Frachtraum vorgingen. Mit solch einer verbalen

Keilerei hat er nicht gerechnet. Als ginge es dem Äffchen nichts weiter an, beginnt es ausführlich mit der längst fälligen Fellpflege.

»Es ist keinen damit geholfen, gegenseitig seine Schwächen vorzuwerfen«, versucht Dako zu beschwichtigen. »Lasst uns doch vernünftig miteinander reden.«

»Das sagt genau der Richtige«, lautet Waynúpas Antwort. »Weswegen bin *ich* denn hier?!«

»Frag mal dein in die Jahre gekommenes Pendant!«, verteidigt sich Dako. »Ohne *seine* Alleingänge und Extratouren wär es einfacher!«

»Du hast wohl zu lang deinen Tobak geraucht«, entrüstet sich Tokahe, der gleich explodiert. »Dein Hirn ist ja total vernebelt!«

»Im Gegensatz zu *dir*, stehe ich zu meinen Fehlern!«

Dako passiert es äußerst selten, dass er Emotionen zeigt. Jetzt ist so ein rarer Moment. Er steht stolz da, wie es einem Dakota gebührt. Mit stechendem Adlerblick scheint er die beiden Streithähne durchbohren zu wollen. Um nicht doch noch persönlich zu werden, verlässt Dako die Kabine.

Minutenlang herrscht absolute Stille. Die zwei Kampfhähne mustern sich mit vernichtenden Blicken. Zu ihren Füßen sitzt der Maki, der schnüffelnd von einem zum anderen schaut.

Nach einer kleinen Ewigkeit beginnt Waynúpa ebenfalls zu schnüffeln.

»Riechst du das auch?«

»Ja, deinen Schweiß!«

»Quatsch! Irgendwie … angebrannt …«

»Gib doch endlich zu, dass du mir unterlegen bist!«

Tokahes Nasenflügel Beben leicht. Schnell und kurz hintereinander zieht er die Luft stoßweise ein. In beider Augen steht Verständnislosigkeit geschrieben. In der ansonsten sterilen, geruchlosen Luft umweht die Männer eine aromatisch-würzige Wolke.

»DAKO!!!«, rufen sie wie aus einem Munde aus.

So schnell wie möglich hasten Waynúpa, Tokahe und natürlich der Maki hinaus in den Korridor und gehen dem eigenwillig aromatischen Duft nach. Die Belüftung wälzt die aufbereitete Luft gleichmäßig um, sodass ein leichter Zug entsteht. Da die Duftwolke schwerer ist, als die Moleküle des Atemgemisches, fällt es nicht schwer, die Quelle des Übels rasch ausfindig zu machen.

Aus Dakos Kabine dringt tatsächlich der Geruch.

»Tabak?«

»Tabak!«

Tohake betätigt den Türöffnungsmechanismus. Kaum ist der Weg frei, werden sie von einem betörend starken Tabaknebel eingehüllt. Hustend und mit den Händen wedelnd treten sie ein. Mitten auf den Boden sitzt in voller Häuptlingsmontur andächtig der Dakota im Schneidersitz.

»How, meine weißen Brüder«, empfängt er sie. »Tretet näher und seid meine Gäste. Mein Wigwam ist Euer Wigwam.«

Hat Dako nun endgültig den Verstand verloren?

»Mögen meine weißen Brüder mein Wigwam nicht?«

»D-doch … doch …«

Dako wiederholt seine Einladung mit einer unterstreichenden Geste. Keiner wagt etwas zu sagen, geschweige denn zu atmen. Tokahe setzt sich links vom Indianer, Waynúpa rechts.

»Lasst uns die Pfeife des Friedens rauchen«, sagt er bestimmt. »Meine Brüder mögen es mir gleichtun.«

Er hält das Kalumet (für Außenstehende übertrieben) mit der rechten Hand den aus Ton bestehenden Pfeifenkopf. Der linke Zeige- und Mittelfinger sowie Daumen hält das aus Weißeschenholz gefertigte Pfeifenrohr. Anschließend nimmt Dako einen Wangenzug, bläst langsam den Qualm aus und führt währenddessen das Kalumet im Uhrzeigersinn in alle vier Himmelsrichtungen, in die Höhe und nach unten. Dann überreicht er mit ausgestreckten Armen und geöffneten Händen die

Pfeife an Tokahe weiter.

Kleinlaut nimmt der das dargereichte Ritual-Instrument. Eine Geste Dakos fordert ihn stumm auf, es ihm gleichzutun.

›Wenns denn sein muss‹, denkt Tokahe noch, setzt das Mundstück an und macht einen tiefen Lungenzug. Sofort bereut er seine forsche Art und hustet sich fast die Seele aus den Leib. Die Dichte des Rauches liegt schwer in den Lungen. Er ringt nach Atem, was den Hustenreiz noch verstärkt.

Unter den gestrengen Blick des Dakotas sieht Tokahe sich gezwungen, das Ritual zu vollziehen. Vorsichtig füllt er die Wangen mit dem Rauchgemisch aus Salbei und süßem Gras und vollführt mehr oder weniger angemessen den Akt der *Heiligen Pfeife*.

Waynúpa gelingt das ritualisierte Geste schon besser, kann aber den süßlichen Geschmack nichts abgewinnen. Hinter vorgehaltener Hand würgt er.

»Meine weißen Brüder haben dem Großen Geist um Vergebung gebeten. Durch den Rauch der *Chanunpa Wakanhca* ist ihr Streit geschlichtet und der Friede besiegelt.«

* * *

Überraschend schnell neutralisieren die Filter den schwerlastigen Geruch. Waynúpa und Tokahe sind vorläufig außer Gefecht gesetzt. Dako hat das Häuptlingsgewand und den Schmuck abgelegt. Ernst sitzt er vor den Schirmen. Suchroutinen übernehmen die Arbeit, um nach der Glaskabine zu forschen. Es wirft die Crew um einiges zurück. Beraubt um den wichtigsten Aktionsradius, binnen Sekunden große Zeiträume zu überwinden, beginnt Dako zu zweifeln.

Schon länger blinkt ein Zeichen rot an der Seite. Bisher ignorierte es Dako. Nun tippt er es antriebslos an. Für Hiobsbotschaften ist jeder Zeitpunkt gut genug. Warum nicht gleich?

Das Zeichen holt ein neues Bild in den Vordergrund. Es

zeigt im unteren Drittel Uridräo und einen funkelnden Sternenhimmel.

Was soll das? Da ist doch nichts! Weshalb also dann dieser Alarm?

›Jedenfalls hat die Lektion Waynúpa und Tokahe zur Besinnung gebracht‹, geht es Dako durch den Kopf. ›Die werden nicht gleich wieder aufeinander losgehen …‹

Aber die Genugtuung ist nur halbherzig. Etwas anderes beschäftigt ihn viel mehr. Weit weg von der Wirklichkeit zieht Dako gelangweilt die Anzeigen auseinander, sortiert und ordnet sie neu. Doch das mit dem Warnzeichen versehene lässt ihn keine Ruhe. Was stört daran? Oder ist etwas anders?

Neugierig geworden ruft er die vorherigen Aufnahmen auf. Und nun dämmert's ihn …

* * *

Die endlose Treppe im Inneren der Pyramide steigen drei schweigende Männer hinab. Sie beschäftigt nicht nur der Verlust des Zeittransmitters, auch das spurlose Verschwinden des mysteriösen dunklen *Kraken*-Raumschiffs bereitet Kopfzerbrechen. Weder die Herkunft, noch den eigentlichen Grund ihres Auftauchens konnten geklärt werden. Ob es ein Fingerzeig des Schicksals bedeutet? Sie konnten nichts ändern.

Ihnen bleibt nur eine Hoffnung: Das Arsenal der Pyramide. Dort hat Tokahe mehrere der Transmitter gesehen, als sich ihm noch nicht deren Sinn erschlossen hatte. Er geht voran, stets den Maki an seiner Seite.

»Wer hat das erbaut?«, lässt Waynúpa verlauten. »Die alten Ägypter?«

»Arimeaner, *micinksi*«, hallt gedämpft Dakos Antwort.

»Außerirdische?« Waynúpa ist verblüfft. »Sieht aber stark ägyptisch aus.«

»Glaub es ruhig, Way«, mischt sich Tokahe ein. »Du wirst

es in vierzig Jahren selbst erkennen.«

Es ist das erste Mal, dass Tokahe sein jüngeres Ich mit Namen anspricht. Waynúpa grinst. ›Hab ich ihn doch kleingekriegt!‹

In der Halle angekommen bleiben alle vom donnergerührt stehen. Alles mögliche ist vorhanden. Aber keine Glaskabinen! An deren Stelle stehen neun Säulen.

»Aber – wo sind sie hin?!« Tokahe fühlt wie ihm schwindlig wird. »Ich schwöre euch … hier standen sie …«

»Bei was willst du es schwören? Du glaubst so wenig wie ich!«

»So wahr ich vor euch stehe … Es gibt – *gab* sie! Hundertpro!«

»Ist das einer deiner nicht existenten Götter?«

»Es reicht«, zischt Dako. »Ich weiß, dass er Recht hat.«

»Also«, Waynúpa geht wie ein Spielshow-Moderator mit weit geöffneten Armen zu einer der Säulen hinüber. »Ladys and Gentleman! Ich präsentiere Ihnen unsere neueste …«

Weiter kommt er nicht. Dako steht plötzlich vor ihn und holt aus. Der Schlag trifft Waynúpa mitten ins Gesicht und das Klatschen erfüllt die Halle. Fassungslos fehlen ihm die Worte.

»Das ist für deine gespaltene Zunge! Komm endlich zu dir!«

Gesenkten Hauptes bleibt Waynúpa perplex stehen.

»Und nun lasst uns endlich konstruktiv nachdenken!«

Tokahe wirft einen scheuen Blick auf den Dakota, den er so emotional noch nie erlebt hat. Langsam tritt er an Waynúpas Seite.

»Ich habe mich nicht geirrt, Way. Beim Andenken an Grandma.«

»Schon gut. Hab's ja verstanden.«

Unbeeindruckt vom Vorfall steht Dako in Gedanken versunken vor den Säulen. Über den schmalen Gebilden schwebt jeweils ein Kristall. Sie sind unterschiedlich in Form und Größe, verweisen aber auf eine gleiche Herkunft.

»Fällt euch nichts auf?«

»Sie sind gleich. Sehen denen aus meinem *Traum* verdammt ähnlich.«

»Das meine ich nicht, Tokahe. Und den Vergleich könnt nur ihr anstellen.«

»Auf der Neunten fehlt der Stein«, stellt Waynúpa fest.

»Genau«, lächelt Dako. »Und was noch?«

Kritisch beäugen sie eine Weile hoch konzentriert die Gebilde, suchen nach Unterschiede. Doch weder Waynúpa noch Tokahe kommen darauf, was der Dakota meinen könnte.

»Seht mal her!«

Zu ihrem Entsetzen schmeißt Dako einen Stock – wo zum Geier hat er denn den her? – quer an eine Säule. Wie durch ein Wunder bleibt die Säule stehen, wankt nicht einmal. Gleichwohl liegt der Stock auf dem Boden, aber dahinter.

»Wie geht das denn?« Waynúpa ist aus dem Häuschen.

»Die sind nicht echt ...«, flüstert Tokahe.

»Aber sie sind doch da!«

»Ja. Als Hologramm.«

Zum Beweis fährt Tokahe mit ruhiger Hand durch die Säulen.

»Und was ist nun mit den Kabinen?«

»Es gibt keine, Waynúpa.«

Unterdessen ist Dako weiter vorgegangen.

»Sieht aus, als hätte es sie nie gegeben«, bemerkt Tokahe resigniert. »Kein einziger Hinweis, nicht einmal Ränder sind zu sehen.«

Niedergeschlagen stehen sie einfach nur so da.

»Dako? Tokahe? Seht doch mal ...«

Unterschwellige Angst schwingt in Waynúpas Worten mit. Angesichts dessen folgen Tokahe und Dako kommentarlos seinen Blick. Was ihnen jetzt geboten wird, lässt das Herz höher schlagen. Wie eine Lichterorgel wechselt die neunte

Säule die Farben.

* * *

»Du bist sicher, Tokahe, dass du nicht mit uns kommen willst?«

»Es ist nicht meine Welt, Way. Hier bin ich zuhause.«

Beide stehen am Strand. Der bevorstehende Abschied nimmt die Männer mehr mit, als sie zugeben würden.

»Lebe *dein* Leben, Waynúpa. Wir können nichts verbessern, höchstens alles schlimmer machen.«

»Aber du kommst ohne den Gleiter niemals mehr von hier weg!«

Lächelnd legt Tokahe seinem Pendant die Hand kameradschaftlich auf die Schulter.

»Was gibt es besseres, als an einem solch herrlichen Ort den Lebensabend verbringen zu dürfen? Und vergiss nicht, ich habe noch einen Kristall.«

»Wird der Mond nicht irgendwann zerstört werden? Hast du nicht erzählt, dass der Mond zerstört werden wird? Was dann?«

»Nichts währt ewig, mein Freund. Glück ist nur eine zeitlich begrenzte, subjektive Erfahrung. Bis es soweit sein wird, vergehen noch ein paar Monate. Bis dahin finde ich vielleicht einen Ausweg.«

»Und wenn nicht?«

»Wie gesagt, ich hab noch den Kristall. Zwar weiß ich nicht, wohin er mich bringen wird. Aber wie sagt man? ›Der Weg ist das Ziel.‹ – Lass uns zum Gleiter gehen. Dako wartet sicherlich schon.«

Tokahe vermutet richtig. Im Zugangsschott steht der Dakota in stolzer Haltung. Auch ihm geht der Abschied nahe. Gütig sieht er über die ständig ausgebrochenen Reibereien hinweg. Im Herzen hat Dako schon längst verziehen.

Waynúpa steigt ein. Kurz schaut er sich noch einmal um.

»Seh ich dich wieder?«

»In vierzig Jahren, Waylon Latham. Spätestens.«

Die Enttäuschung steht Waynúpa in den Augen.

»Gehe davon aus, dass, wenn ich früher auftauche, etwas geschehen sein muss.«

Traurig nickt Waynúpa. Danach verschwindet er im Gleiter.

»Versprich mir, dass du auf ihn aufpassen wirst, Dako.«

»Das, *micinksi*, habe ich immer getan.«

Epilog

Immer wieder erblickt Deborah den Mischling. Manchmal glaubt sie ihn sogar in der Stadt gesehen zu haben. Auf den zweiten Blick ist er jedoch immer wieder verschwunden.

›Vielleicht seh ich schon Gespenster‹, redet Deborah sich ein. ›Oder bin paranoid!‹

Erklärungsversuche scheitern oft am engstirnigen subjektivem Denkvermögen. Davor ist auch sie nicht gefeit. Besonders nach den Erfahrungen der letzten Wochen. In einer männerdominierenden Gesellschaft ist es schwer, Fuß zu fassen. Gomery gab ihr eine Chance – ja. Doch das war's dann auch schon. Bei nächstbester Gelegenheit ließ er sie wieder fallen, wie eine heiße Kartoffel. Nur weil der Inspektor ihr nichts zutraut. Was für eine verlogene Welt!

Wenigstens Hal steht zu ihr. Ach Hal! Wenn es doch so einfach wäre. Mehr als ein Mögen wird es nicht werden, auch wenn der Labortechniker sich alle Mühe gibt. Deborah kann seine sehnsuchtsvollen Blicke spüren, wenn sie nach ihren inzwischen wöchentlichen Treffen geht. Es ist kompliziert. Er ist einfach nicht ihr Typ! Nur wie kann sie es ihn begreiflich machen, ohne zu verletzen?

Herrgottnochmal!

Im Dienst, mit derartigen Gedanken *spazieren* zu gehen, nur halb bei der Sache zu sein, mindert die Konzentration und verleitet zu Fehlern. Wie Deborah diesen Job doch hasst …

Eine Versetzung ist nicht in Sicht. Angeblich kümmere sich der Inspektor persönlich um die Angelegenheit. Gomery und persönlich! Für umstehende Passanten kommt Deborahs Lachen unerwartet, und dann gibt es nicht mal einen ersichtlichen Grund. Dementsprechend treffen die junge Polizistin skeptische Blicke. Oder trifft es *abschätzig* besser?

Gleich ist die Schicht um. In Gedanken schon längst nicht mehr im Job, schlägt sie die Richtung zum Präsidium ein. Auf ein paar Minuten hin oder her kommt es jetzt auch nicht mehr an.

Aus den Augenwinkel heraus bemerkt Deborah eine rasche Bewegung in Bodennähe. Sie wendet den Kopf. War das ein Schatten? Nur die Nerven, die ihr einen Streich spielen?

Deborah wartet. Wenn an der Ecke etwas war, wird es schon nochmal auftauchen. Minuten vergehen. Nichts! Dann war's eine Wahrnehmungstäuschung, kann schon mal passieren.

Nach einem Schritt hält sie inne. Deborah reckt den Hals.

»Da ist doch etwas!«

Eine ältere Dame läuft vorbei, hört Deborah.

»Wie meinen!?«

Die Polizistin entschuldigt sich kühl.

»Ja, ja. Die heutige Jugend«, schimpft die ältere Dame. »Veralbern die Erwachsenen. Und wie die heute rumlaufen …«

Deborah wartet, bis die Seniorin außer Sichtweite ist.

Nun geht sie zielgerichtet zur besagten Hausecke und sieht nach. Zwei kugelrunde Augen schauen sie treu und erwartungsvoll an.

»Was bist du denn für einer?«

Deborah verfällt in eine für Polizisten untypische Sprache, die etwa zwischen einem Babygebrabbel und einen unlogisch erscheinenden Gefasel angesiedelt ist. Dem Hund scheint die Aufmerksamkeit zu gefallen, denn er stellt die Ohren auf und wedelt mit der Rute. Verfolgt jede auch noch so kleine Bewegung.

»Bist du allein, kleiner Stromer?«

Der Hund schnüffelt ihr entgegen, als wolle er das, was sie sagt, aufsaugen um zu verstehen.

»Wo hast du dich denn überall rumgetrieben?«

Das Fell ist schmutzig, strubbelig und müffelt stark. Außerdem sind mehrere Wunden erkennbar, an deren Wundränder verkrustetes Blut klebt. Er wirkt verwahrlost.

Debohras Einfühlungsvermögen schafft Vertrauen. Zart krault sie sein Ohr, was ihm sichtlich gefällt. Da bemerkt Deborah ein schmales Halsband mit einer Marke.

»Bist du weggelaufen?«

Er winselt.

»Schau'n wir doch mal nach …«

Die Marke ist ebenso verschmutzt, wie der ganze Hund. Zu ihrer Überraschung entpuppt sich die Hundemarke als länglicher Anhänger, der mal richtig geputzt werden muss. Mit dem Fingernagel kratzt Deborah den Dreck ab. Die kalte, nasse Schnauze stupst sie währenddessen permanent an.

»Ist ja gut«, säuselt sie beruhigend. »Ich nehm' dir gar nichts weg.«

Wenn er nur nicht so stinken würde!

»So … jetzt sehn wir mal, was … da steht …«

‹JACKY› buchstabiert Deborah und erblasst.

»Jacky?«

Seinen Namen vernehmend fährt er hoch und eine feuchte Zunge bearbeitet Deborahs Wange.

»Mein Gott, Jacky! Hab dich ja gar nicht erkannt … Ja …

bist 'n feiner Kerl …«

Jacky springt freudig neben ihr her. Vor dem Präsidium wartet er geduldig. Wie groß seine Freude doch ist, als Deborah das Gebäude wieder verlässt!

In ihrer Wohnung angekommen geht es sofort unter die Dusche. Erwähnt muss bestimmt nicht werden, dass auch Deborah mit geduscht wird.

»Wie es aussieht, hab ich wohl jetzt einen neuen Mitbewohner«, sagt sie zu Jacky. Eingehüllt in einem Badetuch ist der Mischling froh, die Prozedur geschafft zu haben. Auf der anderen Seite kuschelt Deborah jetzt ausgiebig mit ihm. Sie werden eine schöne Zeit haben. Entspannt blinzelt Jacky nur noch müde.

* * *

Zwei Jahre später haben Soldaten im Rendlesham Forest der Grafschaft Suffolk eine ähnliche Begegnung. Im Dezember 1980 kommt es in drei Nächten zu UFO-Sichtungen. Oberst Halt, stellvertretender Kommandant des Stützpunktes der US-Luftwaffe, dokumentiert die Zwischenfälle.

Mehrere leuchtende Flugobjekte landen demnach neben der Basis. Ein Sergeant der Sicherheit untersucht es. Klar und deutlich sind die Abdrücke an der Landestelle erkennbar. Da tauchen wieder die Objekte auf und nähern sich mit rasanter Geschwindigkeit. Sogar von Laserstrahlen ist die Rede. Für den Verantwortlichen steht fest, dass hier *Intelligenzen* am Werk sind.

Gomery verschlingt den ›Halt-Bericht‹ nahezu. Er erkennt seltsame Parallelen zu seinem Fall. Doch Gomery fürchtet negative Publicity, wenn er seine Untersuchungen freigibt. So schweigt er und spricht nie wieder darüber.

E ∞ N ∞ D ∞ E

DER MORGENKRISTALL[5]
~ *THETARÓ* ~
FINLEY MOUNTAIN

Waylon ist auf Uridräo geblieben. Ihn zieht nichts mehr nach Hause zurück. In seiner Zeitebene erwartet ihn niemand. Vier Tage verbringt er die Tage und Nächte im lieb gewonnenen Baumhaus. In der kommenden Nacht weckt ihn eine schreiende Stimme. Es ist Dako, sein Vater, der beunruhigende Nachrichten bringt. Zuerst verschwindet spurlos sein Pendant, dann sämtliche Zeitgleiter. In der Pyramide finden sie nur neun Stehlen vor. In jeder steckt ein Kristall, aber der Neunte fehlt. Gemeinsam mit dem Wächter Callum treten sie eine Reise ins Ungewisse an, um den Meister-Kristall ausfindig zu machen. Denn nur die vollständige Aufreihung schließt den geöffneten Zeitentunnel.

Charaktere, Personen & Begriffe

__Charaktere der Erde__
(alphabetisch und chronologisch geordnet nach Erstnennung)

Wihakayda, die Kleine, Dakos indianischer Name für den Mohrenmaki

Band #1 – Mondpfade
Mrs *Elionor Pepper*, Waylons Nachbarin; *1911
Herbert, alter Bekannter von W.
Karoline Fryer, Waylons Ex-Frau
Waylon Latham, *1948; er findet den Morgenkristall und wird in dessen Bann gezogen
Rebecca, *1875, Ur-Ahnin von Elionor, Gewahrerin, verstößt mehrfach gegen den Kodex; nennt sich später *Cloe*

Band #2 – Labyrinth
Claire Cecily, Rebeccas Tochter
Mrs *Dewey*, W.'s Nachbarin
Madelaine Fryer, Karolines Tochter aus 2. Ehe
Sophie Pepper, Elionors Adoptivtochter
Riley Mortimer Scott, Vater von Rebeccas Kindern
Riley jr., Erstgeborener Rebeccas, verschwand spurlos

__Arimea__
Jayden, junger Wächter
Callum, alter Wächter
Aiden, Anführer der Vorhut auf dem Mond Uridräo

Band #3 – Visionen
Aylon, Waylon Latham stellt sich Riley Scott so vor
Mr Dako – Gewahrer im 19. Jahrhundert vom Stamm der Dakota, offiziell 1898 †; Waylons leiblicher Vater
Ryan Fryer, Karolines 2. Mann

Band #4 – Intervention
Deborah Sheffield, (27) Polizistin unter Inspektor Gomery, wird in #6 zum Gewahrer, ist im Besitz des Lichtwellen-Wandlers #7, wird in #8 von den Transfer-Hütern *Cheveyo*, ›Geisterkrieger‹, genannt
Waynúpa, »Zwei(ter)«, jüngeres Ich Waylons
Tokahe, »Doppelzopf«, älteres Ich Waylons
Der *Major*, Söldner-Boss
Toby (›Bulle‹), Söldner des Majors
Joshua Brown, Obdachloser, 32 Jahre alt
Irving-Anwesen, Hausruine, in der Joshua Unterschlupf findet
Hal Milan, Labormitarbeiter von New Scotland Yard
Nightingale, 86, Professor im Ruhestand

__Arimea – Vor 154 Millionen und 3.500.74 Jahren, 5,75 Million Jahre Erdzeit__
Amerona, Kommandantin des Raumkreuzers »Sternengral«
Teasar
Amedara, Partnerin von Teasar
Lokar, 16, Wächter in der 23. Generation

Eliwor, 18, Mitgliedsanwärterin des Kreises

Mila, Biologin

Orinario, momentan Ältester der Wächter

Tuteno, Vorsitzender des Wächter-Magistrats

Patriarch *Dharidma*, Herrscher von Arimea und Erfinder des Zeitgleiters

Nur erwähnt werden W.'s *Adoptiv-Vater* († 68) & seine *Großmutter* († 93)

Begriffe:

<u>*Arimea*</u>

Thetaether, neunkantiges Symbol, was sich nach dem Einsetzen des ›Neunter Kristall‹ bildet und den Zeitentunnelriss schließt.

Thetaró ›Neunter Kristall‹, Meister-Rogalit

Neugenetisierung, heute: Inkarnation, Begriffsprägung durch Waylon

Geflügelter Turm, Ewigkeitsgemach

Rhogal, Name vom sagenumwobenen Basilisk in arimeanischer Mythologie

Rogalit, nach dem Basilisken genanntes Kristallvorkommen

viergehörnte beflügelte Schlange, Basilisk, der Legende nach entstammt sie der Ur-Sonne des Universums

Wächter

Blender, Gegner der Wächter, die im Untergrund (in Form von Falschmeldungen) agieren und die Regentschaft der ›Sternenbruderschaft‹ untergraben

<u>*Anomaliten*</u>

Reinigung, gleichzusetzen mit Quarantäne

<u>*Atmane*</u>

Der Begriff *Atman* kommt aus der indischen Philosophie. Im Sanskrit wird damit der Atem, die Seele oder das Selbst bezeichnet; im Pali (*atta*) bedeutet er ursprünglich *Lebenshauch*.

Analysator

Archivtempel, Aufbewahrungsort der gesammelten Lebenskugeln auf Atmanicum

Signaturabtastung

Luftwiederstandskorridor

Lebenskugel, Seelenkapsel

Landwesen, Begriff der Atmane für Menschen

<u>*Dakota (Lakota)*</u>

ahbleza – Gewahrer

Atius Tirana – der "Große Geist"

wakan – Mysterium, ein Unbekanntes

wakanhca – ein wahrer Seher, ein Denker

wakantanka – jedes große Mysterium, unentdecktes Gesetz

wakanya hibu yelo – auf geheimnisvolle Weise komme ich

wakicun, wakicunsa – Männer, die entscheiden, Entscheider

<u>*Technik*</u>

<u>*Arimea*</u>
IATRA autarke, ausgeklügelte me-
dizinische Dienstleistungseinheiten,
die im Bereich der Nanobiologie
arbeiten; die Lehre von der Heilkunst
wird auch Iatrik genannt
»Sternengral IV«, Schwer-
Raumkreuzer vierter Klasse #7
Glaskabine, Glaskapsel, Zeit-
transmitter (von den Wächtern
›Raum-Zeit-Gleiter‹ [›RZG‹] auch
Zeitgleiter genannt) mit diversen
Modi, z. B. Zukunftsschau- und
Aural-Modus; letzterer wird durch
Lichtwellenverschiebung unsichtbar,
bei dem nur eine leicht fluoreszie-
rende Teil-Korona bzw. Aura bleibt
CrisCom, Kommunikation über
Kristalltechnik
Lift-Kapsel, freischwebender Lift
Prismencomputer, arbeiten auf
Rogalit-Basis
Erneuerer, Apparatur zur Zeller-
neuerung

Planeten & Ansiedlungen
Arimea – Planet mit erstem be-
kanntem Leben und des ›Mutterkris-
talls‹. 1 arimeanischen Jahr entspricht ca. 18,5 Monate der heutigen
Erde. A. besitzt 7 Monde. Ein Mond
wurde vor 65 Millionen Jahren zur
Erde gelenkt, der dort einschlug und
den Weg für höheres Leben bereitete,
was beinahe daneben ging. Der
neunte Mond ist verschwunden.
Aquoras, Unterwasserstadt
Burali, Geburtsstätte von Lokar
und Eliwor
Methua, abgeschirmte Inselenklave

Provinz *Arkonim*, Hauptsitz der
Wächter auf Arimea

Zartak, Planet um den *Uridräo*
kreist. Auf Uridräo wurde ein Stützpunkt einst von der ›Sternenbruderschaft‹ errichtet, später aber von ihr
aufgegeben. Die Wächter haben ihn
dann für sich entdeckt und nutzen ihn
seither als Basis! Der Mond hat eine
Atmosphäre und ein integres Öko-
system, welches aber kein irdisches
Leben trägt. Die einstigen Ureinwohner – die *Anomaliten* – haben
ihre Heimatwelt noch vor Eintreffen
der Arimeaner verlassen.

Aremodon (Randplanet), laut arimeanischer Legende Ursprungspla-
net der Viergehörnten Schlange
(Basilisk Rogal); wird während einer
der arimeanischen Expeditionen vor
5,75 Millionen Jahren Erdzeit Aremodon getauft

Isidoria, Planet der *Oktopteriden* –
Achtflügler (ähneln Schmetterlingen)

Urigoren, menschenähnliche
kriegführende Rasse; besitzen
Schallwellen-Technik, Energiestrahl
aus Schall

Tiere
<u>*Arimea*</u>
Springschnorchler
Dotekalum, Fisch mit breitem
Maul, an Wangen und Seiten auf-
stellbare Flossen, unterhalb vom
Kopf zwei Tentakel, die das Opfer
lähmen

Aus was besteht das Universum?
Materie, Energie, Elementarteilchen, großräumige Struktur (Galaxien)

Heutiges Universum besteht aus:
4,6 Prozent Atome
23 Prozent Dunkelmaterie
72 Prozent Dunkle Energie
> 1 Prozent Neutrinos

Universum – universus »gesamt«
unus versus »in eins gekehrt«
auch: Kosmos »Ordnung« – Gegenbegriff zum Chaos, Weltall